MEMORY HOUSE
记忆坊文化

七夜雪

THE FAREWELL OF SNOW

沧月 著

江苏凤凰文艺出版社

图书在版编目（CIP）数据

七夜雪 / 沧月著 . — 南京：江苏凤凰文艺出版社，
2023.4（2024.9 重印）
　　ISBN 978-7-5594-7564-0

Ⅰ.①七… Ⅱ.①沧… Ⅲ.①侠义小说 – 中国 – 当代
Ⅳ.① I247.5

中国国家版本馆 CIP 数据核字 (2023) 第 038167 号

七夜雪

沧月 著

选题策划	北京记忆坊文化
责任编辑	白　涵
特约策划	绪　花
特约编辑	绪　花
版式设计	天　缈
营销统筹	杨　迎　刘　洋　史志云
出版发行	江苏凤凰文艺出版社
	南京市中央路 165 号，邮编：210009
网　　址	http://www.jswenyi.com
印　　刷	三河市国新印装有限公司
开　　本	670 毫米 ×970 毫米 1/16
印　　张	18
字　　数	301 千字
版　　次	2023 年 4 月第 1 版
印　　次	2024 年 9 月第 2 次印刷
书　　号	ISBN 978-7-5594-7564-0
定　　价	48.00 元

江苏凤凰文艺版图书凡印刷、装订错误，可向出版社调换，联系电话 025-83280257

那一夜雪中的明月,落下的梅花,都仿佛近在眼前,然而,却永远无法再次触及了。

THE
FAREWELL
OF
SNOW

十一　重逢	169
十二　七星海棠	186
十三　玉座绝杀	199
十四　参商永隔	221
十五　今夕何夕	252
十六　余光	267
后记《关于》	274
终曲	279

目录 CONTENETS

一 序 章	001
二 雪·第一夜	015
三 雪·第二夜	029
四 雪·第三夜	048
五 雪·第四夜	064
六 雪·第五夜	081
七 雪·第六夜	094
八 雪·第七夜	115
九 往 昔	135
十 刺 杀	148

一直到很久以后,他才知道:原来这一场千里的跋涉,最终不过是来做最后一次甚至无法相见的告别。

——题记

一 序章

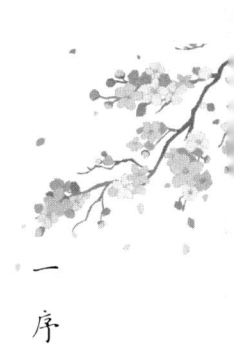

雪不知是何时开始下的。

如此之大，仿佛一群蝶无声无息地从冷灰色的云层间降落，穿过茫茫的冷杉林，铺天盖地而来。只是一转眼，荒凉的原野已经是苍白一片。

等到霍展白喘息平定时，大雪已然落满了剑锋。

红色的雪，落在纯黑色的剑上。血的腥味让两日一夜未进食的胃痉挛起来，他剧烈地喘息，身体却不敢移动丝毫，手臂僵直，保持着一剑刺出后的姿势。

那是一个极其惨烈的相持：他手里的剑贯穿了对手的胸口，将对方钉在了背后深黑的冷杉树上。然而同时，那个戴着白玉面具的杀手也将手里的剑刺入了他的身体，穿过右肋直抵肺部——在这样绝杀一击后，两人都到达了体力的极限，各自喘息。

只要任何一方稍微动一下，立即是同归于尽的结局。

荒原上，一时间寂静如死。

雪还在一片一片落下，无休无止，巨大的冷杉树如同一座座冰冷的墓碑指向苍穹。他和那个银衣的杀手在林中沉默地对峙着，保持着最后一击时诡异的姿态，手中的剑都停留在彼此的身体里。

霍展白小心地喘息，感觉胸里扩张着的肺叶几乎要触到那柄冰冷的剑。

他竭力维持着身形和神志，不让自己在对方倒下之前失去知觉——面前被自己长剑刺穿的胸膛也在急促起伏，白玉面具后的那双眼睛正在缓缓黯淡下去。

看来，对方也是强弩之末了。

尽管对方几度竭力推进，但霍展白右肋上的剑卡在肋骨上，在穿透肺叶之前终于颓然无力，止住了去势，戴着面具的头忽然微微一侧，无声地垂落下去。

那一瞬，霍展白不作声地吐出一口气——毕竟还是赢了！

那样寒冷的雪原里，如果再僵持下去，恐怕双方都会被冻僵吧？他死死地望着咫尺外那张白玉面具，极其缓慢地将身体的重心一分分后移，让对方的剑缓缓离开自己的肺。只有少量的血流出来。

那样严寒的天气里，血刚涌出便被冻结在伤口上。

他花了一盏茶时间才挪开这半尺的距离。在完全退开身体后，他反手按住了右肋——这一场雪原狙击，孤身单挑十二银翼，即便是号称中原剑术第一的霍七公子，也留下了十三处大伤。

不过，这也应该是最后一个了吧？

不赶紧去药师谷，只怕就会支持不住了。

剑抽出的刹那，那个和他殊死搏杀了近百回合的银衣杀手失去了支撑，靠着冷杉缓缓倒下，在身后树干上擦下一道血红。

"嚓"，在倒入雪地的刹那，他脸上覆盖的面具裂开了。

霍展白骤然一惊，退开一步，下意识地重新握紧了剑柄，仔细审视。然而这个人一动不动，生的气息已经消散，连雪落到他的脸上也不曾融化。

"唉，那么年轻，就出来和人搏命……"他叹息了一声，剑尖如灵蛇一般探出，连续划开了对方身上的内外衣衫，剑锋从上到下掠过，灵活地翻查着这个杀手随身携带的一切。风从破碎衣衫的缝隙里穿过，发出空空荡荡的呼啸，继续远去。

这个杀手身上，居然什么都没有。

霍展白一怔，顿时感觉全身上下的伤口一起剧痛起来，几乎站不住。

怎么会这样？这是十二银翼里的最后一个了。祁连山中那一场四方大战后，宝物最终由这一行人带走，他也是顺着这条线索追查下来的，想来个螳螂捕蝉黄雀在后——这个人应该是这一行人里的首领，如果龙血珠不在他身上，又会在哪里？

霍展白忍不住蹙起了眉，单膝跪在雪地上，不死心地俯身再一次翻查。

——不拿到这最后一味药材，所需的丹丸是肯定配不成了，沫儿的身体却眼看一日比一日更弱。自己八年来奔走四方，好容易才配齐了别的药材，怎可最终功亏一篑？

他跪在雪地上，不顾一切地埋头翻找。他离对方是那么近，以至一抬头就看到了那一双眼睛——死者的眼犹未完全闭上，微微合起，脸上带着某种冷锐空茫又似笑非笑的表情，直直望向天空，露出的眼白里泛出一种诡异的淡蓝。

那种淡淡的蓝色，如果不是比照着周围的白雪，根本看不出来。

只是看一眼，霍展白的心就猛然一跳，感觉有一种力量无形中腾起，由内而外地约束着他的身体。那种突如其来的恍惚，让他几乎握不住剑。

不对！完全不对劲！

本能地，他想起身掠退，想拔剑——然而，他竟然什么都做不了。在视线对接的刹那，身体在一瞬间仿佛被点中了穴道，不要说有所动作，就是眼睛也不能转动半分！

怎么回事？这种感觉……究竟是怎么回事？他的身体和视线一起，被一种无形的力量牢牢地"钉"在那里，已经无法挪开。

然后，他就看到那双已经"死亡"的淡蓝色的眼睛动了起来。

那双眼睛只是微微一转，便睁开了，正好和他四目相对。那样的清浅纯澈却又深不见底，只是一眼，却让他有刀枪过体的寒意，全身悚然。

不好！中计了吗？他在内心叫了一声，却无法移开视线，只能保持着屈身的姿态跪在雪中。

比起那种诡异的眼白，瞳孔的颜色是正常的。黑，只是极浓，浓得如化不开的墨和斩不开的夜。然而这样的瞳映在眼白上，却交织出了无数种说不出的妖异色彩。在那双琉璃异彩的眼睛睁开的刹那，他全身就仿佛中了咒一样无法动弹。

那一瞬间，霍展白想起了听过的江湖上种种秘术的传说，心里蓦然一冷——瞳术？这……难道就是传说中的瞳术？！

雪一片片落下来，在他额头融化，仿佛冷汗涔涔而下。那个倒在雪中的银翼杀手睁大了眼睛，嘴角浮出了一丝笑意，眼神极其妖异。虽然苏醒，可脸上的积雪却依然一片不化，连吐出的气息都是冰冷的，仿佛一个回魂的冥灵。

"这是摄魂。"那个杀手回手轻轻按住伤口，靠着冷杉挣扎坐起，虚弱地冷笑了一声，"鼎剑阁的七公子，你应该听说过吧？"

霍展白蓦然一惊，虽然他此行隐姓埋名，对方却早已认出了自己的身份。

杀手浅笑，眼神却冰冷："只差一点，可就真的死在你的墨魂剑下了。"

霍展白无法回答，因为连声音都被定住。

摄魂……那样的瞳术，真的还传于世间吗？不是说，自从百年前山中老人霍恩死于拜月教风涯祭司之手后，瞳术就早已失传？如今天下武林中，竟还有人拥有这样的能力！

"没想到，你也是为了那颗万年龙血赤寒珠来……我还以为七公子连鼎剑阁主都不想当，必是超然物外之人。"杀手吃力地站了起来，望着被定在雪地上的霍展白，忽地冷笑，"只可惜，对此我也是志在必得。"

他转身，伸掌，轻击身后的冷杉。

"咔嚓"一声，苍老的树皮裂开，一颗血红色的珠子应声掉落手心。

霍展白低低"啊"了一声，却依旧无法动弹。

就是这个！万年龙血赤寒珠！

刚才的激斗中，他是什么时候把珠子藏入身后树上的？难怪遍寻不见。秋水她、她……就等着这个去救沫儿的命！他不能死在这里……绝不能死在这里！

然而无论他如何挣扎，身体还是被催眠一样无法动弹，有强大的念力压制住了他。在那样阴冷黑暗的眼光之下，连神志都被逐步吞噬，眼神渐渐涣散开来。

怎么……怎么会有这样的妖术？

这个杀手,还那么年轻,怎么会有魔教长老才有的力量?

那个杀手低头咳嗽,声音轻而冷。虽然占了上风,但属下伤亡殆尽,他自己的身体也已经到了极限。这一路上,先是从祁连山四方群雄里夺来了龙血珠,在西去途中不断遇到狙击和追杀。此刻在冷杉林中,又遇到了这样一位几乎算是中原里首屈一指的剑客!

他急促地呼吸,脑部开始一阵一阵地作痛。瞳术是需要损耗大量灵力的,再这样下去,只怕头疼病又会发作。他不再多言,只是看着霍展白,在风雪中缓缓举起了手——随着他的动作,霍展白也举起了同一只手,仿佛被引线拉动的木偶。

"记住了,我的名字,叫作'瞳'。"面具后露出的眼睛是冰冷的。

瞳?魔教大光明宫排位第一的神秘杀手?

魔教的人,这一次也出现在祁连山争夺那颗龙血珠?!魔教修罗场三界里杀手如云,鼎剑阁的创始人公子舒夜便是出自其门下,百年来精英辈出,一直让中原武林为之惊叹,也造成了极大的威胁。

而眼前的瞳,是目下修罗场杀手里号称百年一遇的顶尖人物。

那一瞬间,霍展白才知道自己犯了一个多么大的失误!

瞳的手缓缓转动,靠近颈部,琉璃般的眼中焕发出冰冷的光辉。

霍展白的眼神表露出他是在多么激烈地抗拒,然而被瞳术制住的身体却依然违背意愿地移动。手被无形的力量牵制着,模拟着瞳的动作,握着墨魂,一分一分逼近自己的咽喉。

雪鹀,雪鹀!他在内心呼唤着。都出去那么久了,怎么还不回来?

"别了,七公子。"瞳的手缓缓靠上了霍展白的咽喉,眼里泛起一丝妖异的笑,忽然间一翻手腕,凌厉地向内做了一个割喉的动作!

不由自主地,墨魂划出凌厉的光,反切向持有者的咽喉。

"嘎——"忽然间,雪里传来一声厉叫,划破冷风。

瞳脱口低呼一声,来不及躲开,手猛然一阵剧痛。殷红的血顺着虎口流下来,迅速凝结成冰珠。

一只白鸟穿过风雪飞来,猝不及防地袭击了他,尖利的喙啄穿了他的手。然后,如一道白虹一样落到霍展白的肩上。

是……一只鹀鹰?尽管猝不及防地受袭,瞳方寸未乱,剧烈地喘息着捂着伤口,目光却一直没有离开对方的眼睛。只要他不解除咒术,霍展白就依然不能逃脱。

但,即使他从未放松过对霍展白的精神压制,雪地上那个僵硬的人形却忽然动了一下!

仿佛体内的力量觉醒了,开始和外来的力量争夺着这个身体的控制权。霍展白咬着牙,手一分分地移动,将切向喉头的墨魂剑挪开。

这一次轮到瞳的目光转为惊骇。

怎么可能!已经被摄魂正面击中,这个被控制的人居然还能抗拒!

来不及多想,知道不能给对方喘息,杀手瞳立刻合身前扑,手里的短剑刺向对方心口。然而只听得"叮"的一声,他虎口再度被震出了血。

霍展白动了起来,墨魂剑及时地格挡在前方,拦住了瞳的袭击。

地上的雪被剑气激得纷纷扬起,挡住了两人的视线。那样相击的力道,让已然重伤的身体再也无法承受,眼里盛放的妖异光芒瞬间收敛,向后飞出去三丈多远,破碎的胸膛里一股血砰然涌出,在雪里绽放了大朵的红,随即不动。

龙血珠脱手飞出,没入几丈外的雪地。

霍展白踉跄站起,满身雪花,剧烈地喘息。

雪鹞还站在他肩膀上,尖利的喙穿透了他的肩井穴,扎入了寸许深。也就是方才这只通灵鸟的及时一啄,用剧烈的刺痛解开了他身体的麻痹,让他及时格挡了瞳的最后一击。

终于结束了。

他用剑拄着地,踉跄走过去,弯腰在雪地里摸索,终于抓住了那颗龙血珠。眼前还是一片模糊,不只是雪花,还有很多细细的光芒在流转,仿佛有什么残像不断涌出,纷乱地遮挡在眼前——这、这是什么?是瞳术残留的作用吗?

他握紧了珠子,还想去确认对手的死亡,然而一阵风过,衰竭的他几乎在风中摔倒。

"嘎!"雪鹞抽出染血的喙,发出尖厉的叫声。

霍展白心里明白,它是在催促自己立刻离开,前往药师谷。

风雪越来越大,几乎要把拄剑勉强站立的他吹倒。搏杀结束后,满身的伤顿时痛得他感到天旋地转。再不走的话……一定会死在这一片渺无人烟的荒原冷杉林里吧?他不再去确认对手的死亡,只是勉力转过身,朝着某一个方向踉踉跄跄前进。

大片的雪花穿过冷杉林，无声无息地降落，转瞬就积起了一尺多深。那些纯洁无瑕的白色将地上的血迹一分一分掩盖，也将那横七竖八散落在林中的十三具尸体埋葬。

巨大的冷杉树林立着，如同黑灰色的墓碑，指向灰冷的雪空。

白。白。还是白。

自从走出那片冷杉林后，眼前就只余下了一种颜色。

他不知道自己在齐膝深的雪地里跋涉了多久，也不知道到了哪里，只是一步一步朝着一个方向走去。头顶不时传来鸟类尖厉的叫声，那是雪鹛在半空中为他引路。

肺在燃烧，每一次呼吸都仿佛灼烤般刺痛，眼前的一切更加模糊起来，一片片旋转的雪花仿佛都成了活物，展开翅膀在空中飞舞，其中浮动着数不清的幻象。

"嘻嘻……霍师兄，我在这里呢！"

雪花里忽然浮出一张美丽的脸，有人对他咯咯娇笑："笨蛋，来捉我啊！捉住了，我就嫁给你。"

秋水？是秋水的声音？……她、她不是该在临安，怎么到了这里？

难道是……难道是沫儿的病又加重了？

他往前踏了一大步，伸出手想去抓住那个雪中的红衣女子，然而膝盖和肋下的剧痛让他眼前一阵阵地发黑。只是一转眼，那个笑靥就湮没在了纷繁的白雪背后。

奔得太急，枯竭的身体再也无法支撑，在三步后颓然倒下。然而他的手心里，却一直紧紧握着那一颗舍命夺来的龙血珠。

"嘎——嘎——"雪鹛在风雪中盘旋，望望远处已然露出一角的山谷，叫了几声，又俯视再度倒下的主人，焦急不已，振翅落到了他背上。

"嚓"，尖利的喙再度啄入了伤痕累累的肩，试图用剧痛令垂死的人清醒。

但是，这一次那个人只是颤了一下，却再也不能起来。

连日的搏杀和奔波，已然让他耗尽了所有体力。

"嘎嘎！"雪鹛的喙上鲜血淋漓，爪子焦急地抓刨着霍展白的肩，抓出了道道血痕。然而在发现主人真的是再也不能回应时，踌躇了一番，终于展翅飞去，闪电般地投入了前方葱茏的山谷。

冰冷的雪渐渐湮没了他的脸，眼前白茫茫一片，白色里依稀有人在欢笑或歌唱。

"霍展白，我真希望从来没认识过你。"

忽然间，雪中再度浮现了那个女子的脸，却是穿着白色的麻衣，守在火盆前恨恨盯着他——那种白，是丧服的颜色，而背景的黑，是灵堂的幔布。她的眼神是那样地哀痛彻骨，冰冷得接近陌生，带着深深的绝望和敌意。他怔在原地。

秋水……秋水。那时候我捉住了你，便以为可以一生一世抓住你，可为何……你又要嫁入徐家呢？那么多年了，你到底是否原谅了我？

他想问她，想伸出手去抹去她眼角的泪光，然而在指尖触及脸颊前，她却在雪中悄然退去。她退得那样快，仿佛一只展翅的白蝶，转瞬融化在冰雪里。

他躺在茫茫的荒原上，被大雪湮没，感觉自己的过去和将来也逐渐变得空白一片。

"紫……紫夜……"他开始喃喃念一个名字——那是此时此刻，他唯一可以指望的拯救。

那个既贪财又好色的死女人，怎么还不来？在这个时候放他鸽子，玩笑可开大了啊……他喃喃念着，在雪中失去了知觉。

来不及觉察，在远处的雪里，依稀传来了窸窣声。

——那是什么东西在雪地里缓慢爬行过来的声音。

"丁零零……"

雪还是那样大，然而风里却传来了隐约的银铃声，清脆悦耳。铃声从远处的山谷里飘来，迅疾地几个起落，到了这一片雪原上。

一顶软轿落在了雪地上，四角上的银铃在风雪中发出清脆的响声。

"咦，没人嘛。"当先走出的绿衣使女不过十六七岁，身段袅娜，容颜秀美。

"绿儿，雪鹞是不会带错路的。"轿子里一个慵懒的声音回答，"去找找。"

"是，小姐。"四个使女悄无声息地撩开了帘子挂好，退开。轿中的紫衣丽人拥着紫金手炉取暖，发间插着一支紫玉簪，懒洋洋地开口："那个家伙，今年一定又是趴在了半路上。总是让我们出谷来接，实在麻烦啊——哼，下回的诊金应该收他双倍才是。"

"只怕七公子付不起，还不是以身抵债？"绿儿掩嘴一笑，却不敢怠慢，开始在雪地上仔细搜索。

"嘎——"一个白影飞来，尖叫着落到了雪地上，爪子一刨，准确地抓出了一片衣角。用力往外扯，雪扑簌簌地落下，露出了一个僵卧在地的人形。

"咦，在这里！"绿儿道，弯腰扶起那个人。

那个人居然还睁着一线眼睛，看到来人，微弱地翕动着嘴唇。

"别动他！"然而耳边风声一动，那个懒洋洋的紫衣丽人已然掠到了身侧，一把推开使女，眼神冷肃，第一个动作便是弯腰将手指搭在对方颈部。

怎么？绿儿跟了谷主多年，多少也学到了一些药理皮毛，此刻一看雪下之人的情状先吃了一惊。跟随谷主看诊多年，她从未见过一个人身上有这样多、这样深的伤！

那些大大小小伤口遍布全身，血凝结住了，露出的肌肤已然冻成了青紫色。

这个人……还活着吗？

"还好，脉相未竭。"在风中凝伫了半晌，紫衣丽人才放下手指。

那个满身都是血和雪的人睁开眼睛，仿佛是看清了面前的人影是谁，露出一丝笑意，嘴唇翕动着，吐出了一声微弱的叹息："紫夜？啊……是、是你来了？"

他用尽了最后一点力气，将左手放到她手心，立刻放心大胆地昏了过去。

"倒是会偷懒。"她喃喃抱怨了一句，注意到伤者的左手紧紧握着，她皱了皱眉，伸手掰开来，忽地脸色一变——一颗深红色的珠子滚落在她手心，带着某种逼人而来的凛冽气息。

这、这是……万年龙血赤寒珠？原来是为了这个！

真的是疯了……他真的去夺来了万年龙血赤寒珠？！

可是，即便是这样，又有什么用呢？

她怔了半晌，才收起了那颗用命换来的珠子，咳嗽了几声，抬手招呼另外四个使女："帮我把他抬到轿子里去——一定要稳，不然他的脏腑随时会破裂。"

"是！"显然是处理惯了这一类事，四个使女点头，足尖一点，俯身轻轻托住了霍展白的四肢和肩背，平稳地将冻僵的人抬了起来。

"咳咳……抬回谷里，冬之馆。"她用手巾捂住嘴咳嗽着，吩咐。

"是。"四名使女将伤者轻柔地放回了暖轿，俯身灵活地抬起了轿，足尖一点，便如四只飞燕一样托着轿子迅速返回。

风雪终于渐渐小了，整个荒原白茫茫一片，充满了冰冷得让人窒息的空气。

"咳咳，咳咳。"她握着那颗珠子，看了又看，剧烈地咳嗽起来，眼神渐渐变得悲哀。

这个家伙，真的是不要命了。

可是，就算是这样……又有什么用呢？

"小姐，你干吗把轿子让给他坐？你身体不好，难道要自己冒雪走回去吗？"她尚自发怔，旁边的绿儿却是不忿，嘟囔着踢起了一大片雪，"真是个惹人厌的家伙啊，手里只拿了一面回天令，却连续来了八年，还老欠诊金……小姐你怎么还送不走这个瘟神？"

"咳咳，好了好了，我没事，起码没有被人戳了十几个窟窿。"她袖着紫金手炉，躲在猞猁裘里笑着咳嗽，"难得出谷来一趟，看看雪景也好。"

"可是……"绿儿担忧地望了她一眼，"小姐的身体禁不起……"

"没事。"她摇摇手，打断了贴身侍女的唠叨，"安步当车回去吧。"

然后，径自转身，在齐膝深的雪里跋涉。

雪花片片落到脸上，天地苍莽，一片雪白。极远处，还看得到烟织一样的漠漠平林。她呼吸着凛冽的空气，不停地咳嗽着，眼神却在天地间游移。多少年了？自从流落到药师谷，她足不出谷已经有多少年了？

多么可笑……被称为"神医"的人，却病弱到无法自由地呼吸空气。

"小姐！"绿儿担忧地在后面呼喊，脱下了自己身上的大氅追了上来，"你披上这个！"

然而她忽地看到小姐顿住了脚步,抬手对她做了一个"嘘声"的手势,眼神瞬间雪亮。

"你听,这是什么声音?"侧头倾听着风雪里的某种声音,她喃喃,霍然转身,一指,"在那里!"

"唰",话音方落,绿儿已然化为一道白虹而出,怀剑直指雪下。

"谁?"她厉喝。

一蓬雪蓦地炸开,雪下果然有人!那人一动,竟赤手接住了自己那一剑!

然而,应该也是已经到了油尽灯枯,那人勉强避开了那一击后就再也没有力气,重新重重地摔落在雪地里,再也不动。绿儿惊魂方定,退开了一步,拿剑指着对方的后心,发现他真的是不能动了。

"是从林里过来的吗……"薛紫夜却望着远处喃喃,目光落在林间。

那里,一道深深的拖爬痕迹从林中延出,一路蜿蜒着洒落依稀的血迹,一直延伸过来。显然,这个人是从冷杉林里跟着霍展白爬到了这里,终于力竭。

"小姐,他快死了!"绿儿惊叫了一声,望着他后背那个对穿的洞。

"嗯……"她却漫不经心地"嗯"了一声,"搜一搜,身上有回天令吗?"

"没有。"迅速地搜了一遍,绿儿气馁。

看来这个人不是特意来求医的,而是卷入了那场争夺龙血珠的血战吧。这些江湖仇杀,居然都闹到大荒山的药师谷附近来了,真是扰人清净。

"那我们走吧。"她毫不犹豫地转身,捧着紫金手炉,"亏本的生意可做不得。"

这个武林向来不太平,正邪对立,门派繁多,为了些微小事就打个头破血流——这种江湖人,一年还不知道要死多少个,如果一个个都救,她怎么忙得过来?而且救了,也未必支付得起药师谷那么高的诊金。

"可是……"出人意料地,绿儿居然没听她的吩咐,还在那儿犹豫。

"可是什么?"她有些不耐地驻足,转身催促,"药师谷只救持有回天令的人,这是规矩——莫非你忘了?"

"绿儿不敢忘。"那个丫头绞着手站在哪里,眼光却在地上瞟来瞟去，唇角含笑，"可是……可是这个人长得好俊啊！"

跟了小姐那么些年，她不是不知道小姐脾气的。

除了对钱斤斤计较，小姐也是个挑剔外貌的人——比如，每次出现多个病人，她总是毫不犹豫地先挑年轻英俊的治疗；比如，虽然每次看诊都要收极高的诊金，但是如果病人实在拿不出，又恰好长得还算赏心悦目，爱财的小姐也会放对方一马。

例如那个霍展白。

"很俊？"小姐果然站住了，挑了挑眉，"真的吗？"

"嗯。"绿儿用剑拍了拍那个人的肩膀，"比那个讨债鬼霍展白好看十倍！"

"是吗？"薛紫夜终于回身走了过来，饶有兴趣，"那倒是难得。"

她走到了那个失去知觉的人身侧，弯腰抬起他的下颌。对方脸上在流血，沾了一片白玉的碎片——她的脸色霍地变了，捏紧了那个碎片。这个人……好像哪里看上去有些不寻常。

她抬手拿掉了那一块碎片，擦去对方满脸的血污，凝视着。

面具完全裂开后露出的那张脸，竟然如此年轻。

的确很清俊，然而却透着孤独。眼睛紧闭着，双颊苍白如冰雕雪塑，紧闭的眼睛却又带着某种说不出的黑暗意味。让人乍然一见便会一震，仿佛唤醒了心中某种深藏的恐惧。

"啊……"不知为何，她脱口低低叫了一声，感觉到一种压迫力袭来。

"怎么样，是还长得很不错吧？"绿儿却犹自饶舌，"死了可惜……救不救呢？"

她的脸色却渐渐凝重，伸出手，轻轻按在了对方闭合的眼睛上。

——这里，就是这里。那种压迫力，就是从这一双闭着的眼睛里透出的！

到底是什么样的力量，居然能让她都觉得惊心？

"还没死。"感觉到了眼皮底下的眼睛在微微转动，她喃喃说了一句，若有所思——这个人的伤更重于霍展白，居然还是跟踪着爬到了这里！那是一种什么样的生命力？

她隐隐觉得恐惧，下意识地放下了手指，退开一步。

然而，就在那一瞬间，那个垂死的人忽然睁开了眼睛！

琉璃色的眼睛发出了妖异的光，一瞬间照亮了她的眼眸。那个人似乎将所有残余的力量都凝聚到了一双眼睛里，看定了她，苍白的嘴唇翕动着，吐出了两个字："救……我……"

她的神志在刹那间产生了动摇，仿佛有什么外来的力量急遽地侵入脑海。

妖瞳摄魂？！只是一刹那，她心下恍然。

来不及想，她霍地将拢在袖中的手伸出，横挡在两人之间。

"啊。"雪地上的人发出了短促的低呼，身体忽然间委顿，再也无声。

她站在风里，感觉全身都出了一层冷汗，寒意遍体。手心里扣着一面精巧的菱花镜——那是女子常用的梳妆品。

方才妖瞳张开的瞬间，千钧一发之际，她毫不犹豫地出手遮挡，用镜面将对方凝神发出的瞳术反击了回去。

那，是克制这种妖异术法的唯一手段。

然而在脱困后，她却有某种强烈的恍惚，仿佛在方才对方开眼的一瞬间看到了什么。这双眼睛……这双眼睛……是那样熟悉，就像是十几年前在哪里曾经看到过。

"小姐，你没事吧？"一切兔起鹘落，发生在刹那之间，绿儿才刚反应过来。

"好险……咳咳，"她将冰冷的手拢回了袖子，喃喃咳嗽，"差一点着了道。"

绿儿终于回过神来，暴怒地挥剑，就要把雪地上那个人一刀两断："过分……居然敢算计小姐？这个恩将仇报的家伙！"

"算了。"薛紫夜阻止了她劈下的一剑，微微摇头，"带他走吧。"

"啊？"绿儿惊讶地张大了嘴。

这种人也要救？就算长得好，可还是一条一旦复苏就会反咬人一口的毒蛇吧。

"走吧。"她咳嗽得越发剧烈了，感觉冰冷的空气要把肺腑冻结，"快回去。"

"噢……"绿儿不敢拂逆她的意思，将那个失去知觉的人脚上头下地拖了起来，一路跟了上去。

她走在雪原里,风掠过耳际。

寒意层层逼来,似乎要将全身的血液冻结,宛如十二年前的那一夜。

然而,曾经有过的温暖,何时才能重现?

"雪怀。"她望着虚空里飘落的雪花,咳嗽着,忽然喃喃低语。

雪怀……是错觉吗?刚才,在那个人的眸子里,我居然……看到了你。

二 雪·第一夜

霍展白不知道自己昏迷了多久。

醒过来时,外头已经暮色笼罩。

映入眼中的,是墙上挂着的九面玉牌,雕刻着兰草和灵芝的花纹——那是今年已经收回的回天令吧?药师谷一年只发出十枚回天令,只肯高价看十个病人,于是这个玉牌就成了武林里人人争夺的免死金牌。

不过看样子,今年的十个也都已经看得差不多了。

他想转头,然而脖子痛得如折断一般。眼角只瞟到雪鹬正站在架子上垂着头打瞌睡,银灯上烧着一套细细的针,一旁的银吊子里药香翻腾,馥郁而浓烈。

他忽然觉得安心。那样熟悉的氛围,是八年来不停止的奔波和搏杀里,唯一可以停靠的港湾。

"真是耐揍呢。"睁开眼睛的刹那,第一时间听到了一句熟悉的冷嘲。

他费力地转过头,看到烧得火红的针在女子纤细的手里转动,灵活自如。

薛紫夜……一瞬间，他唇边露出了一个稍纵即逝的笑意。

那个紫衣女子挑起眉梢，一边挑选着适合的针，一边犹自抽空讥诮："我说，你是不是赖上了这里，想继续以身抵债啊？十万一次的诊金，你欠了我六次了。"

死女人。他动了动嘴，想反唇相讥，然而喉咙里只能发出枯涩的单音。

"哦，我忘了告诉你，刚给你喝了九花聚气丹，药性干烈，只怕一时半会儿没法说话。"薛紫夜看着包得如同粽子一样的人在榻上不甘地瞪眼，浮出讥诮的笑意，"乖乖地给我闭嘴。等下可是很痛的。"

死女人。

他望着她手上一套二十四支在灯上淬过的银针，不自禁喉头骨碌了一下。

"怕了吧？"注意到他下意识的动作，她笑得越发开心。

没有任何提醒和征兆，她一个转身坐到了他面前，双手齐出，二十四支银针几乎同一时间闪电般地刺入他各处关节之中！她甚至没有仔细看上一眼，就已快速无比地把二十几支针毫发不差地刺入穴中。其出手之快，认穴之准，令人叹为观止。

那种袭击全身的剧痛让他忍不住脱口大叫，然而一块布巾及时地塞入了他嘴里。

"别大呼小叫，惊吓了其他病人。"她冷冷道，用手缓缓捻动银针，调节着针刺入的深度与方位，直到他衔着布巾"嗯嗯哦哦"地叫到全身出汗才放下了手："穴封好了。我先给你的脸换一下药，等下再来包扎你那一身的窟窿。"

剧痛过去，全身轻松许多，霍展白努力地想吐出塞到嘴里的布，眼睛跟着她转。

奇怪，脸上……好像没什么大伤吧？不过是擦破了少许而已。

"喂，不要不服气。身体哪有脸重要？"看出了他眼睛里的疑问，薛紫夜拍了拍他的脸颊，用一种不容商量的口吻，"老实说，你欠了我多少诊金啦？只有一面回天令，却来看了八年的病——如果不是我看在你这张脸还有些可取，早一脚把你踢出去了。"

她一边唠叨，一边拆开他脸上的绷带。手指沾了一片绿色的药膏，俯

身过来仔仔细细地抹着,仿佛修护着一件价值连城的艺术品。

他盯着咫尺上方那张再熟悉不过的脸,勃然大怒。

"咦,这算是什么眼神哪?"她敷好了药,拍了拍他的脸,根本不理会他的愤怒,对着外面扬声吩咐:"绿儿!准备热水和绷带!对了,还有麻药!要开始堵窟窿了。"

"马上来!"绿儿在外间应了一句。

"死、女、人。"他终于用舌头顶出了塞在嘴里的那块布,喘息着,一字一顿,"那么凶。今年……今年一定也还没嫁掉吧?"

"砰"!毫不犹豫地,一个药枕砸上了他刚敷好药的脸。

"再说一遍看看?"薛紫夜摸着刚拔出的一支银针,冷笑。

"咕噜。"架子上的雪鹞被惊醒了,黑豆一样的眼睛一转,嘲笑似的叫了一声。

"没良心的扁毛畜生。"他被那一击打得头昏脑涨,一刹被她的气势压住,居然没敢立时反击,只是喃喃地咒骂那只鹞鹰,"明天就拔了你的毛!"

"咕噜。"雪鹞发出了更响亮的嘲笑声,飞落在薛紫夜肩上。

"小姐,准备好了!"在外间的绿儿叫了一声,拿了一个盘子托着大卷的绷带和药物进来,另外四个侍女合力端进一个大木桶,放到了房子里,热气腾腾。

"嗯。"薛紫夜挥挥手,赶走了肩上那只鸟,"那准备开始吧。"

啊……又要开始被这群女人围观了吗?他心里想着,有些自嘲。

八年来,至少有四年他都享受到了这种待遇吧?

薛紫夜走到病榻旁,掀开了被子,看着他全身上下密密麻麻的绷带,眼神没有了方才的调侃:"阿红,你带着金儿、蓝蓝、小橙过来,给我看好了——这一次需要非常小心,上下共有大伤十三处,小伤二十七处,任何一处都不能有误。"

"是!"侍女们齐齐回答。

他太熟悉这种疗程了……红橙金蓝绿,薛紫夜教出来的侍女们以霜红和风绿为首,个个身怀绝技,在替人治疗外伤的时候,动作整齐得如同一个人长了八只手:一只手刚切开伤口,另外几只手就立刻开始挖出碎片、接合血脉、清洗伤口、缝合包扎。

往往只是一瞬间，病人都没来得及失血，伤口就处理完毕了。

可是……今天他的伤太多了。八只手，只怕也来不及吧？

然而刚想到这里，他的神志就开始慢慢模糊。

"麻沸散的药力开始发挥了。"蓝蓝细心地观察着他瞳孔的反应。

"那么，开始吧。"

薛紫夜手里拈着一支尖利的银针，眼神冷定，如逆转生死的神。

那样长……那样长的梦。

最可怕的是，他清楚地知道自己是在做梦。

无边无际的深黑色里，有人在欢笑着奔跑。那是一个红衣的女孩子，一边回头一边奔跑，带着让他魂牵梦萦的笑容："笨蛋，来抓我啊……抓到了我就嫁给你！"

他想追上去，却无法动弹，身体仿佛被钉住。

于是，她跑得越来越远、越来越远……他再也抓不到那个精灵似的女孩了。

"求求你，放过重华，放过我们吧！"在他远行前，那个女子满脸泪痕地哀求。

"我真希望从来不认识你。"披麻戴孝的少妇搂着孩子，冷漠地一字字道，"凶手！我的一生都被你毁了！"

每一个字落下，他心口就冒出了一把染血的利剑，体无完肤。

秋水……秋水……不是的、不是这样的！

他想大呼，却叫不出声音。

怎么还不醒？怎么还不醒！这样的折磨，还要持续多久？

"咦，小姐，你看他怎么了？"风绿注意到了泡在木桶药汤里的人忽然呼吸转急，脸色苍白，头上沁出了细密的冷汗，脖子急切地转来转去，眼睛紧闭，身体不断发抖。

"出了什么问题？"小橙吓坏了，连忙探了探药水——桶里的白药生肌散是她配的。

薛紫夜却只是轻轻摇头，将手搭在桶里人的额头。

"没事。"她道，"只是在做梦。"

只是在做梦——如果梦境也可以杀人的话。这个全身是伤、泡在药里的人,全身在微微发抖,脸上的表情仿佛有无数话要说,却被扼住了咽喉。

"秋水……秋水……"他急切地想说什么,却只是反复地喃喃地念着那个名字。

她叹息了一声。看来,令他一直以来如此痛苦的,依然还是那个女人。

——秋水音。

离她上一次见到那个女人,已然八年。

八年前,她正式继承药师谷,立下了规矩:凭回天令,一年只看十个病人。

那年冬天,霍展白风尘仆仆地抱着沫儿,和那个绝色丽人来到漠河旁的药师谷里,拿出了一面回天令,求她救那个未满周岁的孩子。当时他自己伤得也很重——不知道是击退了多少强敌,才获得了这一面江湖中人人想拥有的免死金牌。

两个人的表情都是那么急切,几乎是恨不得用自己的命来换孩子的命。她给那个奄奄一息的孩子搭过脉,刚一为难地摇头,那两个人便一齐跪倒在门外。

那时候,她还以为他们是沫儿的父母。

整整冥思苦想了一个月,她还是无法治愈那个孩子的病,只好将回天令退给了他们。然而抵不过对方的苦苦哀求,她勉强开出了一张所谓的"药方"。然后,眼前的这个男子就开始了长达八年的浪迹和奔波。

八年来,她一次次看到他拿着药材返回,满身是血地在她面前倒下。

她原以为他会中途放弃——因为毕竟没有人会为了一个毫无血缘关系的孩子,赌上自己的性命,一次次地往返于刀锋之上,去凑齐那几乎是不可能的药方。

然而,她错了。

为什么呢?她摇了摇头,有些茫然,却感觉到手底下的人还在剧烈发抖。

"秋水……不是、不是这样的!"那个人发出了昏乱而急切的低语。

不是怎样的呢?都已经八年了,其中就算是有什么曲折,也该说清楚了吧？那么聪明的人，怎么会把自己弄得这样呢？她摇了摇头，忽然看到有泪水从对方紧闭的眼角沁出，不由得微微一惊——这，是那个一贯散漫厚颜的人，清醒时绝不会有的表情。

她叹了口气，是该叫醒他了。

"喂，霍展白……醒醒。"她将手按在他的灵台上，有节奏地拍击着，将内力柔和地透入，轻声附耳叫着他的名字，"醒醒。"

手底下的人身子一震，仿佛被从噩梦里叫醒。

"哗"，水花激烈地涌起，湿而热的手忽然紧紧拉住了她，几乎将她拉到水中。

"干什么？"她吓了一跳，正待发作，却看到对方甚至还没睁开眼睛，不由得一怔。

那个人还处于噩梦的余波里，来不及睁开眼，就下意识地抓住了可以抓住的东西。他抓得如此用力，仿佛溺水之人抓着最后一根稻草。她终究没有发作，只是任他握着自己的手，感觉他的呼吸渐渐平定，身上的战栗也开始停止，仿佛那个漫长的噩梦终于过去。

有谁在叫他……黑暗的尽头，有谁在叫他，宁静而温柔。

"呃……"霍展白长长吐了一口气，视线渐渐清晰：蒸腾的汤药热气里，浮着一张脸，正在俯身看着他。很美丽的女子——好像有点眼熟？

"呃？"他忽然清醒了，脱口，"怎么是你？"

发现自己居然紧握着那个凶恶女人的手，他吓了一跳，忙不迭甩开，生怕对方又要动手打人，想扶着桶壁立刻跳出去，却忽地一怔——

双手，居然已经可以动了？

"披了袍子再给我出来，"他扶着木桶发呆，直到一条布巾被扔到脸上，薛紫夜冷冷道，"这里可都是女的。"

风绿红了脸，侧过头咻咻地笑。

"死丫头，笑什么？"薛紫夜啐了一口，转头骂，"有空躲在这里看笑话，还不给我去秋之苑看着那边的病人？仔细我敲断你的腿！"

风绿噤若寒蝉，连忙收拾了药箱一溜烟躲了出去。

在她骂完人转头回来，霍展白已飞速披好了长袍跳了出来，躺回了榻上。然而毕竟受过那样重的伤，动作幅度一大就扯动了伤口，不由得痛得

龇牙咧嘴。

"让我看看。"薛紫夜面无表情地坐到榻边,扯开他的袍子。

治疗很成功。伤口在药力催促下开始长出嫩红色的新肉,几个缝合的大口子里也不见血再流出。她举起手指一处处按压着,一寸寸地检查体内是否尚有淤血未曾散去——这一回他伤得非同小可,不同往日可以随意打发。

"唉。"霍展白忍不住叹了口气。

薛紫夜白了他一眼:"又怎么了?"

"这样又看又摸,上下其手。如果我是女人,你不负责我就去死。"霍展白恢复了平日一贯的不正经,涎着脸凑过来,"怎么样啊,反正我还欠你几十万诊金,不如以身抵债?你这样又凶又贪财的女人,除了我也没人敢要了。"

薛紫夜脸色不变,冷冷:"我不认为你值那么多钱。"

霍展白气结。

"好了。"片刻复查完毕,她替他扯上被子,淡淡吩咐,"胸口的伤还需要再针灸一次,别的已无大碍。等我开几贴补血养气的药,歇一两个月,也就差不多了。"

"一两个月?"他却变了脸色,一下子坐了起来,"那可来不及!"

薛紫夜诧异地转头看他。

"沫儿身体越来越差,近一个月全靠人参吊着气,已经等不得了!"他喃喃道,忽地抬起头看着她,眼神炯炯,"龙血珠我已经找到了!这一下,药方上的五味药材全齐了,你应该可以炼制出丹药了吧?"

"啊?"她一惊,仿佛有些不知如何回答,讷讷,"哦,是、是的……是齐了。"

居然真的被他找齐了!

拜月教圣湖底下的七叶明芝,东海碧城山白云宫的青鸾花,洞庭君山绝壁的龙舌,慕士塔格的雪罂子,还有祁连山的万年龙血赤寒珠——随便哪一种,都是惊世骇俗的至宝,让全武林的人都为之疯狂争夺。

而这个人……居然在八年内走遍天下,一样一样都拿到手了。

到底是什么样的力量,在支持着他这样不顾一切地去拼抢去争夺?

"那么,能否麻烦薛姑娘尽快炼制出来?"他在榻上坐起,端端正正地向她行了一礼,脸上殊无玩笑意味,"我答应了秋水,要在一个月拿着药内返回临安去。"

"这个……"她从袖中摸出了那颗龙血珠,却不知如何措辞,"其实,我一直想对你说,沫儿的那种病,我……"

"求求你。"他仿佛怕她说出什么不好的话,立刻抬起头望着她,轻声,"求求你了……如果连你都救不了他,沫儿就死定了。都已经八年,就快成功了!"

她握紧了那颗珠子,从胸中吐出了无声的叹息。

仿佛服输了,她坐到了医案前,提笔开始书写药方。霍展白在一边赔笑:"等你治好了沫儿的病,我一定慢慢还了欠你的诊金……我一向说话算话。你没去过中原,所以不知道鼎剑阁的霍七公子,除了人帅剑法好,信用也是有口皆碑的啊!"

她写着药方,眉头却微微蹙起,不知有无听到。

"不过,虽然又凶又爱钱,但你的医术实在是很好……"他开始恭维她。

她将笔搁下,想了想,又猛地撕掉,开始写第二张。

"我知道你要价高,是为了养活一谷的人——她们都是被父母遗弃的孩子或是孤儿吧?"他却继续说,眼里没有了玩笑意味,"我也知道你虽然对武林大豪们收十万的诊金,可平日却一直都在给周围村子里的百姓送药治病。别看你这样凶,其实你……"

她的笔尖终于顿住,在灯下抬头看了看那个絮絮叨叨的人,有些诧异。

这些事,他怎生知道?

"你好好养伤,"最终,她只是轻轻按了按他的肩膀,"我会设法。"霍展白长长舒了一口气,颓然落回了被褥中。

毕竟是受了那样重的伤,此刻内心一松懈,便觉得再也支持不住。他躺在病榻上,感觉四肢百骸都痛得发抖,却撑着做出一个慵懒的笑:"哎,我还知道,你那样挑剔病人长相,一定是因为你的那个情郎也长得……啊!"

一支银针钉在了他的昏睡穴上,微微颤动。

"就算是好话,"薛紫夜面沉如水,冷冷道,"也会言多必失。"

霍展白张口结舌地看着她，嘴角动了动，仿佛想说什么，但眼皮终于不可抗拒地沉沉坠落。

"唉……"望着昏睡过去的伤者，她第一次吐出了清晰的叹息，俯身为他盖上毯子，喃喃，"八年了，那样拼命……可是，值得吗？"

从八年前他们两人抱着孩子来到药师谷，她就看出来了——

那个女人，其实是恨他的。

值得吗？她一直很想问这人一句，然而，总是被他怠懒的调侃打岔，无法出口。那样聪明的人，或许他自己心里，一开始就已经知道。

离开冬之馆，沙漏已经到了四更时分。

风绿她们已经被打发去了秋之苑，馆里其他丫头都睡下了，她没有惊动，就自己一个人提了一盏风灯，沿着冷泉慢慢走去。

极北的漠河，长年寒冷。然而药师谷里却有热泉涌出，故来到此处隐居的师祖也因地制宜，按地面气温不同，分别设了春夏秋冬四馆，种植各种珍稀草药。然而靠近谷口的冬之馆还是相当冷的，平日她轻易不肯来。

迎着漠河里吹来的风，她微微打了个哆嗦。

冷月挂在头顶，映照着满谷的白雪，隐约浮动着白梅的香气。

不知不觉，她沿着冷泉来到了静水湖边。这个湖是冷泉和热泉交汇而成，所以一半的水面上热气袅袅，另一半却结着厚厚的冰。

那种不可遏止的思念再度排山倒海而来，她再也忍不住，提灯往湖上奔去。踩着冰层来到了湖心，将风灯放到一边，颤抖着俯下身去，凝视着冰下：那个人还在水里静静地沉睡，宁静而苍白，十几年不变。

雪怀……雪怀……你知道吗，今天，有人说起了你。

他说你一定很好看。

如果你活到了现在，一定比世上所有男子都好看吧？

可惜，你总是一直一直地睡在冰层下面，无论我怎么叫你都不答应。我学了那么多的医术，救活了那么多的人，却不能叫醒你。

她喃喃对着冰封的湖面说话，泪水终于止不住地从眼里连串坠落。

虽然师父对她进行过平复和安抚，有些过于惨烈的记忆已然淡去，但是她依然记得摩迦一族一夜之间被屠戮殆尽，被追杀被逼得跳入水里时的那种绝望。

十二月的漠河水，寒冷得足以致命。

那些杀戮者从后面追来，戴着狰狞的面具，持着滴血的利剑。雪怀牵着她，慌不择路地在冰封的漠河上奔逃，忽然间冰层"咔啦"一声裂开，黑色的巨口瞬间将他们吞没！在落下的一瞬间，他将她紧紧搂在怀里，顺着冰层下的暗流漂去。

他的心口，是刺骨水里唯一的温暖。

十二年了，她一直感到深入骨髓的寒冷。在每个下雪的夜里，都会忽然惊醒，然后发了疯一样从温暖的房间里推开门冲出去，赤脚在雪上不停地奔跑，想奔回到那个荒僻的小村，去寻找那一夜曾经有过的温暖。

然而，那样血腥的一夜之后，什么都不存在了。包括雪怀。

冰下的人静静地躺着，面容一如当年。

那个十六七岁的少年弯着身子，双手虚抱在胸前，轻轻地浮在冰冷的水里，沉睡。她俯身于冰面上，对着那个沉睡的人喃喃自语——

雪怀，雪怀……你什么时候才能醒来呢？你再不醒来，我就要老了啊……

不远处，是夏之园。

值夜的丫头卷起了帘子，看到冷月下伏在湖心冰上的女子，对着身后的同伴叹气："小晶，你看……小姐她又在对冰下的那个人说话了。"

她们都是从周围村寨里被小姐带回的孤儿，或是得了治不好的病，或是因为贫寒被遗弃——从她们来到这里起，冰下封存的人就已经存在。

宁嬷嬷说，那是十二年前，和小姐一起顺着冰河漂到药师谷里的人。

那时候，前代药师谷谷主廖青染救起了这个心头还有一丝热的女孩，而那个少年却已然僵硬。然而十几年了，小姐却总是以为只要她医术再精进一些，就能将他从冰下唤醒。

"那个人，其实很好看。"小晶遥遥望着冰上的影子，有些茫然。

然而她的同伴没有理会，将目光投注在了湖的西侧，忽地惊讶地叫了起来："你看，怎么回事？秋之苑、秋之苑忽然闹了起来？有谁在打架？快去叫霜红姐姐！"

秋之苑里，房内家具七倒八歪，到处是凌乱的打斗痕迹。

风绿喘着气,这个人……到底是不是真的受过重伤啊?连着六七剑没有碰到对方的衣角,风绿一时间有些发呆起来,不知道怎么办才好。

对方身形都不见动,就瞬间移到了屋子另一角,用银刀抵着小橙的咽喉:"去叫那个女的过来,否则我杀了她。"

风绿跺了跺脚,感觉怒火升腾——早就和小姐说了不要救这条冻僵了的蛇回来,现在可好了,刚睁眼就反咬了一口!

"你有没有良心啊?"知道和对方差得太远,她立住了脚,怒骂,"白眼狼!"

"我要你去叫那个女的过来。"对方毫不动容,银刀一转,在小橙颈部划出一道血痕。

小橙不知道那只是浅浅一刀,当即吓得尖叫一声昏了过去。

"小姐她在哪里?"无奈之下,她只好转头问旁边的丫头,一边挤眉弄眼地暗示,"还在冬之馆吧?快去通告一声,让她多带几个人过来!"

最好是带那个讨债鬼霍展白过来——这个谷里,也只有他可以对付这条毒蛇了。

然而那个丫头不开窍,刚推开门,忽地叫了起来:"小姐她在那里!"

所有人都一惊,转头望向门外——雪已经停了,外面月光很亮,湖上升腾着白雾,宛如一面明亮的镜子。而紫衣的女子正伏在冰上,静静望着湖下。她身旁已经站了一个红衫侍女,赫然是从秋之苑被惊动后赶过去的霜红,正在向她禀告着什么。

她抬起头,缓缓看了这边一眼。

虽然隔了那么远,然而在那一眼看过来的刹那,握着银刀的手微微一抖。

瞳躲在阴影里,苍白的脸上没有表情,然而内心却是剧烈一震。怎么回事……怎么回事?那样远的距离,连人的脸都看不清,只是一眼望过来,怎会有这样的感觉?难道……这个女医者也修习过瞳术?

脑中剧烈的疼痛忽然间又发作了。

可能是过度使用瞳术后造成的精神力枯竭,导致引发了这头痛的痼疾。

"叫她……叫她过来!"他涩声道,保持着冷定。

"小姐!"风绿见她注意到了这里,忍不住高声大呼,"病人挟持了小橙,要见你!"

冰上那个紫衣女子缓缓站了起来,声音平静:"过来,我在这里。"

他猛然又是一震——这声音!当初昏迷中隐约听见时,已然觉得惊心,此刻冷夜里清晰传来,更是觉得心底涌出一阵莫名的冷意,瞬间头部的剧痛扩散,隐隐约约有无数的东西要涌现出来。这是……这是怎么了?难道这个女医者……还会惑音?

他咬紧了牙,止住了咽喉里的声音。

像他这样的杀手,十几岁开始就出生入死,时时刻刻都准备拔剑和人搏命,从未松懈片刻。然而不知道为什么,这一次内心却有一种强烈的愿望,让他违反了一贯的准则,不自禁地想走过去看清楚那个女医者的脸。

他拉着小橙跃出门外,一步步向着湖中走去,脚下踩着坚冰。

薛紫夜望着这个人走过来,陡然就是一阵恍惚。那是她第一次看清了这个人的全貌。果然……这双眼睛……带着微微的蓝和纯粹的黑,分明是——

"把龙血珠拿出来!"他拖着失去知觉的小橙走过去,咬着牙开口,"否则她——"

话语冻结在四目相对的瞬间。

那一瞬间他的手再度剧烈颤抖起来,怔怔地望着眼前这个人,无法挪开视线。并不是因为这个女医者会瞳术,而是因为……她的眼睛……她的眼睛!好像在哪里……看到过?

脑部的剧痛再度扩散,黑暗在一瞬间将他的思维笼罩。

他听到那个冷月下的女子淡淡开口,无喜无怒:"病人不该乱跑。"

怎么……怎么又是那样熟悉的声音?在哪里听到过吗?

他身子摇晃了一下,眼前开始模糊。

视线凌乱地晃动着,终于从对方的眼睛移开了,然后漫无边际地摇着,最终视线投注在冰上,忽然又定住——他低低惊叫出声。那里,是什么?

一张苍白的脸静静浮凸出来,隔着幽蓝的冰望着他。如此地熟悉。

这、这是——他怎么会在那里?是谁……是谁把他关到了这里?

瞳惊骇地望着冰下那张脸,身子渐渐发抖,忽然间再也无法坚持地抱着头低呼起来,手里的银刀落在冰上,发出苦痛凄厉的叫喊。

"小姐……小姐！"远处的侍女们惊呼着奔了过来。

刚才她们只看到那个人站到了谷主的对面，然而说不了几句就开始全身发抖，最后忽然大叫一声跌倒在冰上，抱着头滚来滚去，仿佛脑子里有刀在绞动。所有侍女都仰慕地望着她，是谷主用了什么秘法，才在瞬间制服了这条毒蛇吧。

然而薛紫夜的脸色却也是惨白，全身微微发抖。

没错……这次看清楚了。

这个人的一双眼睛如此奇诡，带着微微的蓝和纯粹的黑，蕴含着强大的灵力——分明是如今已经灭绝了的摩迦一族才有的特征！

她将那个不停凄厉号叫的人按住："快！给我把他抬回去！"

为什么还要救这个人？所有侍女在动手救治的时候，都有些心不甘情不愿。然而谷主的意思没人敢违抗。

那个人的病看起来实在古怪，不像是以往来谷里求医的任何人。小姐将他安放在榻上后，搭着脉，已然蹙眉想了很久，没有说话。

"你们都先出去。"薛紫夜望着榻上不停抱着头惨叫的人，吩咐身边的侍女，"对了，记住，不许把这件事告诉冬之馆里的霍展白。"

"可是……"风绿实在是不放心小姐一个人留在这条毒蛇旁边。

"不要紧。"薛紫夜淡淡道，"你们先下去，我给他治病。"

"是。"霜红知道谷主的脾气，连忙一扯风绿，对她使了一个眼色，双双退了出去。侍女们退去后，薛紫夜站起身来，"唰"的一声拉下了四周的垂幔。

房间里忽地变得漆黑，将所有的月光雪光都隔绝在外。

在黑暗重新笼罩的瞬间，那个人的惨叫停止了。

她怔了怔，嘴角浮出了一丝苦笑：是怕光吗？这个人身上的伤其实比霍展白更重，却一直在负隅顽抗，丝毫不配合治疗。

她本来可以扔掉这个既无回天令又不听话的病人，然而他的眼睛令她震惊——摩迦一族在十二年前的那一场屠杀后已然灭门，她亲手收殓了所有人的遗体，怎么还会有人活着？这个人到底是谁？又是怎么活下来的？

而且，他的眼睛虽然是明显继承了摩迦一族的特征，却又隐约有些不一样。那种眼神有着魔咒一样的力量，让所有人只要看上一眼就无法挪开。

　　往日的一切本来都已经远去了，除了湖水下冰封的人，没有留下丝毫痕迹。此刻乍然一见到这样的眼睛，仿佛是昔日的一切又回来了——还有幸存者！那么说来，就还有可能知道当年那一夜的真相，知道到底是什么样的魔手将一族残酷地推向了死亡！

　　她一定要救回他。

　　薛紫夜将手伸向那个人的脑后，却在瞬间被重重推开。

　　黑暗中，那个昏迷的人忽然间从榻上直起，连眼睛都不睁开，动作快如鬼魅，一下子将她逼到了墙角，反手切在她咽喉上，急促地喘息。

　　然而，终究抵不过脑中刀搅一样的痛，他只维持了一瞬就全身颤抖地跪了下去。

　　她惊骇地看着，就算是到了这样的境地，还有这样强烈的反射意识？这个人，是不是接受过某种极严酷的训练，才养成了这样即便是失去神志，也要格杀一切靠近身边之人的习惯？

　　"啊……滚……给我滚……"那个人在榻上喃喃咒骂，抱着自己的头，忽地以头抢地，"我要出去……我要出去！放我出去！"

　　薛紫夜忽然间呆住，脑海里有什么影像瞬间浮出。

　　黑暗里，同样的厉呼在脑海中回响，如此熟悉又如此遥远，一遍又一遍地撞击着记忆的闸门——放我出去！放我出去！

　　她忽然间有些苦痛地抵住了自己的头，感觉两侧太阳穴在突突跳动——

　　难道……是他？竟然是他？

三 雪·第二夜

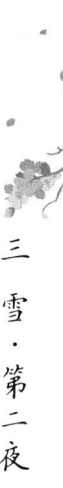

外面还在下着雪。

薛紫夜坐在黑暗里,侧头倾听着雪花簌簌落下的声音,感觉到手底下的人还在微微发抖。过了整整一天,他的声音已经嘶哑,反抗也逐步地微弱下去。

她站起身,点燃了一炉醍醐香。醒心明目的香气充斥在黑暗的房里,安定着狂躁不安的人。

过了很久,在天亮的时候,他终于清醒了。

这一次他没有再做出过激的行为,不知道是觉得已然无用还是身体极端虚弱,只是静默地躺在榻上,微微睁开了眼睛,望着黑暗中的房顶。

"为什么不杀我?"许久,他开口问。

她微微笑了笑:"医者不杀人。"

"那……为什么要救我?我没有回天令。"他茫然地开口,沉默了片刻,"我知道你是药师谷的神医。"

"嗯。"她点点头,"我也知道你是大光明宫的杀手。"

她在黑暗中拿起了一个白玉面具,放到了自己脸上——那是她派人搜索了谷外冷杉林后带回来的东西。而那边的林里，大雪掩埋着十二具尸体，是昆仑大光明宫座下的十二银翼杀手。

而率领这一批光明界里顶尖精英的，就是魔教里第一的杀手——瞳。

那个传说中暗杀之术天下无双，让中原武林为之震惊的嗜血修罗。

在她将面具覆上脸的刹那，他侧头看了一眼，忽然间霍地坐起——闪电般地伸出手来，在她反应过来之前抓到了那个面具！然后仿佛那个动作耗尽了所有的体能，他的手指就停在了那里，凝望着她，激烈地喘息着，身体不停发抖。

"你究竟是谁？你的眼睛……你的眼睛……"他望着面具上深嵌着的两个洞，梦呓般地喃喃，"我好像……好像在哪里看到过……"

是的，方才他在冰湖之上顿住了手，就是因为看到了这样一双眼睛！

薛紫夜却微微笑了起来——已经不记得了？或许他认不出她的脸，但是她的眼睛，他应该还记得吧？

她抓住了他的手，轻轻按下："我也认得你的眼睛。"

"你……你到底是谁？"瞳在黑暗里急促呼吸着，望着面具后那双眼睛，忽然间感觉头又开始裂开一样地痛。他低呼了一声，抱着头倒回了榻上，然而弥漫全身的杀气和敌意终于收敛了。

"你放心，"他听到她在身侧轻轻地说，"我一定会治好你。"

"我一定不会再让你，被一直关在黑暗里。"

第二轮的诊疗在黑暗中开始。

醍醐香在室内萦绕，她将银针刺入了他的十二处穴位。令人诧异的是，虽然是在昏迷中，那个人身上的肌肉却在银针刺到的瞬间，下意识地发生了凹陷，穴位在转瞬间移开了一寸。

乾坤大挪移？

薛紫夜惊诧地望着这个魔教的杀手。竟然掌握了圣火令上的绝顶秘术？难怪霍展白都会栽在这个人手上。可是……昔年的那个孩子，是怎么活下来的，又是怎么会变得如今这般？

她微微叹了口气，盘膝坐下，开始了真正的治疗。

无论如何，不把他脑中的病痛解除，什么都无法问出来。

这是前所未有的挑战——因为所要愈合的，并不是身体上的伤。要如

何治疗瞳术引发的混乱和癫狂，她尚未有过任何经验。迟疑了许久，终于暗自点了点头，既然如此，那么，就试试和瞳术同源的"观心"吧！

观心乃是"治心之术"，用于癫狂及失忆之症。

在银针顺利地刺入十二穴后，她俯下身去，双手按着他的太阳穴，靠近他的脸，静静地在黑暗里凝视着他的眼睛，轻轻开口："你，听得到我说话吗？"

那个人模糊地应了一声。醍醐香的效果让瞳陷入了深度的昏迷，眼睛开了一线，神志却处于游离的状态。

"你叫什么名字？"她继续轻轻问。

"瞳。"他身体动了动，忽然间起了痛苦的抽搐，"不，我不叫瞳。我……我叫……我想不起来……"

第一个问题便遇到了障碍。她却没有气馁，凝视着他，缓缓开口："是不是，叫作明玠？"

手底下痛苦的颤动忽然停止了，他无法回答，仿佛有什么阻拦着他回忆。

"明玠……"他喃喃重复着，"我……听过这个名字。"

"明玠，你从哪里来？"她一直凝视着他半开的眼睛，语音低沉温柔。

从哪里来？他从哪里……他忽然间全身一震。

是的，那是一个飘着雪的地方，还有终年黑暗的屋子。他是从那里来的……不，不，他不是从那里来的——他只是用尽了全力想从那里逃出来！

他忽然间大叫起来，用手捂住了眼睛："不要……不要挖我的眼睛！放我出去！"

那一瞬间，血从耳后如同小蛇一样细细地蜿蜒而下。他颓然无声地倒下。

怎么了？薛紫夜变了脸色：观心术是柔和的启发和引诱，用来逐步地揭开被遗忘的记忆，不可能导致如今这样的结果！这血……难道是？她探过手去，极轻地触摸了一下他的后脑。细软的长发下，隐约摸到一根冷硬的金属。

她不敢再碰：因为那一根金针，深深地扎入了玉枕死穴。她小心翼翼地沿着头颅中缝摸上去，在风府、百会两穴又摸到了两根一模一样的金针。

她变了脸色——金针封脑！

难道，他的那一段记忆，已经被某个人封印？那是什么样的记忆……关系着什么样的秘密？到底是谁……到底是谁，屠戮了整个摩迦一族，杀死了雪怀，又封印了这一切？

她握着银针，俯视着那张苦痛中沉睡的脸，眼里忽然间露出了雪亮的光。

月下的雪湖。冰封在水下的那张脸还是这样年轻，保持着十六岁时候的少年模样，然而匍匐在冰上的女子却已经是二十多的容颜。

她伏在冰上，对着那个微笑的少年喃喃自语。

雪怀……雪怀，你知道吗，今天，我遇到了一个我们都认识的人。

你还记得那个被关在黑屋子里的孩子吗？是的，明玗，他回来了！这么多年来，只有我陪你说说话，很寂寞吧？看到了认识的人，你一定也觉得很开心吧？虽然他已经不记得了，但毕竟，那是你曾经的同伴，我的弟弟。

你们曾经那么要好，也对我那么好。

所以，你放心，我一定会尽全力把明玗治好。

不惜一切，我也一定要追索出当年的真相，替摩迦全族的人复仇！

将手里的药丸扔出去，雪鹞一个飞扑叼住，衔回来给他，"咕咕"地得意着。

再扔出去。再叼回来。

在这种游戏继续到第二十五次的时候，霍展白终于觉得无趣。

自从他被飞针扎中后，死人一样地昏睡了整整两天，然而醒来的时候身边竟然没有一个人，榻边的小几上只放了一盘冷了的饭菜，和以前众星拱月的待遇大不相同。但是知道那个女人一贯做事古怪，他也不问，吃饱了就睡，睡醒了又吃，闲着的时候就和雪鹞做做游戏。

这样又过了三天。

他的耐心终于渐渐耗尽,开始左顾右盼,希望能在馆里找到一两个侍女,问问那个死女人究竟去了哪里,竟然将他这么重要的一个垂危病人扔在这里自生自灭。

墙上挂了收回的九面回天令,他这里还有一面留了八年的——今年的病人应该早已看完了,可这里的人呢?都死哪里去了?他还急着返回临安去救沫儿呢!

可惜的是居然连风绿都不见了人影,问那几个来送饭菜的粗使丫头,又问不出个所以然——那个死女人对手下小丫头们的管束之严格,八年来他已经见识过。

他闷在这里已经整整三天。

"人呢?人呢?"他终于忍不住大叫了一声,震得尘土簌簌下落,"薛紫夜,你再不出来,我要把这里拆了!"

"哟,七公子好大的脾气。"狮吼功果然是有效的,正主立刻被震了出来。薛紫夜五天来第一次出现,推开房门进来,手里托着一套银针:"想挨针了?"

他一看到她就没了脾气。

"嘿嘿……想你了嘛。"他低声下气地赔笑脸,知道目下自己还是一条砧板上的鱼,"这几天你都去哪里啦?不是说再给我做一次针灸吗?你要再不来——"

"嗯?"薛紫夜拈着针,冷哼着斜看了他一眼。

"你要再不来,这伤口都自己长好啦!"他继续赔笑。

她看也不看,一反手,五支银针就甩在了他胸口上,登时痛得他说不出话来。

"好得差不多了,再养几天,可以下床。"搭了搭脉,她面无表情地下了结论,敲着他的胸口,"你也快到而立之年了,还动不动被揍成这样——你真的有自己号称的那么厉害吗?可别吹牛来骗我这个足不出户的女人啊。"

"你是没看到我一剑平天下的雄姿英发……我可是昔年被鼎剑阁主亲授墨魂剑的人啊!"他翻了翻白眼,大言不惭地吹嘘,"要不是我再三推辞,如今我就是鼎剑阁主了!"

"我看你挨打的功夫倒算是天下第一。"薛紫夜却没心思和他说笑,只是小心翼翼地探手过来绕到他背后，摸着他肩胛骨下的那一段脊椎，眉头微微蹙起，"这次这里又被伤到了。以后再不小心，瘫了别找我。这不是开玩笑。"

她甚至比他自己更熟悉这具伤痕累累的身体：他背后有数条长长的疤，干脆利落地划过整个背部，仿佛翅膀被"唰"的一声斩断留下的痕迹。那，还是她三年前的杰作——在他拿着七叶明芝从苗疆穿过中原来到药师谷的时候，她从他背部挖出了足足一茶杯的毒砂。

她的手指轻轻叩在他的第四节脊椎上，疼痛如闪电一样沿着背部串入了脑里。

他脱口大叫，全身冷汗涔涔而下。

"不要再逞能了。"薛紫夜叹了口气，第一次露出温和的表情，低声，"你的身体已经到极限——想救人，但也得为自己想想。我不可能一直帮到你。"

霍展白剧烈地喘息，手里握着被褥，忽然有种不好的预感。

"你这话是什么意思？"他抬起头看她，几日不见，她的脸有些苍白，也没有了往日一贯的生气勃勃叱咤凌厉，他有些不安，"出了什么事？你遇到麻烦了？"

她从被褥下抽出手来，只是笑了笑，将头发拢到耳后："不啊，因为拿到了解药，你就不必再来这里挨我的骂了……那么高的诊金你又付不起，所以以后还是自己小心些。"

他松了一口气，笑："怎么会不来呢？我以身抵债了嘛。"

薛紫夜扯着嘴角笑了一下，眼睛里却毫无笑意——如果……如果让他知道，八年前那一张荟萃了天下奇珍异宝的"药方"，原来只是一个骗局，他又会怎样呢？

沫儿的病是胎里带来的，秋水音怀孕的时候颠沛流离，又受了极大打击，这个早产的孩子生下来就先天不足，根本不可能撑过五岁。即便是她，穷尽了心力也只能暂时保住那孩子的性命，苟延残喘，而无力回天。

但是那时候她刚执业，心肠还软，经不起他的苦苦哀求，也不愿意让他们就此绝望，只有硬着头皮开了一张几乎是不可能的药方——里面的任何一种药材，都是世间罕见，江湖中人人梦寐以求的珍宝。

她只是给了一个机会让他去尽力，免得心怀内疚。

因为那个孩子，一定会在他风尘仆仆搜集药物的途中死去。

然而，她没有想到一年年地过去，这个人居然如此锲而不舍不顾一切地追寻着，将那个药方上的药材一样一样地配齐，拿到了她面前。而那个孩子在他的精心照顾下，居然也一直奄奄一息地活到了今天。这一切，在她这个神医看来，都不啻一个奇迹。

这个世间，居然有一个比自己还执迷不悟的人吗？

她微微叹了口气。如今……又该怎生是好？

到了现在再和他说出真相，她简直无法想象霍展白会有怎样的反应。

"好痛！你怎么了？"在走神的刹那，听到他诧异地问了一声，她一惊，发现自己居然不知不觉将刺在他胸口的一根银针直直按到了末尾。

"啊呀！"她惊呼了一声，"你别动！我马上挑出来，你千万别运真气！"

霍展白有些惊讶地望着她，八年来，他从未见过这个彪悍的女人如此惊慌失措。他内心有些不安，她一定遇到了什么事情，却不肯说出来。

认识了那么久，他们几乎成了彼此最熟悉的人。这个孤独的女子有着诸多的秘密，却一直绝口不提。但是毕竟有一些事情，瞒不过他这个老江湖的眼睛——比如说，他曾不止一次看见过她伏在那个冰封的湖面上喃喃说话，而湖底下，封着一个早已死去多年的人。

他在一侧遥望，却没有走过去。

他甚至从未问过她这些事——就像她也从未问过他为什么要锲而不舍地求医。

八年来，他不顾一切地拼杀。每次他冲过血肉横飞的战场，她都会在这条血路的尽头等着……他欠她那么多。如今，自己的心愿已然快要完结，到底有没有什么方法，可以为她做点什么？

"嗯，我说，"他看着她用绣花针小心翼翼地挑开口子，把那根不小心按进去的针重新挑出来，忍着痛开口，"为了庆祝我的痊愈，今晚一起喝一杯怎么样？"

薛紫夜愣了一下，抬起头来，脸色极疲倦，却忽地一笑："好啊，谁怕谁？"

天黑之前，在赴那个赌酒之约前，她回了一次秋之苑。

重重的帘幕背后，醍醐香萦绕，有人在沉沉昏睡。

脑后的血已经止住了，玉枕穴上的第一根金针已经被取出，放在一旁的金盘上。尖利的针上凝固着黑色的血，仿佛是从血色的回忆里被生生拔出。

黑暗如铁做的裹尸布一样，将他层层裹住。

幻象一层层涌出。

这是哪里……这是哪里？是……他来的地方吗？

手脚都被吊在墙壁上，四周没有一丝光。他缩在黑暗的角落里，感觉脑袋就如眼前的房子一样一片空白。没有人来看他，这个小小的冰冷的木屋里，从来只有他一个人。

外面隐约有同龄人的笑闹声和风吹过的声音。

那里头有一个声音如银铃一样的悦耳，他一侧头就能分辨出来：是那个汉人小姑娘，小夜姐姐——在全村的淡蓝色眼眸里，唯一的一双黑白眼睛。

在被关入这个黑房子的漫长时间里，所有人都绕着他走，只有小夜和雪怀两个会时不时地过来安慰他，隔着墙壁和他说话。那也是他忍受了那么久还没有崩溃的原因所在。

"别烦心呢，病人是不该乱走的，"她的眼睛从墙壁的小孔里看过来，一闪一闪，含着笑意，"明玕，你的病很快就会好了，很快可以出来和我们一起玩了！"

是吗……他很快就好了？可是，他得的到底是什么病？有谁告诉他，他得了什么病？

他有些茫然地望着小孔后的那双的眼睛。好多年没见，小夜也应该长大了吧？可是他却看不见。他已经快记不得她的样子，因为七年来，他只能从小洞里看到她的那双眼睛：明亮的、温暖的、关切的——自从他六岁时杀了人开始，大家都怕他，叫他怪物，只有她还一直叫自己弟弟。

外面的笑语还在继续，吵得他心烦。她在和谁玩呢？怎么昨天没来和他说话？现在……外头又是什么季节了？可以去冰河上抽陀螺了吗？可以去凿冰舀鱼了吗？都已经那么久了，为什么他还要被关在这里？

他有没有做错事！他要出去……他要出去！

因为愤怒和绝望，黑暗中孩子的眼睛猛然闪出了奕奕的光辉，璀璨如

琉璃。

"嘎吱——"旁边的墙壁裂开了一条口子,是活动的木板被抽出了,随即又推送了回来,上面放着一条干鱼和一碗白饭,千篇一律。

"小怪物,吃饭!"外头那个人哑着嗓子喝了一声,十二分的嫌恶。

那是鹄,他七年来的看守人。

从六岁的那件事后,他被关入了这个没有光的黑房子,锁住手脚钉在墙壁上,整整过了七年。听着外面的风声和笑语,一贯沉默的孩子忽然间爆发了,忽地横手一扫,所有器皿丁零当啷碎了一地。

"小怪物!"看守人隔着墙壁听到了里头的声音,探头进来,瞪着他,"找死啊?"

然而,那一瞬间,只看得一眼,他的身体就瘫软了。

黑暗里,孩子用力摇晃着锁链,眼睛牢牢地贴着送饭的口子往外看,爆发出了怒吼:"我要出去!放我出去!快放我出去!该死的,放我出去!"

随着他的声音,瘫软的看守人竟然重新站了起来,然而眼神是直直的,动作缓慢,"咔嚓咔嚓"地走到贴满了封条的门旁,拿出了钥匙,木然地插了进去,竟然真的如言打开了门。

突如其来的光刺痛了黑暗里孩子的眼睛,他瑟缩了一下,却看到那个凶神恶煞的人面无表情地走了进来,一言不发地俯身,解开他手足身上的锁链。

咦,这个家伙……到底是怎么了?怎么连眼神都发直?

然而十三岁的他来不及想,只是欢呼着冲出了那扇禁闭了他七年的门,外面的风吹到了他的脸上,他在令人目眩的日光里举起了手臂,对着远处嬉戏的同村孩子们欢呼:"小夜姐姐!雪怀!我出来了!"

看守者跟了几步,似乎想追上他。

他回头瞪了对方一眼,转头就跑:"滚,别跟着我!去死吧!"

但是,就在他这个念头闪过的刹那,听到了背后房间内传来了一声惨叫。

他惊骇地回头,看到了极其恐怖的一幕——那个看守者,居然将铁质的钥匙一分分插入了自己的咽喉!他面上的表情极其痛苦,然而手却仿佛被恶魔控制了,一分一分地推进。

孩子惊得连连后退，一屁股坐在了门外的地上，揉着自己的眼睛。

不会吧？这、这应该是幻觉吧？

鹄怎么会忽然间做出这种行为……就像当初驿站里那两个差役一样，自己扼住自己的脖子，活活把自己扼死！

难道……就是因为他下意识说了一句"去死"？

"啊！杀人了！怪物……怪物杀人了！"远处的孩子们回过头看到了这可怕的一幕，一起尖叫起来，你推我挤跟跟跄跄地跑开了。那个汉人女孩被裹在人群中，转瞬在雪地上跑得没了踪影。

小夜……小夜……我好不容易才跑出来了，为什么你见了我就跑？

他回过神来，下意识地想追出去，忽然间后脑重重挨了一下，眼前骤然黑了下来。

"死小子，居然还敢跑出来！"背后有人拎着大棒，一把将他提起。

他被拖入了族里祠堂，有许多人围上来了，惊慌地大声议论："上次杀了官差的事好不容易被掩下来了，可这次竟然杀了村里人！这可怎么好？"

"族里又出了怪物！老祖宗说过，百年前我们之所以从贵霜国被驱逐，就是因为族里出过这样一个怪物！那是妖瞳啊！"

"大家别吵了。其实他也还是个小孩子啊……上次杀了押解的官差也是不得已。"有一个老人声音响起，唉声叹气，"但是如今他说杀人就杀人，可怎么办呢？"

"族长，你不能再心软了，妖瞳出世，会祸害全族！"无数声音提议，群情汹涌，"看来光关起来还不行，得挖了他的眼睛，绝了祸害！"

老人沉吟着，双手有些颤抖，点了几次火石还点不上。

居于深山的摩迦一族，眼睛虽然呈现出中原和西域都不曾有的淡蓝和深黑，但平日却没有丝毫异常——根本不像传说中那样，曾经出过杀人于一个眼神之间，导致贵霜全国大乱的恶魔。

一直以来，他都以为摩迦一族因为血脉里有魔性而被驱逐的传说是假的，然而不料在此刻，在一个孩童的眼睛里，一切悲剧重现了。

"爷爷，不要挖明玠的眼睛，不要！"忽然间有个少年的声音响亮起来，不顾一切地冲破了阻拦，"求求你，不要挖明玠的眼睛！他不是个坏人！"

"雪怀，大人说话没你的事，一边去！"毫不留情地推开宠爱的孙子，老人厉叱，又看到了随着一起冲上来的汉人少女，更是心烦，"小夜，你也给我下去——我们摩迦一族的事，外人没资格插手！"

如果不是为了这个外来的汉人女孩，明玠也不会变成今日这样。

"先给我关回去，三天后开全族大会！"

在睁开眼睛的瞬间，黑暗重新笼罩了他，他拼命摇晃着手脚的锁链，嘶声大喊。

不要挖我的眼睛！放我出去！放我出去！

"明玠。"背后的墙上忽然传来轻轻的声音。

他狂喜地扑到了墙上，从那个小小的缺口里看出去，望见了那一双黑白分明的眼睛："小夜姐姐！是你来看我了？"

"别怕。那些混账大人说你的眼睛会杀人，可为什么我看了就没事？他们胡说！"那双眼睛含着泪，盈盈欲泣，"你是为了我被关进来的——我和雪怀说过了，如果、如果他们真挖了你的眼睛，我们就一人挖一只给你！"

从洞口看出去，那双黑白分明的眼睛里有泪水滑落。

他看得出神。在六岁便被关入黑房子，之后的七年里他从未见过她。即便是几天前短暂的逃脱里，也未曾看清她如今的模样——小夜之于他，其实便只是缺口里每日露出的那一双明眸而已：明亮、温柔、关怀、温暖……黑白分明，宛如北方的白山和黑水。

小夜姐姐……雪怀……那一瞬间，被关了七年却从未示弱过的他在黑暗中失声痛哭。

你，从哪里来？

黑暗中有个声音冥冥问他。明玠，你从哪里来？

假的……假的……这一切都是假的！他不过是坠入了另一个类似瞳术的幻境里！

在那个声音响彻脑海的刹那，在双明眸越来越模糊，他在心里对自己大呼，极力抵抗那些联翩浮现的景象。是假的！绝对、绝对不要相信……那都是幻象！

"明玠，明玠！"耳边有人叫着这样一个名字，死死按住了他抓向后脑的双手，"没事了……没事了。不要这样，都过去了……"

他在黑暗中睁开眼，看到了近在咫尺的一双明亮的眼睛，黑白分明。

"小夜姐姐？"回忆忽然和眼前重合了，他抓住了面前人的手，忽然间觉得疲倦和困乏，喃喃，"都是假的……都是假的……"

"不是假的。真的是我，"她在黑暗里紧紧握住他的手，"我回来了。"

他的神志还停在梦境里，只是睁开眼睛茫然地看她，极力伸出手，仿佛要触摸她的脸颊，来确认这个存在的真实性。然而手伸到了半途便无力滑落，重新昏沉睡去。

薛紫夜站起身，往金狻猊的香炉里添了一把醍醐香，侧头看了一眼睡去的人。

金盘上那一根金针闪着幽幽的光——她已然解开了他被封住的一部分记忆。然而，在他的身体恢复之前，大概不能贸然将三根金针一下子全部拔出，否则明玕可能因为承受不住那样的冲击而彻底疯狂。

看来，只有一步一步地慢慢来了。

她安顿好了病人，准备去赴那个赌酒之约。

极北的漠河，即便是白天，天空也总是灰蒙蒙，太阳苍白而疲倦地挂在地平线上。

薛紫夜指挥侍女们从梅树底下的雪里，挖出了去年埋下去的那瓮"笑红尘"。冬之馆的水边庭园里，红泥小火炉暖暖地升腾着，热着一壶琥珀色的酒，酒香四溢，馋得架子上的雪鹞不停地嘀咕，爪子"窸窸窣窣"地抓挠不休。

"让它先来一口吧。"薛紫夜侧头笑了笑，先倒了一杯出来，随手便是一甩。杯子划了一道弧线飞出，雪鹞"噗啦啦"一声扑下，叼了一个正着，心满意足地飞回了架子上，脖子一仰，咕噜喝了下去，发出了欢乐的咕咕声。

"真厉害，"虽然见过几次了，她还是忍不住惊叹，"你养的什么鸟啊！"

"有其主人必有其鸟嘛。"霍展白趁机自夸一句。

话音未落，只听那只杯子"啪"的一声掉到雪地里，雪鹞醉醺醺地摇晃了几下，一个倒栽葱掉了下来，快落下架子时右脚及时地抓了一下，就

如一只西洋自鸣钟一样打起了摆子。

"当然,主人的酒量比它好千倍!"他连忙补充。

两人就这样躺在梅树下的两架胡榻上,开始一边喝酒一边聊天——他嗜酒,她也是,而药师谷里自酿的"笑红尘"又是外头少有的佳品,所以八年来,每一次他伤势好转后就迫不及待地提出要求,于是作为主人的她也会欣然捧出佳酿相陪。

当然,是说好了每瓮五十两的高价。

"你的酒量真不错,"想起前两次拼酒居然不分胜负,自命海量的霍展白不由得赞叹,"没想到你一介女流,居然也好这一口。"

"十四岁的时候落入漠河,受了寒气,所以肺一直不好。"她自饮了一杯,"谷里的酒都是用药材酿出来的,师父要我日饮一壶,活血养肺。"

"哦。"他若有所思地望着远处的湖面,似是无意,"怎么掉进去的?"

薛紫夜眉梢一挑,哼了一声,没有回答。

明白自己碰了壁,霍展白无奈地叹了口气,闷声喝了几杯,只好转了一个话题:"你没有出过谷吧?等我了了手头这件事,带你去中原开开眼界,免得你老是怀疑我的实力。"

"呵,"她饮了第二杯,面颊微微泛红,"我本来就是从中原来的。"

霍展白微微一惊,口里却刻薄:"中原居然还能出姑娘这般的英雄人物?"

"我本来是长安人氏,七岁时和母亲一起被发配北疆。"仿佛是喝了一些酒,薛紫夜的嘴也不像平日那样严实,晃着酒杯,眼睛望着天空,"长安薛家——你听说过吗?"

霍展白手指握紧了酒杯,深深吸了一口气,"嗯"了一声,免得让自己流露出太大的震惊。

怎么会没有听说过!

长安的国手薛家,是传承了数百年的杏林名门,居于帝都,向来为皇室的御用医生,族里的当家人世代官居太医院首席。然而和墨家不同,薛家自视甚高,一贯很少和江湖人士来往,唯一的前例,只听说百年前薛家一名女子曾替听雪楼楼主诊过病。

"那年,十岁的太子死了。替他看病的祖父被当场庭杖至死,抄家灭门。男丁斩首,女眷流放三千里与披甲人为奴。"薛紫夜喃喃道,眼神仿佛看到了极远的地方,"真可笑啊……宫廷阴谋,却对外号称太医用药有误。伴君如伴虎,百年荣宠,一朝断送。"

她晃着杯里的酒,望着映照出的自己的眼睛:"那时候,真羡慕在江湖草野的墨家呢。"

"是流放途中遇到了药师谷谷主吗?"他问,按捺着心里的惊讶。

"不是。"薛紫夜靠在榻上望着天,"我和母亲被押解,路过了一个叫摩迦的荒僻村寨,后来……"说到这里她忽然停住了,发现了什么似的侧过头,直直望着霍展白,"怎么,想套我的话?"

他被问住了,闷了片刻,只道:"我想知道我能帮你什么。"

"嗯?"薛紫夜似乎有点意外,支起下巴看着他,眼色变了变,忽地眯起了眼睛笑,"好吧,那你赶快多多挣钱,还了这六十万的诊金。我谷里有一群人等米下锅呢!"

这个问题难倒了他,有点尴尬地抓了抓头:"这个……你其实只要多看几个病人就可以补回来了啊!那么斤斤计较的爱财,为什么一年不肯多看几个?"

"那个,"她抓了一粒果脯扔到嘴里,"身体吃不消。"

他有点意外地沉默下去,一直以来,印象中这个女人都是强悍而活跃的,可以连夜不睡地看护病人,可以比一流剑客还敏捷稳定地处理伤口,叱喝支配身边的一大群丫头。连鼎剑阁主、少林方丈到了她这里都得乖乖听话。

没人看得出,其实这个医生本身,竟也是一个病人。

"而且,我不喜欢这些江湖人。"她继续喃喃,完全不顾身边就躺着一个,"这种耗费自己生命于无意义争夺的人,不值得挽救——有那个时间,我还不如多替周围村子里的人看看风寒高热呢!"

霍展白有些受宠若惊:"那……为什么又肯救我?"

"这个嘛……"薛紫夜捏着酒杯仰起头,望了灰白色的天空一眼,忽地笑弯了腰,伸过手刮了刮他的脸,"因为你这张脸还算赏心悦目呀!谷里都是女人,多无聊啊!"

他无奈地看着她酒红色的脸颊,知道这个女子一直都在聪明地闪避着话题。

他从榻上坐起了身，一拍胡榻，身侧的墨魂剑发出怆然长响，从鞘中一跃而出落入了他手里。他足尖一点，整个人化为一道光掠了出去。

风在刹那间凝定。

等风再度流动的时候，院子里那一树梅花已然悄然而落。

他在一个转身后轻轻落回了榻上，对着她微微躬身致意，伸过了剑尖——剑身上，整整齐齐排列着十二朵盛开的梅花，清香袭人。

"紫夜，"他望着她，决定不再绕圈子，"如果你遇到了什么为难的事，请务必告诉我。"

那是他第一次直呼她的名字，薛紫夜怔了怔，忽地笑了起来："好好的一树梅花……真是焚琴煮鹤。你是不是想告诉我，你其实真的很厉害？"

他撇了撇嘴："本来就是。"

"好。"她干脆地答应，"如果我有事求你，一定会告诉你，不会客气。"

"一定？"他有些不放心，因为知道这个女子一向心思复杂。

"一定。"她却笑得有些没心没肺，仿佛是喝得高兴了，忽地翻身坐起，一拍桌子，"姓霍的，你刚才不是要套我的话吗？想知道什么啊？怎么样，我们来这个——"她伸出双手比了比划拳的姿势，"只要你赢了我，赢一次，我回答你一件事，如何？"

来不及多想，他就脱口答应了。

然而下一刻他就悔青了肠子，因为想起一则江湖上一度盛传的笑话：号称赌王的轩辕三光在就医于药师谷时，曾和谷主比过划拳，结果大战三天后只穿着一条裤衩被赶出了谷。据说除了十万的诊金，还输光了多年赢来的上百万身家。

"那好，来！"见他上当，薛紫夜眼睛猫一样地眯了起来，中气十足地伸出手来，以迅雷不及掩耳之势大喝，"三星照啊，五魁首！你输了！——快快快，喝了酒，我提问！"

…………

那一场酒究竟喝了多久，霍展白已经记不得了。醒来的时候，夜色已经降临，风转冷，天转黯，庭里依稀有雪花落下。旁边的炉火还在燃烧，可酒壶里却已无酒。桌面上杯盏狼藉，薛紫夜不知何时已经坐到了他同侧的榻上，正趴在案上熟睡。

仗着学剑出来的耳目聪敏，他好歹也赢了她十数杯，看来这个女人也是不行了。

但是……但是……他仰起沉重的脑袋，在冷风里摇了摇，努力回想自己方才到底说了什么。他只依稀记得自己喝了很多很多酒，被一个接一个地问了许多问题。那些问题……那些问题，似乎都是平日里不会说出来的。

"为什么不肯接任鼎剑阁主的位置？墨魂剑不是都已经传给你了吗？"

"因为……那时候徐重华他也想入主鼎剑阁啊……秋水来求我，我就……"

"原来是为了女人啊！可是，好像最后老阁主也没把位置传给那个姓徐的呀？"

"那是第二个问题了。先划拳！"

"九连环啊……满堂红！我又赢了！你快回答嘛。"

"呃……因为……阁里的长老们都不答应。说他为人不够磊落宽容，武学上的造诣也不够。所以……老阁主还是没传位给他。"

"哦……来来来，再划！"

她问得很直接很不客气，仗着酒劲，他也没有再隐瞒。

何况，沫儿的药也快要配好了，那些事情终究都要过去了……也不用再隐瞒。

他的生平故事，其实在中原武林里几乎人人皆知——

他本是天山派的大弟子，天资过人，年纪轻轻便成为武林中有数的顶尖好手，被鼎剑阁南宫老阁主钦点入阁，成为鼎剑阁八大名剑之一。十五岁起，他就单恋同门师妹秋水音，十几年来一往情深，然而秋水音却嫁给了鼎剑阁八大名剑的另一位——汝南徐家的徐重华。

他是至情至性之人，虽然伤心欲绝，却依然对她予取予求，甚至为她辞去了鼎剑阁主的位置，不肯与她的夫婿争夺。

然而被长老们阻拦，徐重华最终未能如愿入主鼎剑阁，性格偏狭激烈的他一怒之下杀伤多名提出异议的长老，叛离中原投奔魔教大光明宫。

他奉命追捕，于西昆仑星宿海旁将其斩杀。

从此后，更得重用。

然而南宫老阁主几度力邀这个年轻剑客入主鼎剑阁，却均被婉拒。

"为什么当初……你要主动请求去追捕他呢？"喝得半醉时，那个女人还有这样灵敏的头脑，醉醺醺地问，"那是个吃力不讨好的事……你又不是、又不是不知道。"

他苦笑着，刚想开口说什么，充满了醉意的眼神忽然清了清，重新沉默。

"秋水求我去的……"最终，他低下头去握着酒杯，说出了这样的答案，"因为换了别人去的话……可能就不会把他活着带回来了……他口碑太坏，人缘也差。"

"可是……你也没有把他带回来啊……"她醉了，喃喃，"你还不是杀了他。"

"不！我没有……"他说到一半停住，霍然咬住了牙。

虽然已经是酒酣耳热，但是一念及此，他的脸色还是渐渐苍白——那是一个禁忌的话题。

他永远无法忘记西昆仑上那一场决斗，那是他一生里做出的最艰难的取舍。最终，他孤身返回中原，将徐重华的佩剑带回，作为遗物交给了秋水音。

秋水音听闻丈夫噩耗而早产，从此缠绵病榻，对他深恨入骨。

"嘻嘻……听下来，好像从头到尾……都没有你什么事嘛。人家的情人，人家的老婆，人家的孩子……从头到尾，你算什么呀！干吗那么拼命？"问完了所有问题后，薛紫夜已然醉了，伏在案上看着他咻咻地笑，那样不客气地刺痛了他，忽然一拳打在他肩上，"霍展白，你是一个……大傻瓜……大傻瓜！"

醉了的她出手比平时更重，痛得他叫了一声。

然而笑着笑着，她却落下了泪来。

他惊讶地看到一贯冷静的她伏在酒污的桌子上，时哭时笑，喃喃自语，然而他却什么也听不懂。他想知道她的事情，可最终说出的却是自己的往日——她是聪明的，即便是方方偶尔的划拳输了，被他提问的时候，她都以各种方法巧妙地避了开去。

他只勉强知道了一些零碎的情况：比如她来到药师谷之前，曾在一个叫摩迦的村子里生活过；比如那个冰下的人，是在和她一起离开时死去的……然而，究竟发生了什么导致她的离开，他的死去，她却没有提过。

即便是在这样的情况下，她却依然不肯释放自己内心的压力，只是莫名其妙地哭笑。最后抬起头看着他，认真地、反复地说着"对不起"。

对不起什么呢？是他一直欠她人情啊。

最终，她醉了，不再说话。而他也不胜酒力地沉沉睡去。

醒来的时候，月亮很亮，而夜空里居然有依稀的小雪纷飞而落。雪鹍还用爪子倒挂在架子上打摆子，发出"咕噜咕噜"的嘀咕，空气中浮动着白梅的清香，红泥火炉里的火舌静静地跳跃，映照着他们的脸——天地间的一切忽然间显得从未有过的静谧。

他静静地躺着，心里充满了长久未曾有过的安宁。

那是八年来一直奔波于各地，风尘仆仆血战前行的他几乎忘却了的平和与充实。明月年年升起，雪花年年飘落，可他居然从未留意过。生命本来应该是如此宁静和美丽，可是，到底他是为了什么还在沉溺于遥远的往事中不可自拔？

从头到尾，其实都没有他的什么事。

自己……难道真是一个傻瓜吗？

"嗯……"趴在案上睡的人动了动，嘀咕了一句，将身子蜷起。

沉浸于这一刻宁静的他惊醒过来，看了看醉得人事不知的薛紫夜，不由得叹着气摇了摇头：这个女人年纪也不小了，还是一点也不懂得爱惜自己的身体……那样冷的夜，居然就这样趴在案上睡着了。

他把她从桌上扶起，想让她搬到榻上。然而她头一歪，顺势便靠上了他的肩膀，继续沉沉睡去。他有些哭笑不得，只好任她靠着，一边用脚尖踢起了掉落到榻下的毯子，披到熟睡人的身上，将她裹紧。

"雪怀……"忽然间，听到她喃喃说了一句，将身体缩紧，"冷……好冷啊……"

她微微颤抖着，向着他怀里蜷缩，仿佛一只怕冷的猫。沉睡中，她的表情是从未有过的茫然和依赖，仿佛寻求温暖和安慰一样一直靠过来。他不敢动，只任她将头靠上他的胸口，蹭了蹭，然后满足地叹息了一声继续睡去。

他觉得自己的心忽然漏跳了几拍，然后立刻心虚地低下头，想知道那个习惯耍弄他的女人是否在装睡——然而她睡得那样安静，脸上还带着未褪的酒晕。

于是他长长松了一口气，用毯子把她在胸前裹起来，然后看着雪中的月亮出神。

天地一时间显得如此空旷，却又如此充盈，连落下来的雪仿佛都是温暖的。

他望着身边睡去的女子，心里却忽然也涌起了暖意。

如果能一直这样就好了……生命是一场负重的奔跑，他和她都已经疲惫不堪。那为什么不停下片刻，就这样对饮一夜？这一场浮生里，一切都是虚妄和不长久的，什么都靠不住，什么都终将会改变，哪怕是生命中曾经最深切的爱恋，也抵不过时间的摧折和消磨。

唯有，此刻身边人平稳的呼吸才是真实的，唯有这相拥取暖的夜才是真实的。

这种感觉……便是相依为命吧？

四 雪·第三夜

风绿和霜红一大早赶过来的时候,看到了不可思议的一幕——小姐居然裹着毯子,在霍展白怀里安静地睡去了!

霍展白将下颌支在紫衣丽人的头顶上,双臂环着她的腰,倚着梅树打着瞌睡。砌下落梅如雪,覆了两人一身。雪鹠早已醒来,却反常地乖乖地站在架子上,侧头看着梅树下的两个人,发出温柔的"咕咕"声。

"我的天啊,怎么回事?"风绿看到小姐身边的正是那个自己最讨厌的家伙,眼珠子几乎要掉出来,"这——呜!"

一旁的霜红及时捂住了她的嘴,将她拉了出去。

"从来没见过小姐睡得这样安静呢……"跟了薛紫夜最久的霜红喃喃,"以前生了再多的火也总是嚷着冷,半夜三更的睡不着,起来不停走来走去——现在就让她多睡一会儿吧。"

"可是……秋之苑那边的病人……"风绿皱了皱眉,有些不放心。

那个病人昨天折腾了一夜,不停地抱着脑袋厉呼,听得她们都以为他会立刻死掉,一大早慌得跑过来想问问小姐,结果就看到了这样尴尬的一幕。

"啊？！"正在几个侍女商量进退的时候，庭院里却传来了一声惊呼，震动内外，"这、这是干吗？"

"小姐醒了！"风绿惊喜道。随即却听到了"砰"的一声，一物破门从院内飞了出来。

"霍展白！你占我便宜！"

还没睡醒的人来不及应变，就这样四脚朝天地狼狈落地，一下子痛醒了过来。

"你……"睡眼惺忪的人一时间还没回忆起昨天到底做了什么让这个女人如此暴跳，只是下意识地躲避着如雨般飞来的杯盏，在一只酒杯砸中额头之时，他终于回忆起来了，大叫，"不许乱打！是你自己投怀送抱的！不关我事……对，是你占了我便宜！"

"胡说！你这个色鬼！根本不是好人！"薛紫夜冲出来，恶狠狠指着他的鼻子，吩咐左右侍女，"这里可没你的柳花魁！给我把他关起来，弄好了药就把他踢出谷去！"

"是，小姐！"风绿欢喜地答应着，完全没看到霜红在一边皱眉头。

薛紫夜拉下了脸，看也不看他一眼，哼了一声掉头就走："去秋之苑！"

在所有人都呼啦啦走后，霍展白才回过神来，从地上爬了起来，摸了摸打破的额头——这算是医者对病人的态度吗？这样气势汹汹的恶女人，完全和昨夜那个猫一样安静乖巧的女子两样啊……自己……是不是做梦了？

可是，等一下！刚才她说什么？"柳花魁"？

她、她怎么知道自己认识扬州玲珑花界的柳非非？

他忽然一拍大腿跳了起来。完了，难道是昨夜喝多了，连这等事都被套了出来？他泄气般地耷拉下了眼皮，用力捶着自己的脑袋，恨不得把它敲破一个洞。

薛紫夜带着人往秋之苑匆匆走去，犹自咬牙切齿。

居然敢占她的便宜！看回头怎么收拾那家伙！……她气冲冲地往前走，旁边风绿送上了一袭翠云裘："小姐，你忘了披大氅呢，昨夜又下小雪了，冷不冷？"

冷？她忽然愣住了——下雪了吗？可昨夜的梦里，为什么一直那样温暖？

她拿着翠云裘，站在药圃里出神。

来到秋之苑的时候，打开门就被满室的浓香熏住。

"一群蠢丫头，想熏死病人吗？"她怒骂着值夜的丫头，一边动手卷起四面的帘子，推开窗，"一句话吩咐不到就成这样，你们长点脑子好不好？"

"别……"忽然间，黑暗深处有声音低微地传来，"别打开。"

薛紫夜吃惊地侧头看去，只见榻上厚厚的被褥阴影里，一双浅蓝色的眼睛奕奕闪光，低低地开口："关上……我不喜欢风和光。受不了……"

她心里微微一震，却依然一言不发地一直将帘子卷到了底，雪光"唰"地映射了进来，耀住了里面人的眼睛。

"关上！"陷在被褥里的人立刻将头转向床内，厉声道。

她挥了挥手，示意侍女们退出去，自己坐到了榻边。

"没有风，没有光，一直被关着的话，会在黑暗里腐烂掉的。"她笑着，耳语一样对那个面色苍白的病人道，"你要慢慢习惯，明玕。你不能总是待在黑夜里。"

她的手搭上了他的腕脉，却被他甩开。

"你叫谁明玕？"他待在黑暗里，冷冷地问，"为什么要救我？你想要什么？"

他的眼睛里没有丝毫的喜怒，只是带着某种冷酷和提防，以及无所谓。

她愣住，半晌才伸过手去探了探他的额头，喃喃："你……应该已经恢复了一部分记忆了，怎么还会问这样的问题？我救你，自然是因为我们从小就认识——你是我的弟弟啊。"

"呵。"他却在黑暗里讥讽地笑了起来，"弟弟？"

出自大光明宫修罗场的绝顶杀手是不可能有亲友的——如果有，就不可能从三界里活下来；如果有，也会被教官勒令亲手格杀。

这个女人在骗他！

说什么拔出金针，说什么帮他治病——她一定也是中原武林那一边派来的人，他脑海里浮现的一切，只不过是用药物造出来的幻象而已！她救了他，只是想用尽各种手段、从他身上挖出一点魔教的秘密——

这种事他已经经历过太多。

半年前,在刺杀敦煌城主得手后来不及撤退,他一度被守护城主的中原武林人士擒获,关押了整整一个月才寻到机会逃离。为了逼他吐露真相,那些道貌岸然的正派人士用尽了各种骇人听闻的手段——其中,就尝试过用药物击溃他的神志。

连那样的酷刑都不曾让他吐露半句,何况面前这个显然不熟悉如何逼供的女人。

他在黑暗中冷笑着,手指慢慢握紧,准备找机会发出瞬间一击。

他必须要拿到龙血珠……必须要拿到!

"你还没记起来吗?你叫明玠,是雪怀的朋友,我们一起在摩迦村寨里长大。"顿了顿,薛紫夜的眼睛忽然黯淡下来,轻声,"你六岁就认识我了……那时候……你为我第一次杀了人——你不记得了吗?"

黑暗里的眼睛忽然闪了一下,仿佛回忆着什么,泛出了微微的紫。

他的眼眸,仿佛可以随着情绪的不同而闪现出不同的色泽,诱惑人的心。

杀人……第一次杀人。

他顿住了被褥底下刚刚抬起来的手,只觉得后脑隐约痛起来。

眼前忽然有血色泼下,两张浮肿的脸从记忆里浮凸出来了,那是穿着官府服装的两名差役。他们的眼睛瞪得那样大,脸成了青紫色,居然自己卡住了自己的喉咙,生生将自己勒死!

地上……地上躺着一个苍白瘦弱的女人,还有被凌辱后的一地血红。

那个小女孩抱着那个衣不蔽体的女人"嘤嘤"地哭泣,眸子是纯粹的黑色和白色。

他忽然觉得喘不过气来。

"你不记得了吗?十九年前,我和母亲被押解着路过摩迦村寨,在村前的驿站里歇脚。那两个人面兽心的家伙却想凌辱我母亲……"即使是说着这样的往事,薛紫夜的语气也是波澜不惊,"那时候你和雪怀正好在外头玩耍,听到我呼救,冲进来想阻拦他们,却被恶狠狠地毒打——就在那时候,你情急之下,第一次用瞳术杀了人。"

"母亲死后我成了孤儿,流落在摩迦村寨,全靠雪怀和你的照顾才得以立足。"

"我们三个人成了很好的朋友——我比你大一岁,还认了你当弟弟。"

他抱着头,拼命对抗着脑中那些随着话语不停涌出的画面,急促地呼吸。是假的……是假的!就如瞳术可以蛊惑人心一样,她也在用某种方法试图控制他的记忆!

"你不记得了吗?就是因为杀了那两个差役,你才被族里人发现了身上的奇异天赋,被视为妖瞳再世,关了起来。"薛紫夜的声音轻而远,"明玥,你被关了七年,我和雪怀每天都来找你说话……一直到灭族的那一夜。"

灭族那一夜……灭族那一夜……

记忆再度不受控制地翻涌而起。

外面的雪在飘,房子阴暗而冰冷,手足被铁索钉在墙上,蜷缩在黑暗的角落里。

有人打开了黑暗的房间,对他说话:

"你,想出去吗?"

那个声音不停地问他,带着某种诱惑和魔力。

"那一群猪狗一样的俗人,不知道你有多大的力量……只有我知道你的力量,也只有我能激发出你真正的力量。你,想跟我走吗?"

我要出去!我要出去!放我出去……他在黑暗中大喊,感觉自己快要被逼疯。

"好,我带你出去。"那个声音微笑着,"但是,你要臣服于我,成为我的瞳,凌驾于武林之上,替我俯视这大千世界、芸芸众生。你,答应吗?"

"还是,愿意被歧视,被幽禁,被挖出双眼,一辈子活在黑暗里?"

放我出去!他用力地拍着墙壁,想起今日就是族长说的最后期限,心魂欲裂,不顾一切地大声呼喊:"只要你放我出去!我什么都愿意做!"

忽然间,黑暗裂开了,光线将他的视野四分五裂,一切都变成了空白。

空白中,有血色迸射开来,伴随着凄厉的惨叫。

那是、那是……血和火!

"那一夜……"她垂下了眼睛,语声里带着悲伤和仇恨。

"闭嘴！"他忽然间低低地叫出声来，再也无法控制地暴起，一把就扼住了薛紫夜的咽喉！

她被抵在墙上，惊讶地望着面前转变成琉璃色的眸子，一瞬间惊觉了他要做什么，在瞳术发动之前及时地闭上了眼睛。

"看着我！"他却腾出一只手来，毫不留情地拨开了她的眼睛，指甲几乎抠入了她的眼球，"看着我！"

她被迫睁开了眼，望着面前那双妖瞳，感觉到一种强大的力量正在侵入她的心。

"听着，马上把龙血珠还给我！否则……否则我……会让你慢慢地死。"

他的脸色苍白而惨厉，充满了不顾一切的杀气，宛如修罗。

明玕怎么会变成这样？如今的他，就如一个嗜血无情的修罗，什么也不相信，什么也不容情，只不顾一切地追逐着自己想要的东西，连血都已经慢慢变冷。

这，就是大光明宫修罗场里的杀手？

意识开始涣散，身体逐渐不听大脑的指挥，她不知道自己接下来会做什么——然而，就在那个瞬间，掐着她喉咙的手松开了。仿佛是精神力耗尽，那双琉璃色的眼睛瞬间失去了摄人心魄的光芒，黯淡无光。

是的，以他目下的力量，已经不足够再发动一次瞳术。

瞳急促地呼吸着，整个人忽然"砰"的一声向后倒去，在黑暗里一动不动。

同一瞬间，她也瘫倒在地。

不知多久，她先回复了神志，第一个反应便是扑到他身侧，探了探他的脑后——那里，第二根金针已经被这一轮激烈的情绪波动逼了出来，针的末尾脱离了灵台穴，有细细的血开始渗出。

"明玕……"她第一次有了心惊的感觉，有些不知所措地将他的头抬起放在自己怀里，望着外面的天空——明玕，如今的你，已经连自己的回忆都不相信了吗？

那么多年来，你到底受了什么样的折磨啊？

霍展白明显地觉得自己受冷落了——自从那一夜拼酒后，那个恶女人就很少来冬之馆看他，连风绿、霜红两位管事的大丫头都很少来了，只有粗使丫头每日来送一些饭菜。

虽然他的伤已经开始好转，也不至于这样把他搁置一旁吧？

难道是因为那个小气的女人还在后悔那天晚上的投怀送抱？应该不会啊……那么凶的人，脸皮不会那么薄。那么，难道是因为他说漏了嘴提到了那个花魁柳非非，打破了他在她心中一贯的光辉形象？

心里放不下执念是真，但他也并不是什么圣贤人物，可以十几年来不近女色。快三十的男人，孤身未娶，身边有一帮狐朋狗友，平日出入一些秦楼楚馆消磨时间也是正常的——他们八大名剑哪个不自命风流呢？何况柳花魁那么善解人意，偶尔过去说说话也是舒服的。

他无趣地左右看着，脑袋里想入非非起来。

丫头进来布菜，他在一旁看着，无聊地问：“你们小姐呢？”

"小姐在秋之苑……"那个细眉细眼的丫头低声回答。

"哦，秋之苑还有病人吗？"他看似随意地套话。

"嗯，是啊。"那个丫头果然想也不想地脱口答应，立刻又变了颜色，"啊……糟糕。小姐说过这事不能告诉霍公子的！"

霍展白眼神陡然亮了一下，脸色却不变，微笑：“为什么呢？”

那个丫头却一句话也不敢多说，放下菜，立刻逃了出去。

她走后，霍展白一个人待在空荡荡的冬之馆里，望着庭外的梅花发呆。为什么呢？加上自己，十面回天令已经全部收回，今年的病人应该都看完了，怎么到了现在又出来一个？以那个女人的性格，肯浪费精力额外再收治，想来只有两个原因：要么是那个病人非常之有钱，要么……就是长得非常之有型。

如今这个，到底是哪一种呢？难道比自己还帅？

他摸着下巴，又开始胡思乱想起来，忽然间蹙眉——可是，为什么不想让他知道？

"喂，你说，那个女人最近抽什么风啊？"他对架子上的雪鹞说话，"你知不知道？替我去看看究竟可好？"

"咕。"雪鹞歪着头看了看主人，忽地扑扇翅膀飞了出去。

第二根金针静静地躺在了金盘上，针末同样沾染着黑色的血迹。

榻上的人在细微而急促地呼吸，节奏凌乱。

薛紫夜坐在床前，静静地凝视着那个被痛苦折磨的人——那样苍白英俊的脸，却隐含着冷酷和杀戮，即使昏迷中，眼角眉梢都带着逼人的杀气……他，真的已经不再是昔年的那个明玕了，而是大光明宫修罗场里的杀手之王——瞳。

瞳……她心里默念着这个名字，想起了他那双诡异的眼睛。

作为医者，她知道相对于武学一道，还存在着念力和幻术——但是，她却从来不敢想象一个人可以将念力通过双眸扩张到极致！那已经超出了她所能理解的范围。

难道，如村里老人们所说，这真的是摩迦一族血脉里传承着的魔力？

最后一根金针还留在顶心的百会穴上。她隔着发丝触摸着，双手微微发抖——没有把握……她真的没有把握，在这根入脑的金针拔出来后，还能让明玕毫发无损地活下去！

行医十年来，她还是第一次遇到了"不敢动手"的情况！

联想起这八年来一直扰她的事，想起那个叫沫儿的孩子终究无法治好，她的心就更加难受——无能为力。尽管她一直被人称为"神医"，可她毕竟只是一个医生，而不是神啊！

怎么办……怎么办……

深沉而激烈的无力感，几乎在瞬间将一直以来充满自信的女医者击倒。

十二年前她已经失去了雪怀，今日，怎么可以再失去明玕？

薛紫夜静静坐了许久，霍然长身立起，握紧了双手，身子微微颤抖，朝着春之庭那边疾步走了出去。一定要想出法子来，一定要想出法子来！

不同于冬之馆和秋之苑，在湖的另一边，风却是和煦的。

温泉从夏之园涌出，一路流经了这一个春之庭，然后注入了湖中，和冷泉交融。此处的庭院里，处处都是旖旎春光，盛开着一簇簇的碧桃，荠菜青青，绿柳如线。

一个苍老的妇人拿着云帚，在阶下打扫，忽地听到了一阵急促的脚步声。

"谷主，是您？"春之庭的侍女已经老了，看到她来有些惊讶。

谷主已经有很久没有回这里来了……她天赋出众，勤奋好学，又有着深厚的家学渊源。十四岁师从前代药师廖青染后，更是进步一日千里，短短四年即告出师，十八岁开始正式接掌了药师谷。其天赋之高，实为历代药师之首。

自从她出师以来，就很少再回到这个作为藏书阁的春之庭了。

"宁姨，麻烦你开一下藏书阁的门。"薛紫夜站住，望着紧闭的高楼，眉间带着一种坚决的神色，"我要进去查一些书。"

"哦，哦，好好。"老侍女连忙点头，扔了扫帚走过来，拿出了一枚锈迹斑斑的铜钥匙，喃喃，"谷主还要回来看书啊……那些书，你在十八岁时候不就能倒背如流了吗？"

薛紫夜点了点头，不置可否。

老侍女偷偷看了一眼，发觉谷主的脸色有些苍白疲惫，似是多日未曾得到充足的休息。她心里咯噔了一声，暗自叹了一口气——是遇到麻烦的病人了？还是谷主她依旧不死心，隔了多年，还如十几岁时候那样想找法子复活那一具冰下的尸体？

门一打开，长久幽闭的阴冷气息从里面散出来。

长明灯还吊在阁顶上静静燃烧，阁中内室呈八角形，书柜沿着墙一直砌到了顶，按照病名、病因、病机、治则、方名、用药、医案、医论分为八类。每一类都占据了整整一面墙的位置，从羊皮卷到贝叶书，从竹简到帛书，应有尽有。

薛紫夜负手站在这浩瀚如烟海的典籍里，仰头四顾一圈，深深吸了一口气，抬手压了压发上那支紫玉簪："宁姨，我会有两三天不出来，麻烦你替我送一些饭菜进来。"

老侍女怔了一下："哦……好的，谷主。"

在掩门而出的时候，老侍女回头望了一眼室内——长明灯下，紫衣女子伫立于浩瀚典籍中，沉吟思考，面上有呕心沥血的忧戚。

"谷主。"心里猛然一跳，她忍不住站住脚。

"嗯？"薛紫夜很不高兴思维被打断，蹙眉，"怎么？"

"请您爱惜自己，量力而行。"老侍女深深对着她弯下了腰，声音里带着叹息，"您不是神，很多事，做不到也是应该的——请不要像临夏祖师那样。"

临夏祖师……薛紫夜猛地一惊，停止了思考。

传说中，二十年前药师谷的唐临夏谷主，她师父廖青染的授业恩师，就是吐血死在这个藏书阁里的，年仅三十一岁。一直到死，他手里还握着一本《药性赋》，还在苦苦思索七星海棠之毒的解法。

"您应该学学青染谷主。"老侍女最后说了一句，掩上了门，"她如今很幸福。"

门关上了，薛紫夜却还是望着那个背影的方向，一时间有些茫然——这个老侍女侍奉过三代谷主，知道很多的往事和秘密。可是，她又怎么知道一个医者在眼睁睁看着病人走向死亡时，那种无力和挫败感呢？

她颓然坐倒在阁中，望着自己苍白纤细的双手，出神。

那双眼睛，是在门刚合上的瞬间睁开的。

片刻前还陷在昏迷挣扎里的瞳，睁眼的时候眸中竟然雪亮，默默凝视着薛紫夜离去时的方向，眸里在瞬间闪过无数复杂的光：猜疑、警惕、杀意以及……茫然。

其实，在三天前身上伤口好转的时候，他已然可以恢复意识，然而却没有让周围的人察觉——他一直装睡，装着一次次发病，以求让对方解除防备。

他在暗中窥探着那个女医者的表情，想知道她救他究竟是为了什么，也想确认自己如今处于什么样的境地，又该采取什么样的行动——他是出身于大光明宫修罗场的顶尖杀手，可以在任何绝境下冷定地观察和谋划。

然而，在他嘶声在榻上滚来滚去时，她的眼神是关切而焦急的；在他苦痛地抱头大叫时，她握住他肩膀的手是冰冷而颤抖的；甚至，在最后他假装陷入沉睡，并时不时冒出一句梦呓来试探时，她俯身看着他，眼里的泪水无声地坠落在他脸上……

这个女人……这个女人……到底为什么要这样？

难道，真的如她所说……他是她昔日认识的人？他是她的弟弟？

飘着雪的村庄，漆黑的房子，那个叫雪怀的少年和叫小夜的女孩……到底……自己是不是因为中了对方的道，才产生了这些幻觉？

他有些苦痛地抱住了头，感觉眉心隐隐作痛，一直痛到了脑髓深处。

他知道，那是教王钉在他顶心的金针。

被控制、被奴役的象征。

他在黑暗里躺了不知道多久,感觉帘幕外的光暗了又亮,脑中的痛感才渐渐消失。他伸出手,小心地触碰了一下顶心的百会穴。剧痛立刻让他的思维一片空白。

自从有记忆开始,这些金针就钉死了他的命运,从此替教王纵横西域,取尽各国诸侯人头。

教王慈祥地坐在玉座上,对他说:"瞳,为了你好,我替你将痛苦的那一部分抹去了……你是一个被所有人遗弃的孩子,那些记忆对你来说毫无意义,不如忘记。

"人生,如果能跳过痛苦的那一段,其实应该是好事呢……"

三圣女五明子环侍之下,玉座上教王的眼睛深不见底,笑着将手按在跪在玉座下的爱将头顶上,缓缓摩挲着,仿佛抚摸着那头他最钟爱的雪域灰獒。他也知道,只要教王一个不高兴,随时也可以如毒杀那些獒犬一样夺走他的性命。

该死的!该死的!他一拳将药枕击得粉碎,眼眸转成了琉璃色——这个女人,其实和教王是一模一样的!他们都妄图改变他的记忆,从而让他俯首帖耳地听命!

他在黑暗里全身发抖。

他痛恨这些人摆布着他命运和记忆的人。这些人践踏着他的生命,掠夺了他的一切,还摆出一副救赎者的样子,来对他惺惺作态!

"嘎——"在他一拳击碎药枕时,一个黑影惊叫了一声,扑簌簌穿过窗帘飞走了。

那是什么?他一惊,忽地认出来了,是那只鸟?是他和那个鼎剑阁的七公子决战时,恶狠狠啄了他一口的那只雪鹞!

那么说来,如今那个霍展白,也是在这个药师谷里?

不好!瞳在黑暗中霍然坐起,眼神里闪着野兽一样的光。

他悄无声息地跃下了床,开始翻检这一间病室。不需要拉开帘子,也不需要点灯,他在黑暗中如豹子一样敏捷,不出一刻钟就在屏风后的紫檀木架上找到了自己的佩剑。剑名沥血,斩杀过无数诸侯豪杰的头颅,在黑暗里隐隐浮出暗淡的血光来。

剑一入手,心就定了三分——像他这样的人,唯一信任的东西也就只有它了。

他继续急速地翻找，又摸到了自己身上原先穿着的那套衣服，唇角不由得露出一丝笑意。那一套天蚕衣混合了昆仑雪域的冰蚕之丝，寻常刀剑根本无法损伤，本是教中特意给光明界杀手精英配备的服装。

他挣开身上密密麻麻的绑带，正要把那套衣服换上，忽地愣了一下。

原本在和霍展白激斗时留下的破口，居然都已经被细心地重新缝补好了。

是她？那一瞬间，头又痛了起来，他有些无法承受地抱头弯下腰去，忍不住想大喊出声。

为什么……为什么？到底这一切是为什么？那个女医者，对他究竟怀着什么样的目的？他已然什么都不相信，而她却非要将那些东西硬生生塞入他脑海里来！

他在黑暗里急促地喘息，手指忽地触到了一片冰冷的东西。

他喘息着拿起了那面白玉面具，颤抖着盖上了自己的脸——冰冷的玉压着他的肌肤，躲藏在面具之下，他全身的颤抖终于慢慢平息。

他握紧了剑，面具后的眼睛闪过了危险的紫色。

无论如何，先要拿到龙血珠出去！霍展白还在这个谷里，随时随地都会有危险！

他急速地翻着房间内的一切，一寸地方都不放过，然而根本一无所获。可恶……那个女人，究竟把龙血珠放到哪里去了？难道收在另外的秘密之所了吗？

他迟疑了一下，终于握剑走出了这个躺了多日的秋之馆。

霍展白站在梅树下，眼观鼻，鼻观心，手里的墨魂剑凝如江海清光。他默默回想着当日冷杉林中那一场激斗，想着最后一刹刺入自己肋下的一剑是如何发出，将当日的凶险至极的那一幕慢慢回放。

好毒的剑！那简直是一种舍身的剑法，根本罕见于中原。

他回忆着那一日雪中的决斗，手里的剑快如追风，一剑接着一剑刺出，似要封住那个假想中对手的每一步进攻：月照澜沧，风回天野，断金切玉……"唰"的一声，在一剑当胸平平刺出后，他停下了手。

霍展白持剑立于梅树下，落英如雪覆了一身，独自默默冥想，摇了摇头。不，还是不行……就算改用这一招"王者东来"，同样也封不住对手最后那舍身的一剑！

那样可怕的人，连他都心怀畏惧。

不过，也无所谓了……那个瞳，如今只怕早已经在雪里死了吧？

忽然听得空中扑簌簌一声，一只鸟儿"咕噜"了一声，飞落到了梅树上。

"雪鹞？"霍展白看到鸟儿从秋之苑方向飞来，微微一惊，看着它嘴里叼着的一物，"你飞到哪里去了？秋之苑？"

鸟儿松开了嘴，一片白玉的碎片落入了他的掌心。

"这是……大光明宫修罗场里杀手的面具？"一眼看清，霍展白脱口惊呼起来，"秋之苑里那个病人，难道是……那个愚蠢的女人！"

"嘎！"雪鹞不安地叫了一声，似是肯定了他的猜测，一双黑豆似的眼睛骨碌碌转。

"糟了……"霍展白来不及多说，立刻点足一掠，从冬之馆里奔出。

瞳是为了龙血珠而来的，薛紫夜说不定已然出事！

秋之苑里枫叶如火，红衣的侍女站在院落门口，看到了从枫树林中走出的白衣人。

"明玠公子，小姐说了，您的病还没好，现在不能到处乱走。"霜红并没有太大的惊讶，只是微微一躬身，阻拦了那个病人，"请回去休息——小姐她昨日去了藏书阁翻阅医书，相信不久便可以找出法子来。"

在说话的时候，她一直望着对方的胸口部位，视线并不上移。

"是吗？"瞳忽然开口了，冷然，"我的病很难治？"

霜红没有回答，只是微微欠了欠身："请相信小姐的医术。"

瞳眼神渐渐凝聚："你为什么不看我？"

"婢子不敢。"霜红淡淡回答，欠身，"小姐吩咐过了，谷里所有的丫头，都不许看公子的眼睛。"

"原来如此。"瞳顿了顿，忽然间身形就消失了。

"好，告诉我，"霜红还没回过神，冰冷的剑已然贴上了她的咽喉，"龙血珠放在哪里？"

剑气逼得她脸色白了白，然而她却没有惊慌失措："婢子不知。"

"真不知？"剑尖上抬，逼得霜红不得不仰起脸去对视那双妖诡的双瞳。

"公子还是不要随便勉强别人的好。"不同于风绿的风风火火，霜红却是镇定自若，淡淡然，"婢子奉小姐之命来看护公子，若婢子出事，恐怕无人再为公子解开任督二脉间的'血封'了。"

血封？瞳一震，这种手法是用来封住真气流转的，难道自己……

他还来不及验证自己的任督二脉之间是否有异，耳边忽然听到了隐约的破空声！

"叮！"他来不及回身，立刻撤剑向后，在电光石火之间封住了背后疾刺而来的一剑——有高手！那个瞬间他顺手点了霜红的穴，一按她的肩膀，顺势借力凌空转身，沥血剑如蝉翼一样半弧状展开，护住了周身。只听叮叮数声，双剑连续相击。

刺破血红剑影的，是墨色的闪电。

霍展白脸色凝重，无声无息地急掠而来，一剑逼开了对方。

果然，一过来就看到这个家伙用剑抵着霜红的咽喉！薛紫夜呢？是不是也被这条救回来的毒蛇给咬了？

怒火在他心里升腾，下手已然顾不上容情。

"喂！喂！你们别打了！"霜红努力运气却冲不开被点住的穴道，只能在一旁叫着干着急。谷里的两位病人在枫林里拔剑，无数的红叶飘转而下，随即被剑气搅得粉碎，宛如血一样地散开，刺得她脸颊隐隐作痛。

"嚓"，只不过短短片刻，一道剑光就从红叶里激射而出，钉落在地上。

"怎么忽然就差了那么多？"在三招之内就震飞了瞳的剑，霍展白那一剑却没有刺下去，感到不可思议，"你的内力呢？哪里去了？"

瞳急促地喘息，感觉自己的内息一到气海就无法提起，全身筋脉空空荡荡，无法运气。果然是真的……那个女人借着替他疗伤的机会，封住了他的任督二脉！

那个女人，果然是处心积虑要对付他！

他想凝聚起念力使用瞳术，然而毕竟尚未痊愈，刚刚将精神力聚在一点，顶心的百会穴上就开始裂开一样地痛——他甚至还来不及深入去想，眼前便是一黑。

"霍公子，快把剑放下来！"霜红看到瞳跌倒，惊呼，"不可伤了明玠公子！"

"你们小姐呢？"霍展白却没有移开剑，急问。

"小姐她昨天就去了春之庭的藏书阁。"霜红努力运气想冲开穴道，可瞳的点穴手法十分诡异，竟是纹丝不动，"她吩咐过，要我好好照看明玠公子——她几日后就出来。"

"哦……"霍展白松了口气，退了一步将剑撤去，却不敢松懈。

"怎么把如此危险的家伙弄回了谷里！"他实在是很想把这个家伙解决掉，却碍于薛紫夜的面子不好下手，蹙眉，"你们知道他是谁吗？一条毒蛇！药师谷里全是不会武功的丫头，他一转头就能把你们全灭了——真是一群愚蠢的女人。"

"那个……小姐说了，"霜红赔笑，"有七公子在，不用怕的。"

霍展白被这个伶俐的丫头恭维得心头一爽，不由得收剑而笑："呵呵，不错，也幸亏有我在——否则这魔教的头号杀手，不要说药师谷，就是全中原也没几个人能对付！"

"魔教杀手？"霜红大大吃了一惊，"可是……小姐说他是昔日在摩迦村寨时的朋友啊！"

"在摩迦村寨时的朋友？"霍展白喃喃，若有所思地看了瞳一眼——这个女人肯出手救一个魔教的杀手，原来是这样的原因？

他解开霜红的穴，她立刻便去查看地上昏迷的病人，请求他帮忙将瞳扶回秋之苑。他没有拒绝，只是在俯身的刹那封住了瞳的八处大穴。

"你干什么？"霜红怒斥，下意识地保护自己的病人。

霍展白皱眉："在你们小姐回来之前，还是这样比较安全。"

日头已经西斜了，他吃力地扛着瞳往回走，觉得有些啼笑皆非，从来没想过，自己还会和这个殊死搏杀过的对手如此亲密——雪鹞嘀咕着飞过来，一眼看到主人搀扶着瞳，露出吃惊的表情，一个倒栽葱落到了窗台边，百思不得其解地抓挠着，嘀嘀咕咕。

"唉……"他叹了口气——幸亏药师谷里此刻没有别的江湖人士，如果被人看到薛紫夜居然收留了魔教的人，只怕中原武林也不会视若无睹。

就算是世外的医者，也不能逃脱江湖的纷争啊……

将瞳重新放回了榻上，霜红擦了擦汗，对他道谢。

"没什么,"霍展白笑了笑,"受了你们那么多年照顾,做点苦力也是应该的。"

霜红小心地俯下身,探了探瞳的头顶,舒了口气:"还好,金针没震动位置。"

"金针?"霍展白一惊,"他……被金针封过脑?"

"嗯。"霜红叹了口气,"手法诡异得很,小姐拔了两根,再也不敢拔第三根。"

霍展白眼色变了变——连薛紫夜都无法治疗?

他还待进一步查看,忽地听到背后一声帘子响:"霜红姐姐!"

一个小丫头奔了进来,后面引着一个苍老的妇人。

"小晶,这么急干什么?"霜红怕惊动了病人,回头低叱,"站门外去说话!"

"可是……可是,宁婆婆说小姐、小姐她……"小晶满脸焦急,声音哽咽,"小姐她看了一天一夜的书,下午忽然昏倒在藏书阁里头了!"

"什么!"霜红失声——那一瞬间,二十年前临夏谷主的死因闪过了脑海。

"快、快带我……"她再也顾不得病床上的瞳,顿住站起。

然而身侧一阵风过,霍展白已经抢先掠了出去,消失在枫林里。

在房里所有人都一阵风一样离开后,黑暗里的眼睛睁开了。

眸中尚自带着残留的苦痛之色,却支撑着,缓缓从榻上坐起,抚摸着右臂,低低地喘息——用了乾坤大挪移,在霍展白下指的瞬间,他全身穴位瞬间挪开了一寸。然而,任督二脉之间的血封,却始终是无法解开。

怎么办……离开昆仑已经快一个月了,也不知道教王如今是否出关,是否发现了他们的秘密计划——跟随他出来的十二银翼已然全军覆没,和妙火也走散多时,如果拿不到龙血珠,自己又该怎么回去?

大光明宫那边,妙水和修罗场的人,都还在等待着他归来。

为了这个计划,他已经筹划了那么久——

无论如何,一定要拿到龙血珠回去!

五 雪·第四夜

一掌震开了锈迹斑斑的门,霍展白抢身掠入了藏书阁。

"薛紫夜!"他脱口惊呼,看见了匍匐在案上的紫衣女子。

书架上空了一半,案上凌乱不堪,放了包括龙血珠、青鸾花在内的十几种珍贵灵药。此外全部堆满了书,《外台秘要》《金兰循经》《素问》《肘后方》……层层叠叠堆积在身侧。因为堆得太高,甚至有一半倒塌下来堆在昏迷的女子身上,几乎将她湮没。

他叫了一声,却不见她回应,心下更慌,连忙过去将她扶起。

长明灯下,她朝下的脸扬起,躺入他的臂弯,苍白憔悴得可怕。

"薛紫夜!"他贴着她耳朵叫了一声,一只手按住她后心将内力急速透入,护住她已然衰弱不堪的心脉,"醒醒,醒醒!"

她的头毫无反应地随着他的推动摇晃,手里,还紧紧握着一卷《灵枢》。

"小姐!"霜红和小晶随后赶到,在门口惊呼出来。

难道,二十年前那一幕又要重演了吗?

"快,过来帮我扶着她!"霍展白抬头急叱,闭目凝神了片刻,一掌平推,按在她的背心。仿佛是一股柔和的潮水汹涌注入四肢百骸,薛紫夜身子一震。

霍展白立刻变掌为指,瞬间连点她十二处穴道,沿着脊椎一路向下,处处将内力透入,打通已经凝滞多时的血脉。起初他点得极快,然而越到后来落指便越慢,头顶渐渐有白汽腾起,印堂隐隐暗红,似是将全身内息都凝在了指尖。

每一指点下,薛紫夜的脸色便是好转一分,待得十二指点完,唇间轻轻吐出一口气来。

"好了!"霜红一直在留意小姐的脉搏,此刻不由得大喜。

这个惫懒的公子哥儿,原来真的是有如此本事?

"小姐,你快醒醒啊。"霜红虽然一贯干练沉稳,也急得快要哭了。

"呵……阿红?"薛紫夜嘴里忽然吐出了低低的叹息,手指动了一动,缓缓睁开眼,"我这是怎么了?别哭,别哭……没事的……我看书看得太久,居然睡着了吗?"

她努力坐起,一眼看到了霍展白,失惊:"你怎么也在这里?快回冬之馆休息,谁叫你乱跑的?绿儿呢,那个死丫头,怎么不看住他!"

霍展白看着这个一醒来就吃五喝六的女人,皱眉摇了摇头。

"医术不精啊,"他拨开了她戳到脑门的手指,"跑来这里临时抱佛脚吗?"

"滚!"薛紫夜被他刺中痛处,大怒,随手将手上的医书砸了过去,连忙又收手,脱口:"对……在这本《灵枢》上!我刚看到——"

她拿过那卷书,匆忙地重新看了一眼,面有喜色。然而忽地又觉得胸肺寒冷,紧一声慢一声地咳嗽,感觉透不出气来。

"小姐,小姐!快别想了。"一个紫金手炉被及时地塞了过来,薛紫夜得了宝一样将那只手炉抱在怀里,不敢放开片刻。

她说不出话,胸肺间似被塞入了一大块冰,冷得她透不过气来。

"阁主,你得赶紧好好休息,"随后赶到的却是宁婆婆,满脸的担忧,"你的身体熬不住了,得先歇歇。我马上去叫药房给你煎药。"

"嗯,"薛紫夜忍住了咳嗽,闷闷道,"用我平日吃的那服就行了。"

十四岁时落入冰河漂流了一夜,从此落下寒闭症。寒入少阴经,脉象多沉或紧,肺部多冷,时见畏寒。当年师父廖青染曾给她开了一方,令她每日调养。然而十年多来劳心劳力,这病竟是渐渐加重,沉疴入骨,这药方也不像一开始那么管用了。

"怕是不够,"宁婆婆看着她的气色,皱眉,"这一次非同小可。"

"那……加白虎心五钱吧。"她沉吟着,不停咳嗽。

"虎心乃大热之物,谷主久虚之人,怎生经受得起?"宁婆婆却直截了当地反驳,想了想,"不如去掉方中桂枝一味,改加川芎一两,蔓荆子六分,如何?"

薛紫夜沉吟片刻,点头:"也罢。再辅以龟龄集,即可。"

"是。"宁婆婆颔首听命,转头而下。

霜红在一旁只听得心惊。她跟随小姐多年,亲受指点,自以为得了真传,却未想过谷中一个扫地的婆婆医术之高明,都在自己之上!

"咳咳,咳咳……"看着宁婆婆离开,薛紫夜回头望着霍展白,扯着嘴角做出一个笑来,"咳咳,你放心,沫儿那病,不会治不好……"

"我知道,"霍展白叹了口气,"倒是你,自己要小心身体。"

"呵呵……你放心,"薛紫夜掩着嘴笑,"你还欠着我六十万,我……我还没收到债呢,咳咳,怎么肯闭眼?"

然而话未说完,一阵剧咳,血却从她指缝里直沁了出来!

"小姐!小姐!快别说话!"霜红大惊失色,扑上去扶住她摇摇欲坠的身形,"霍七公子,霍七公子,快来帮我把小姐送回夏之园去!那里的温泉对她最有用!"

温热的泉水,一寸一寸浸没冰冷的肌肤。

薛紫夜躺在雪谷热泉里,苍白的脸上渐渐开始有了血色,胸中令人窒息的冰冷也开始化开。温泉边上草木萋萋,葳蕤而茂密,桫椤树覆盖了湖边的草地,向着水面垂下修长的枝条,无数蝴蝶在飞舞追逐,停息在树枝上,一串串地叠着挂到了水面。

那是苗疆密林里才有的景象,却在这雪谷深处出现。

薛紫夜醒来的时候,一只银白色的夜光蝶正飞过眼前,宛如一片飘远的雪。

"啊……"从胸中长长吐出一口气,她疲乏地睁开了眼睛,发现自己泡在温热的水里,周围有瑞脑的香气。她动了动手足,开始回想自己怎么会忽然间又到了夏之园的温泉里。

"哟,醒了呀?"眼前忽然出现了一张大大的笑脸,凑近,"快吃药吧!"

"呀——!"她失声惊叫起来,下意识地躲入水里,反手便是一个巴掌扇过去,"滚开!"

霍展白猝不及防被打了一个正着,手里的药盏"当啷"一声落地,烫得他大叫。

"阿红!绿儿!"薛紫夜将自己浸在温泉里,"都死到哪里去了?放病人乱跑?"

"小姐你终于醒了?"只有小晶从泉畔的亭子里走出,欢喜得几乎要哭出来,"你、你这次晕倒在藏书阁,大家都被吓死了啊……现在她们都跑去了药圃和药房了,哪里还顾得上什么病人。"

渐渐回想起藏书阁里的事情,薛紫夜脸色缓和下去:"大惊小怪。"

"我昏过去多久了?"她仰头问,示意小晶将放在泉边白石上的长衣拿过来。

"一天多了。"霍展白蹙眉,雪鹠"咕"了一声飞过来,叼着紫色织锦云纹袍子扔到水边,"所有人都被你吓坏了。"

"呵……"她低头笑了笑,"哪儿有那么容易死。"

"你以为自己是金刚不坏之身?"霍展白却怒了,这个女人实在太不知好歹,"宁婆婆说,这一次如果不是我及时用惊神指强行为你推血过宫,可能不等施救你就气绝了!现在还在这里说大话!"

薛紫夜低下头去,知道宁婆婆的医术并不比自己逊色多少。

"好啦,我知道你的意思是说你好歹救了我一次,所以,那个六十万的债呢,可以少还一些——是不是?"她调侃地笑笑,想扯开话题。

霍展白微怒:"我的意思不是要顶债,是你这个死女人以后得给我——"

"好啦,给我滚出去!"不等他再说,薛紫夜却一指园门,叱道,"我要穿衣服了!"

他无法,悻悻往外走,走到门口顿住了脚:"我说,你以后还是——"

"还看!"一个香炉呼啸着飞过来,在他脚下迸裂,吓得他一跳三尺,"给我滚回冬之馆养伤!我晚上会过来查岗!"

霍展白悻悻苦笑,转过头去——看这死女人如此泼辣嚣张的样子,倒是怎么也不像会红颜薄命的。

等他的身影消失在门外,她在水中又沉思了片刻,才缓缓站起。"哗啦"一声水响,小晶连忙站在她背后,替她抖开紫袍裹住身体。她拿了一块布巾,开始拧干湿漉漉的长发。

树枝上垂落水面的蝴蝶被她惊动,扑簌簌地飞起,水面上似乎骤然炸开了五色的烟火。薛紫夜望着夏之园里旺盛喧嚣的生命,忽然默不作声地叹了口气——

怎么办?那样殚精竭虑地查阅,也只能找到一个药方,可以将沫儿的病暂时再拖上三个月——可三个月后,又怎么和霍展白交代?

何况……对于明玠的封脑金针,还是一点办法也找不到……

她心力交瘁地抬起头,望着水面上无数翻飞的蝴蝶,忽然间羡慕起这些只有一年生命,却无忧无虑的美丽生灵来——如果能像那些蝴蝶一样乘风远去,该有多好呢?

北方的天空,隐隐透出一种苍白的蓝色。

漠河被称为极北之地,而漠河的北方,又是什么?

在摩迦村里的时候,她曾听雪怀提起过族里一个古老的传说。传说中,穿过那条冰封的河流,再穿过横亘千里的积雪荒原,便能到达一个浩瀚无边的冰的海洋——

那里,才是真正的极北之地。冰海上的天空,充满了七彩的光。

赤橙黄绿青蓝紫,一道一道浮动变幻于冰之大海上,宛如梦幻。

雪怀……十四岁那年我们在冰河上望着北极星,许下一个愿望,要一起穿越雪原,去极北之地看那梦幻一样的光芒。

如今,你是已经在那北极光之下等待着我吗?

可惜,这些蝴蝶却飞不过那一片冰的海洋。

喝过宁婆婆熬的药后,到了晚间,薛紫夜感觉气脉旺盛了许多,胸间呼吸顺畅,手足也不再发寒。于是又恢复了坐不住的习惯,开始带着风绿在谷里到处走。

先去冬之馆看了霍展白,发现对方果然很听话地待着养伤,找不到理由修理他,便只是诊了诊脉,开了一服宁神养气的方子,吩咐风绿留下来照顾。

又调戏了一会儿雪鹞,她站起身来准备走,忽然又在门边停住了,道:"沫儿的药已经开始配了,七天后可炼成——你还来得及在期限内赶回去。"

她站在门旁头也不回地说话,霍展白看不到她的表情。

等到他从欣喜中回过神来时,那一袭紫衣已经消失在飘雪的夜色里。

怎么会感到有些落寞呢?她一个人提着琉璃灯,穿过香气馥郁的药圃,有些茫然地想——这一次她已然是竭尽所能,如果这个医案还是无法治愈沫儿的病,那么她真的是没有办法了。

八年了,那样枯燥而冷寂的生活里,这个人好像是唯一的亮色吧?

八年来,他一年一度的造访,渐渐成了一年里唯一让她有点期待的日子——虽然见面之后,大半还是相互斗气斗嘴和斗酒。

每次他离开后,她都会吩咐侍女们在雪里埋下新的酒坛,等待来年的相聚。

但是,这一次,她无法再欺骗下去。

她甚至无法想象,这一次如果救不了沫儿,霍展白会不会冲回来杀了她。

唉……她抬起头,望了一眼飘雪的夜空,忽然觉得人生在世是如此沉重和无奈,仿佛漫天都是逃不开的罗网,将所有人的命运笼罩。

路过秋之苑的时候,忽然想起了那个被她封了任督二脉的病人,不由得微微一震。因为身体的问题,已经是两天没去看明玠了。

她忍不住离开了主径,转向秋之苑。

然而,刚刚转过身,她忽然间就呆住了。

是做梦吗?大雪里,结冰的湖面上静默地伫立着一个人。披着长衣,侧着身低头望着湖水。远远望去,那样熟悉的轮廓,就仿佛是冰下那个沉睡多年的人忽然间真的醒来了,在下着雪的夜里,悄悄地回到了人世。

"雪怀?"她低低叫了一声,生怕惊破了这个梦境,蹑手蹑脚地靠近湖面。

没有月亮的夜里,雪在无休止地飘落,模糊了那朝思暮想的容颜。

"雪怀!"她再也按捺不住,狂喜地奔向那飘着雪的湖面,"等等我!"

"小夜……"站在冰上的人回过身来,看到了狂奔而来的提灯女子,忽然叹息了一声,对着她缓缓伸出了手,发出了一声低唤,"是你来了吗?"

她狂奔着扑入他的怀抱。那样坚实而温暖,梦一样的不真实。

何时,他已经长得那样高?居然一只手便能将她环抱。

"真的是你啊……"那个人喃喃自语,用力将她抱紧,仿佛一松手她就会如雪一样融化,"这是做梦吗?怎么、怎么一转眼……就是十几年?"

然而,那样隐约熟悉的语声,却让她瞬间怔住。

不是——不是!这、这个声音是……

"我好像做了一个梦,醒来时候,所有人都死了……"那个声音在她头顶发出低沉的叹息,仿佛呼啸而过的风,"只有你还在……只有你还在。小夜姐姐,我就像做了一场梦。"

"明玠!"她终于抬起头,看到了那个人的脸,失声惊呼。

冰雪的光映照着他的脸,苍白而清俊,眉目挺秀,轮廓和雪怀极为相似——那是摩迦一族的典型外貌。只是,他的眼睛是忧郁的淡蓝,一眼望去如看不到底的湖水。

"明玠?"她有些不可思议地望着他,"你、你难道已经……"

"是的,都想起来了……"他抬起头,深深吸了口气,望着落满了雪的夜,"小夜姐姐,我都想起来了……我已经将金针逼了出来。"

"真的吗?"她望着他手指间拈着的一根金针,喜不自禁,"太好了……明玠!"

她伸出手去探着他顶心的百会穴,发现那里果然已经不再有金针:"太好了!"

"雪怀,是在带你逃走的时候死了吗?"他俯下身,看着冰下封冻着的少年——那个少年还保持着十五六岁时的模样,眉目和他依稀相似,喃喃,"那一夜,那些人杀了进来。我只看到你们两个牵着手逃了出去,在冰河上跑……我叫着你们,你们却忽然掉下去了……"

他隔着厚厚的冰,凝视着儿时最好的伙伴,眼睛里转成了悲哀的青色。

"小夜姐姐……那时候我就再也记不起你了……"他有些茫然地喃

喃,眸子隐隐透出危险的紫色,"我好像做了好长的一个梦……杀了无数的人。"

"明玠。"往日忽然间又回到了面前,薛紫夜无法表达此刻心里的激动,只是握紧了对方的手,忽然发现他的手臂上到处都是伤痕,不知是受了多少的苦。

"是谁?"她咬着牙,一字字地问,一贯平和的眼睛里刹那充满了愤怒的光,"是谁杀了他们?是谁灭了村子?是谁,把你变成了这个样子!"

瞳在风里侧过头,望了冰下的那张脸片刻,眼里有无数种色彩一闪而过。

"是黑水边上的马贼……"他冷冷道,"那群该杀的强盗。"

风从谷外来,雪从夜里落。湖面上一半冰封雪冻,一半热气升腾,宛如千百匹白色的纱幕冉冉升起。

而他们就站在冰上默然相对,也不知过去了多长的时间。

"当年那些强盗,为了夺取村里保存的一颗龙血珠,而派人血洗了村寨。"瞳一直望着冰下那张脸,"烧了房子,杀了大人……我和其余孩子被他们掳走,辗转被卖到了大光明宫,然后被封了记忆……送去修罗场当杀手。"

她望着雪怀那一张定格在十几年前的脸,回忆起那血腥的一夜,锥心刺骨的痛让她忍不住剧烈地咳嗽起来——只是为了一颗龙血珠?那些人,就这样毁灭了一个村子,夺去了无数人性命,摧毁了他们三个人的一生!

"明玠……明玠……"她握住儿时伙伴的手,颤声,"村子里那些被掳走的孩子,都被送去大光明宫了吗?……只有你一个活了下来?"

他没有作声,微微点了点头。

昆仑山大光明宫里培养出的杀手,百年来一直震慑西域和中原,她也有所耳闻——但修罗场的三界对那些孩子的训练是如何之严酷,她却一直无法想象。

"我甚至被命令和同族相互决斗——我格杀了所有同伴,才活了下来。"他抬头望着天空里飘落的雪,面无表情,"十几年了,我没有过去,没有亲友,和这个世界没有任何关联——只是被当作教王养的狗,活了下来。"

他平静地叙述，声音宛如冰下的河流，波澜不惊。

然而其中蕴藏的暗流，却冲击得薛紫夜心悸，她的手渐渐颤抖："那么这一次、这一次你和霍展白决斗，也是因为……接了教王的命令？"

"嗯。"瞳顿了顿，道，"祁连又发现了一颗龙血珠，教王命我前来夺回。"

薛紫夜打了一个寒战："如果拿不回呢？会被杀吗？"

"呵。"他笑了笑，"被杀？那是最轻的处罚。"

她心里一惊，一时无语。

"风大了，回去吧。"他看了看越下越密的雪，将身上的长衣解下，覆上她单薄的肩膀，"听说今天你昏倒了……不要半夜站在风雪里。"

那样的温暖，瞬间将她包围。

薛紫夜拉着长衣的衣角，身子却在慢慢发抖。

"回夏之园吧。"瞳转过身，替她提起了琉璃灯引路。

然而，她忽然抓住了他的手："明玠！"

"嗯？"他回应着这个陌生的称呼，感觉到那只手是如此冰冷又颤抖，用力得让他感到疼痛。他垂下眼睛，掩饰住里面一掠而过的冷光。

一颗血色的珠子，放入了他的掌心，带着某种逼人而来的灵气，几乎让飞雪都凝结。

万年龙血赤寒珠！

他倒吸了一口气，脱口："这——"

"你拿去吧！这样教王就不会怪你了。"将珠子纳入他手心，薛紫夜抬起头，眼神里有做出重大决定后的冲动，"但不要告诉霍展白。你不要怪他……他也是为了必须要救的人，才和你血战的。"

瞳有些迟疑地望着她，并没有立刻明白话里的意思。他只是握紧了那颗珠子，眼里流露出狂喜的表情——在薛紫夜低头喃喃的时候，他的手抬了起来，无声无息地捏向她颈后死穴。

然而，内息的凝滞让他的手猛然一缓。

血封！还不行。现在还不行……还得等机会。

他的手最终只是温柔地按上了她的肩，低声："小夜姐姐，你好像很累，是不是？"

薛紫夜无言点头，压抑多日泪水终于忍不住直落下来——这些天来，面对着霍展白和明玠，她心里有过多少的疲倦、多少的自责、多少的冰火交煎。枉她有神医之名，竭尽了全力，却无法拉住那些从她指尖断去的生命之线。

青染师父……为何当年你那样地急着从谷中离去，把才十八岁的我就这样推上了谷主的位置？你只留给我这么一支紫玉簪，给了我唯一一次向你求助的机会，可我实在还有很多没学到啊……

如果你还在，徒儿也不至于如今这样孤掌难鸣。

"早点回去休息吧。"瞳领着她往夏之园走去，低声叮嘱。

一路上，风渐渐温暖起来，雪落到半空便已悄然融化。

柔软温暖的风里，他只觉得头顶一痛，百会穴附近微微一动。

教王亲手封的金针，怎么可能被别人解开？刚才他不过是用了乾坤大挪移，硬生生将百会穴连着金针都挪开了一寸，好让这个女人相信自己是真的恢复了记忆。然而毕竟不能维持太久，转开的穴道一刻钟后便复原了。

不过，如今也已经没关系了……他已然拿到了龙血珠。

握着那颗费尽了心思才得来的龙血珠，他忽然觉得有些可笑——九死一生，终于是将这个东西拿到手了。想不到几次三番搏命去硬夺，却还比不上一次的迂回用计，随便编一个故事就骗到了手。

原来，无论怎样精明强悍的女人一遇到这种事，也会蒙住了眼睛。所谓的感情，简直是比瞳术还蛊惑人心啊……

他垂下眼睛，掩饰着里面的冷笑，引着薛紫夜来到夏之园。

"明玠，"在走入房间的时候，她停了下来，看着他，忽然道，"我觉得……虽然有了龙血珠，但你还是不要回昆仑去复命了。"

他吃了一惊。什么？难道这个女人异想天开，要执意令他留在这里？身上血封尚未开，如果她起了这个念头，可是万万不妙。

瞳有些苦恼地皱起了眉头，不知怎样才能说服她。

"先休息吧。"他只好说。

明天再来想办法吧。如果实在不行，回宫再设法解开血封算了——毕竟，今天已经拿到了龙血珠，应该和谷外失散的教众联系一下了……事情一旦完成，就应该尽快返回昆仑。那边妙火和妙水几个，大约都已经等得急了。

看着他转身离去，薛紫夜忽然间惴惴地开口："明玠？"

"嗯？"实在是对那个陌生的名字有些迟钝，他愣了一下才反应过来，"怎么？"

"你不会忽然又走掉吧？"薛紫夜总觉得心里有一种不踏实的感觉，仿佛眼前这个失而复得的弟弟在一觉醒来后就会消失。

她忽然后悔方才给了他那颗龙血珠。

瞳摇了摇头，然而心里却有些诧异于这个女人敏锐的直觉。

"明玠，"薛紫夜望着他，忽然轻轻道，"对不起。"

对不起？他愣了一下："为什么？"

"十二年前的那一夜，我忘了顾上你……"仿佛那些话已经压在心底多年，薛紫夜长长出了一口气，"对不起……我只和雪怀拼命逃了出去，却忘了你还被关在那里！我太害怕了，一路头也不敢回……我、我对不起你。"

她捂住了脸，声音发抖："你六岁就为我杀了人，被关进了那个黑房子——我把你当作唯一的弟弟，发誓要一辈子照顾你对你好……可是、可是在那时候，我和雪怀却把你扔下了！对不起……对不起！"

瞳有些怔住了，隐约间脑海里又有各种幻象泛起。

携手奔跑而去的两个人……火光四起的村子……周围都是惨叫，所有人都纷纷避开了他。他拼命地呼喊着，奔跑着，追逐着前面那两个人，然而前面的人头也不回……最后，那种被抛弃的恐惧还是追上了他。

一瞬间，他又有了一种被幻象吞噬的恍惚，连忙将它们压了下去。

"没事了，"他勉强笑了一笑，"我不是没有死吗？不要难过。"

薛紫夜将头埋入双手，很久没有说话。

"晚安。"她放下了手，轻声道。

明玠，我绝不会，再让你回那个黑暗的地方去了。

出来的时候，感觉风很郁热，简直让人无法呼吸。

瞳握着沥血剑，感觉身上有一股说不出的不舒服，好像有什么由内而外让他的心躁动不安——怎么回事……怎么回事？难道方才那个女人说的话，影响到自己了？

假的……那都是假的！

那些幻象不停地浮现，却无法动摇他的心。他自己，本来就是一个以制造幻象来控制别人的人，又怎么会相信任何人加诸他身上的幻象？如今的他，已然什么都不相信了……何况，那些东西到底是真是假，对他来说已经没有任何意义。他本来就是一个没有过去的人。

瞳微微笑了笑，眼睛转成了琉璃色——一个杀手，并不需要过去。

他需要的，只是手里的这颗龙血珠。

要的，只是自由，以及权力！

走出夏之园，冷风挟着雪吹到了脸上，终于让他的头脑冷了下来。他握着手里那颗血红色的珠子，微微冷笑起来，倒转剑柄，"咔"的一声拧开。

里面有一条细细的蛇探出头来，吞吐着红色的芯子。

"赤，去吧。"他弹了弹那条蛇的脑袋。

赤立刻化为一道红光，迅速跃入雪地，闪电一样蜿蜒爬行而去。随之剑柄里爬出了更多的蛇，那些细如线头的蛇被团成一团塞入剑柄，此刻一打开立刻朝着各个方向爬出——这是昆仑血蛇里的子蛇，不畏冰雪，一旦释放，便会立刻前去寻找母蛇。

那些在冷杉林里和他失散的同伴，应该还在寻找自己的下落吧？毕竟，这个药师谷的入口太隐秘，雪域地形复杂，一时间并不容易找到。

否则，那些中原武林人士，也该早就找到这里来了吧？

瞳眼看着赤迅速离开，将视线收回。

冰下那张脸在对着他微笑，宁静而温和，带着一种让他从骨髓里透出的奇异熟稔——在无意中与其正面相对的刹那，瞳感觉心里猛然震了一下，有压不住的感情汹涌而出。那种遥远而激烈的感觉瞬间逼来，令他透不过气。

那是什么样的感觉？悲凉、眷恋、信任，却又带着……又带着……

"嚓"！在他自己回过神来之前，沥血剑已然狠狠斩落！

冰层在一瞬间裂开，利剑直切冰下那个人的脸。

一丝血渐渐从苍白的脸上散开，沁入冰下的寒泉之中，随即又被冰冻结。然而那个微微弯着身子，保持着虚抱姿态的少年，脸上依然宁静安详。

怎么可以这样……怎么可以这样？！

当我在修罗场里被人一次次打倒凌辱,当我在冰冷的地面上滚来滚去呼喊,当我跪在玉座下任教王抚摩着我的头顶,当我被那些中原武林人擒住后用尽各种酷刑……雪怀……你怎么可以这样安宁!

怎么可以!

剑插入冰层,瞳颤抖的手握着剑柄,忽然间无力。

他缓缓跪倒在冰上,大口地喘息着,眼眸渐渐转为暗色。

不行……不行……自己快要被那些幻象控制了……他绝对不可以信了那个女人的话,被她控制了心智!

一定要尽快回到昆仑去!

"六六顺啊……三喜临门……嘿嘿,死女人,怎么样?我又赢了……"

正午,日头已经照进了冬之馆,里面的人还在拥被高卧,咂着嘴,喃喃地划拳。满脸自豪的模样,似是沉浸在一个风光无限的美梦里。他已经连赢了薛紫夜十二把了。

霍展白是被雪鹞给啄醒的。

他在半梦半醒之间嘀咕着,一把将那只踩着他额头的鸟给撸了下去,翻了一个身,继续沉入美梦。最近睡得可真是好啊,昔日挥之不去的种种,总算不像梦魇一样缠着他了。

"咕!"雪鹞的羽毛一下子竖了起来,冲向了裹着被子高卧的人,狠狠对着臀部啄下去。

"哎呀!"霍展白大叫一声,从床上蹦起一尺高,一下子清醒了。他恶狠狠地瞪着那只扁毛畜生,然而雪鹞却毫不惧怕地站在枕头上看着他,"咕咕"地叫,不时低下头,啄着爪间抓着的东西。

霍展白的眼睛忽然凝滞了——这是?

他探出手去,捏住了那条在雪鹞爪间不断扭动的东西,眼神雪亮——昆仑血蛇!这是魔教里的东西,怎么会跑到药师谷里来?子蛇在此,母蛇必然不远。难道……难道是魔教那些人,已经到了此处?是为了寻找失散的瞳,还是为了龙血珠?

捏着那条半死的小蛇,他怔怔想了半响,忽然觉得心惊,霍然站起。

他得马上去看看薛紫夜有没有事!

本来他只是为了给沫儿治病而去夺了龙血珠来,却不料惹来魔教如附骨之疽一样的追杀,如果牵连到药师谷,岂不是害了人家?

然而,夏之园却不见人。

"小姐一早起来,就去秋之苑给明玠公子看病了。"小晶皱着眉,有些怯怯,"霍七公子……你,你能不能劝劝小姐,别这样操心了?她昨天又咳了一夜呢。"

咳了一夜?霍展白看到小晶手里那条满是斑斑点点血迹的手巾,心里猛地一跳,拔脚就走。她这病,倒有一半是被自己给连累的……那样剽悍的女子,眼见的一天天憔悴下去了。

他疾步沿着枫林小径往里走,还没进去,却看到霜红站在廊下,对他摆了摆手。

"小姐在给明玠公子疗伤。"她轻声道,"今天一早,又犯病了……"

霍展白在帘外站住,心下却有些忐忑,想着瞳是怎样的一个危险人物,实在不放心让薛紫夜和他独处,不由得侧耳凝神细听。

"明玠,好一些了吗?"薛紫夜的声音疲倦而担忧。

"内息、内息……到了气海就回不上来……"瞳的呼吸声很急促,显然内息紊乱,"针刺一样……没法运气……"

"啊,我忘了,你还没解开血封!"薛紫夜恍然,"忍一下,我就替你——"

霍展白心里一惊,再也忍不住,一揭帘子,大喝:"住手!"

里面两人被吓了一跳。薛紫夜捏着金针已刺到了气海穴,也忽然呆住了。

仿佛想起了什么,她的手开始剧烈地发抖,一分也刺不下去。

"绝对不要给他解血封!"霍展白劈手将金针夺去,冷冷望着榻上那个病弱贵公子般的杀手,"一恢复武功,他可是什么事都做得出来。"

瞳闪电般地望了他一眼,针一样的尖锐。

"咳咳,没有接到教王命令,我怎么会乱杀人?"他眼里的尖锐瞬间消失了,只是咳嗽着苦笑,望了一眼薛紫夜,"何况……小夜已经是我在这世上唯一的亲人了……我好不容易才找回了她,又怎么会对她不利?"

霍展白只觉得好笑:"见鬼,瞳,听你说这样的话,实在是太有趣了。"

然而望见薛紫夜失魂落魄的表情，心里忽然不是滋味。

"反正，"他下了结论，将金针扔回盘子里，"除非你离开这里，否则别想解开血封！"

瞳的眼眸沉了沉，闪过凌厉的杀意。

"紫夜，"霍展白忽然转过身，对着那个还在发呆的女医者伸出手来，"那颗龙血珠呢？先放我这里吧——你把那种东西留在身边，总是不安全。"

龙血珠？瞳的手下意识地一紧，握住剑柄。

他望向薛紫夜，眼睛隐隐转为紫色，却听到她木然地开口："已经没了……和别的四样药材一起，昨日拿去炼丹房给沫儿炼药了。"

瞳的手缓缓松开，不作声地舒了一口气。

她居然为了他撒谎。

"那就好……"霍展白显然也是舒了口气，侧眼望了望榻上的人，眼里带着一种"看你还玩什么花样"的表情，喃喃，"这回有些人也该死心了。"

"你的药正在让宁婆婆看着，大约明日就该炼好了，"薛紫夜抬起头，对他道，"快马加鞭南下，还赶得及一月之期。"

"嗯。"霍展白点点头，多年心愿一旦达成，总有如释重负之感，"多谢。"

然而，不知为何，心里却有另一种牵挂和担忧泛了上来。

他这一走，又有谁来担保这一边平安无事？

"我已让绿儿去给你备马了，你也可以回去准备一下行囊。"薛紫夜收起了药箱，看着他，"你若去得晚了，耽误了沫儿的病，秋水音她定然不会原谅你的——那么多年，她也就只剩这么一个指望了。"

霍展白暗自一惊，连忙将心神收束，点了点头。

不错，沫儿的病已然不能耽误，无论如何要在期限内赶回去！而这边，龙血珠既然已入了药炉，魔教自然也没了目标，瞳此刻还被封着气海，应该不会再出大岔子。

"那我先去准备一下。"他点点头，转身。

出门前，他再叮嘱了一遍："记住，除非他离开，否则绝不要解开他的血封！"

"知道了。"她拉下脸来,不耐烦地摆出了驱逐的姿态。

看到霍展白的背影消失在如火的枫林里,薛紫夜的眼神黯了黯,"唰"的一声拉下了帘子。房间里忽然又暗了下去,一丝光透过竹帘,映在女子苍白的脸上。

"明玠,"她攀着帘子,从缝隙里望着外面的秋色,忽然道,"把龙血珠还我,可以吗?"

瞳的眼睛在黑暗里忽然亮了一下,手下意识握紧了剑,悄无声息地拔出了半寸。

怎么?刚才被霍展白一说,这个女人起疑了?

"呵,我开玩笑的,"不等他回答,薛紫夜又笑了,松开了帘子,回头,"送出去的东西,哪儿有要回来的道理。"

不等他辨明这一番话里的真真假假,她已走到榻前,拈起了金针,低下头来对着他笑了一笑:"我替你解开血封。"

解开血封?一瞬间,他眼睛亮如闪电。

她拈着金针,缓缓刺向他的气海,脸上没有表情。

"啪"!他忽然坐起,一把握住了她的手腕,定定看着她,眼里隐约涌动着杀气——这个时候忽然给他解血封?这个女人……到底葫芦里卖什么药?

她却只是平静地望着他:"怎么了,明玠?不舒服吗?"

她的眼睛是宁静的,纯正的黑和纯粹的白,宛如北方的白山和黑水。

他陡然间有一种恍惚,仿佛这双眼睛曾经在无数个黑夜里这样凝视过他。他颓然松开了手,任凭她将金针刺落,刺入武学者最重要的气海之中。

薛紫夜低着头,调整着金针刺入的角度和深浅,一截雪白的纤细颈子露了出来。他看不见她的表情,只觉房内的气氛凝重到无法呼吸。

忽然间,气海一阵剧痛!

想也不想,他瞬间扣住了她的后颈!

然而,不等他发力扭断对方的脖子,任督二脉之间气息便是一畅,气海中所蓄的内息源源不断涌出,重新充盈在四肢百骸。

"好了。"她抬起头,看着他,"现在没事了,明玠。"

他怔住,手僵在了她的后颈上,身边的沥血剑已然拔出半尺。

"现在，你已经恢复得和以前一样。"薛紫夜却似毫无察觉，既不为他的剑拔弩张而吃惊，也不为他此刻暧昧地揽着自己的脖子而不安，只是缓缓站起身来，淡淡，"就只剩下，顶心那一根金针还没拔出来了。"

他霍然掠起！

只是一刹那，他的剑就架上了她的咽喉，将她逼到了窗边。

"你发现了？"他冷冷道，没有丝毫否认的意味。

"刚刚才发现——在你诱我替你解除血封的时候。"薛紫夜却是毫无畏惧地直视着他的眼睛，嘴角浮出淡淡的笑，"我真傻啊，怎么一开始没想到呢？你还被封着气海，怎么可能用内息逼出了金针？你根本是在骗我。"

"呵。我怎么知道你说的摩迦啊，明玠啊，都是些什么东西，不过是胡乱扯了个谎而已，你居然就信了。"瞳冷笑，眼神如针，隐隐带了杀气，"你既然知道了，方才为什么不告诉霍展白真相？为什么反而解开我的血封？不怕我杀了你吗？"

薛紫夜反而笑了："明玠，我到了现在，已然什么都不怕。"

她抬起头在黑暗里凝视着他，眼神宁静："我只是不明白，为什么你明知那个教王不过把你当一条狗，还要这样为他不顾一切？你跟我说的一切都是假的吧？那么，你究竟知不知道毁灭摩迦村寨的凶手是谁？真的是黑水边上的那些马贼吗？"

那样宁静坦然的目光，让他心里骤然一震——从来没有人在沥血剑下，还能保持这样的眼神！这样的眼睛……这样的眼睛……记忆里……

"我不知道。"最终，他只是漠然地回答，"我不知道什么摩迦村寨。我也不关心。"

薛紫夜怔怔地看着他，眼神悲哀而平静。

"那么，我想知道，明玠你会不会——"她平静地吐出最后几个字，"真的杀我？"

瞳的眼神微微一动，沉默。沉默中，一道白光闪电般地击来，直切她的头颅。

血从她的发隙里密密流了下来。

"愚蠢。"

六 雪·第五夜

暮色初起的时候,霍展白收拾好了行装,想着明日便可南下,便觉得心里一阵轻松。

那件压在他心上多年的重担,也总算是卸下了。沫儿那个孩子,以后可以和平常孩子一样奔跑玩耍了吧?而秋水,也不会总是郁郁寡欢了。已经很久很久,没有看过这个昔日活泼明艳的小师妹露出笑颜了啊……

他长长舒了一口气,负手看着冬之馆外的皑皑白雪。

多年的奔走,终于有了一个尽头。

"嘎!"忽然间,他听到雪鹃急促地叫了一声,从西南方飞过来,将一物扔下。

"什么?"他看了一眼,失惊,"又是昆仑血蛇?"

眼角余光里,一条淡淡的人影朝着谷口奔去,快如闪电转瞬不见。

瞳?他要做什么?

霍展白来不及多想,一把抓起墨魂剑,瞬间推开窗追了出去。

药师谷口,巨石嶙峋成阵。

那些石头在谷口的风里，以肉眼难以辨认的速度滚动，地形不知不觉地变化，错综复杂——传说中，药师谷的开山祖师原本是中原一位绝世高手，平生杀戮无数，暮年幡然悔悟，立志赎回早年所造的罪业，于是单身远赴极北寒荒之地，在此谷中结庐而居，悬壶济世。

而这个风雪石阵，便是当时为避寻仇而设下。

出谷容易，但入谷时若无人接引，必将迷失于风雪巨石之中。

多年来，药师谷一直能够游离于正邪两派之外，不仅是因为各方对其都有依赖，保持着微妙的平衡，也是因为极远的地势和重重的机关维护了它本身的安全。

"已得手。"银衣的杀手飘然落下，点足在谷口嶙峋的巨石阵上，"妙火，你来晚了。"

"呵呵，不愧是瞳啊！我可是被这个破石头阵绊住了好几天。"夜色中，望着对方手里那一颗寸许的血色珠子，来客大笑起来，"万年龙血赤寒珠——这就是传说中可以毒杀神魔的东西？得了这个，总算是可以杀掉教王老儿了！"

对一般人来说，龙血珠毫无用处。然而对修习术法的人来说，这却是至高无上的法器。《博古志》上记载，若将此珠纳于口中吞吐呼吸，辅以术法修行，便能窥得天道；但若见血，其毒又可屠尽神鬼仙三道，可谓万年难求。

教王最近为了修炼铁马冰河心法第九重，一直在闭关。这一次他们也是趁着这个当儿，借口刺杀天池隐士离开了昆仑奔赴祁连山，想夺得龙血珠，在教主闭关结束之前返回。却不料，中途杀出了一个霍展白，生生耽误了时间。

瞳默然一翻手，将那颗珠子收起："事情完毕，可以走了。"

"哦？处理完了？"血色的小蛇不停地往那一块石下汇聚，宛如汇成血海，而石上坐着的赤发大汉却只是玩弄着一条儿臂粗的大蛇，呵呵而笑，"你把那个谷主杀了啊？真是可惜，听说她不仅医术好，还是个漂亮女人……"

"没杀。"瞳冷冷道。

"没有？"妙火一怔，有些吃惊地看着他——作为修罗场里百年难得的杀戮天才，瞳行事向来冷酷，每次出手从不留活口，难道这一次在龙血珠之事上,竟破了例?

"为什么不杀?只是举手之劳。"妙火蹙眉,望着这个教中上下闻声色变的修罗,迟疑,"莫非……瞳,你心软了?"

"点子扎手。"瞳有些不耐烦,"霍展白在那儿。"

"霍展白……鼎剑阁的七公子?"妙火喃喃,望着雪地,"倒真的是挺扎手——这一次你带来的十二银翼,莫非就是折在了他手下?"

瞳"哼"了一声:"会让他慢慢还的。"

"不错,反正已经拿到龙血珠,不值得再和他硬拼。等我们大事完毕,自然有的是时间!"妙火拊掌大笑,忽地正色,"得快点回去了——这一次我们偷偷出来快一个月了,听妙水刚飞书传过来的消息说,教王那老儿前天已经出关,还问起你了!"

"教王已出关?"瞳猛然一震,眼神转为深碧色,"他发现了?!"

"没,呵呵,运气好,正好是妙水当值。"妙火一声呼啸,大蛇霍地张开了嘴,那些小蛇居然源源不断地往着母蛇嘴里涌去,"她就按原先定好的计划回答,说你去了长白山天池,去行刺那个隐居多年的老妖。"

"哦。"瞳轻轻吐了一口气,"那就好。"

"不过,还是得赶快。"妙火收起了蛇,眼神严肃,"事情不大对。"

"怎么?"瞳抬眼,眼神凌厉。

"妙水信里说,教王这一次闭关修习第九重铁马冰河心法,却失败了!目下走火入魔,卧病在床,根本无力约束三圣女、五明子和修罗场。"妙火简略地将情况描述,"教里现在明争暗斗,三圣女那边也有点忍不住了,怕是要抢先下手——我们得赶快行动。"

"哦……"瞳轻轻应了一声,忽然做了一个噤声的手势,"有人在往这边赶来。"

剑光如同匹练一样刺出,雪地上一个人影掠来,半空中只听"叮"的一声,金铁交击,两个人乍合又分。

"霍展白?"看到来人,瞳低低脱口惊呼,"又是你?"

"你的内力恢复了?"霍展白接了一剑,随即发现了对方的变化,诧然。

难道那个该死的女人转头就忘记了他的忠告,将这条毒蛇放了出来?

他一眼看到了旁边的赤发大汉,认出是魔教五明子里的妙火,心下更是一个咯噔——一个瞳已然是难对付，何况还来了另一位！

"魔教的，再敢进谷一步就死！"心知今晚一场血战难免，他深深吸了口气，低喝，提剑拦在药师谷谷口。

"谁要再进谷？"瞳却冷冷笑了，"我走了——"

他身形一转，便在风雪中拔地而起。妙火也是呵呵一笑，手指一搓，一声脆响中巨大的昆仑血蛇箭一样飞出，他翻身掠上蛇背上，远去。

霍展白起身欲追，风里忽然远远传来了一句话——

"与其有空追我，倒不如去看看那女人是否还活着。"

薛紫夜还活着。

那一道伤口位于头颅左侧，深可见骨，血染红了一头长发。

霜红将浓密的长发分开，小心翼翼地清理了伤口，再开始上药——那伤是由极快的剑留下的，而且是在近距离内直削头颅。如果不是在切到颅骨时临时改变了方向，将斜切的剑身瞬间转为平拍，小姐的半个脑袋早已不见了。

"蠢女人！"看一眼薛紫夜头上那个伤口，霍展白就忍不住骂一句。

然而，那个脾气暴躁的女人此刻却乖得如一只猫，只是怔怔地坐在那里出神，也不喊痛也不说话，任凭霜红包扎她头上的伤，对他的叱骂似乎充耳不闻。

"小姐，好了。"霜红放下了手，低低道。

"出去吧。"她只是挥了挥手，"去药房，帮宁姨看着霍公子的药。"

"是。"霜红答应了一声，有些担心地退了出去。

"死女人，我明明跟你说了，千万不要解他的血封！"霍展白忍不住发作，觉得这个女人实在是不可理喻，"他是谁？魔教修罗场的第一杀手！你跟他讲什么昔日情谊？见鬼！你真的是死了都不知道自己怎么死的！"

"霍展白，你又输了。"然而，一直出神的薛紫夜却忽然笑了起来。

"啊？"骂得起劲，他忽然愣了一下，"什么？"

"你说他一定会杀我。"薛紫夜喃喃，摸了摸绑带，"可他并没有……并没有啊。"

霍展白一时间怔住，不知如何回答——是的，那个家伙当时明明可以取走薛紫夜性命，却在最后一瞬侧转了剑，只是用剑身将她击昏。这对那个向来不留活口的修罗场第一杀手来说，的确是罕见的例外。

"他是明玠……是我弟弟。"薛紫夜低下头去，肩膀微微颤抖，轻声，"在他心里，其实还是相信的啊！"

"愚蠢！你怎么还不明白？"霍展白顿足失声。

薛紫夜望着他。

"相信不相信，对他而言，已经不重要了。"他抓住她的肩，蹲下来平视着她的眼睛，"紫夜，你根本不明白什么是江湖——瞳即便相信，又能如何呢？对他这样的杀手来说，这些昔日记忆只会是负累。他宁可不相信……如果信了，离死期也就不远了。"

薛紫夜望着西方的天空，沉默了片刻，忽然将脸埋入掌中。

"我只是，不想再让他被关在黑夜里。"她用细细的声音道，"他已经被关了那么久。"

"好了，别想了……他已经走了，"霍展白轻轻拍着她背，安慰，"他已经走了，那是他自己选的路。你无法为他做什么。"

是的，那个人选择了回到昆仑大光明宫，选择了继续做修罗场里的瞳，继续在江湖的腥风血雨中搏杀，而没有选择留在这个与世隔绝的雪谷中，尝试着去相信自己的过去。

薛紫夜慢慢安静下去，望着外面的夜色。

是的，瞳已经走了。而她的明玠弟弟，则从未回来过——那个明玠，在十二年前那一场大劫之后就已经消失不见。让他消失的，并不是那三根封脑的金针，而是长年来暗无天日的杀戮生活对人性的逐步摧残。

雪怀死在瞬间，犹自能面带微笑；而明玠，则是在十几年里慢慢死去的。

她医称国手，却一次又一次地目睹最亲之人死亡而无能为力。

那一夜的雪非常大，风从漠河以北吹来，在药师谷上空徘徊呼啸。

四季分明的谷里，一切都很宁静。药房里为霍展白炼制的药快要完成，那些年轻的女孩子都在馥郁的药香中沉睡——没有人知道她们的谷主又一个人来到湖上，对着冰下的人说了半夜的话。

不同的是，这一次霍展白默默陪在她的身边，撑着伞为她挡住风雪。

而风雪里，有人在连夜西归昆仑。

他陪着她站到了深宵，第一次看到这个平日强悍的女人，露出了即使醉酒时也掩藏着的脆弱一面，单薄的肩在风中渐渐发抖。而他只是默然弯下腰，掉转手里伞的角度，替她挡住那些密集卷来的雪。

八年来，一直是她陪在浴血搏杀的自己身边，在每一条血路的尽头等待他，拯救他。那么这最后的一夜，就让他来陪伴她吧！

天色微蓝的时候，她的脸色已然极差，他终于看不下去，想将她拉起。

薛紫夜恼怒地推开他的手臂，然而一夜的寒冷让身体僵硬，她失衡地重重摔落，冰面"咔啦"一声裂开，宛如一张黑色的巨口将她吞噬。

那一瞬间，多年前的恐惧再度袭来，她脱口惊叫起来，闭上了眼睛。

"小心！"一只手却忽然从旁伸过来，一把拦腰将她抱起，平稳地落到了岸边，另一只手依然拿着伞，挡在她身前，低声，"回去吧，太冷了，天都要亮了。"

她因为寒冷和惊怖而在他怀里微微战栗。

没有掉下去……这一次，她没有掉下去！那只将她带离冰窟和黑暗的手是真实的，那怀抱是温暖而坚实的——这一次，有人拉住了她。

一切再也不是昔年了。

霍展白没有将冻僵了的她放下，而直接往夏之园走去。她推了几次却无法挣脱，便只好安静下来。一路上只有雪花簌簌落到伞上的声音，她在黎明前的夜色里转过头，忽然发现他为她打着伞，自己大半个身上却积了厚厚的雪。

她伸出手，轻轻为他拂去肩上落满的雪，忽然间心里有久违了的暖意。

很多年了，他们相互眷恋和倚赖，在每一次孤独和痛苦的时候，总是想到对方身畔寻求温暖。这样的知己，其实也足可相伴一生吧？

"沫儿的药，明天就能好了吧？"然而，他开口问。

刹那间，她忽然有一种大梦初醒的感觉，停住了手指，点了点头。

"谢谢你。"他说，低头望着她笑了笑，"等沫儿好了，我请你来临安玩，也让他认识一下救命恩人。"

"呵，不用。他的救命恩人不是我。是你，"她轻笑，"还有……他的母亲。"

说到最后的时候,她顿了顿。不知为何,避开了提起秋水音的名字。

"而且,"她仰头望着天空——已经到了夏之园,地上热泉涌出,那些雪落到半空便已悄然融化,空气中仿佛有丝丝雨气流转,"我十四岁那年受了极重的寒气,已然深入肺腑,师父说我有生之年都不能离开这里——因为谷外的那种寒冷是我无法承受的。"

她笑了笑,望着那个发出邀请的人:"不等穿过那片雪原,我就会因为寒冷死去。"

霍展白一震,半晌无言。

深夜的夏之园里,不见雪花,却有无数的流光在林间飞舞,宛如梦幻——那是夜光蝶从水边惊起,在园里曼妙起舞,展示短暂生命里最美的一刻。

"其实,我倒不想去江南,"薛紫夜望着北方,梦呓一样喃喃,"我想去漠河以北的极北之地……听雪怀说,那里是冰的大海,天空里变幻着七种色彩,就像做梦一样。"

她唇角露出一丝笑意,喃喃:"雪怀他……就在那片天空之下,等着我。"

又一次听到那个名字,霍展白忽然觉得心里有无穷无尽的烦躁,蓦然将手一松,把她扔下地,怒斥:"真愚蠢!他早已死了!你怎么还不醒悟?他十二年前就死了,你却还在做梦!你不把他埋了,就永远不能醒过来——"

他没有把话说完,因为看到紫衣女子已经抬起了手,直指门外,眼神冷酷。

"出去。"她低声说,斩钉截铁。

他默然望了她片刻,转身离去。

她看着他转过头,忽然间淡淡开口:"真愚蠢啊,那个女人,其实也从来没有真的属于你——那么多年,从头到尾,你不过是个不相干的外人罢了!你如果不死了这条心,就永远不能好好地生活。"

他站住了脚,回头看她。她也毫不示弱地回瞪着他。

两人默然相对了片刻,忽地笑了起来。

"这是临别赠言吗?"霍展白大笑转身,"我们都愚蠢。"

他很快消失在风雪里，薛紫夜站在夏之园纷飞的夜光蝶中，静静凝望了很久，仿佛忽然下了一个决心。她从发间拿下那一支紫玉簪，轻轻握紧。

"霍展白，我希望你能幸福。"

第二天天就晴了，药师谷的一切，似乎也随着瞳的离开而恢复了平静。

所有事情都回到了原有的轨道上，仿佛那个闯入者不曾留下任何痕迹。侍女们不再担心三更半夜又出现骚动，霍展白不用提心吊胆地留意薛紫夜是不是平安，甚至雪鹞也不用每日飞出去巡逻了，喝得醉醺醺的，倒吊在架子上打摆子。

"哟，早啊！"霍展白很高兴自己能在这样的气氛下离开。所以在薛紫夜走出药房，将一个锦囊交给他的时候，嘴角不自禁地露出笑意来。

只是睡了一觉，昨天夜里那一场对话仿佛就成了梦寐。

"你该走了。"薛紫夜看到他从内心发出的笑意，忽然感觉有些寥落，"绿儿，马呢？"

"小姐，早就备好了！"风绿笑盈盈地牵着一匹马从花丛中出来。

薛紫夜拉过缰绳，交到霍展白手里："去吧。"

也真是可笑，在昨夜的某个瞬间，在他默立身侧为她撑伞挡住风雪的时候，她居然有了这个人可以依靠的错觉——然而，他早已是别人的依靠。

多年来，他其实只是为了别人，才每年来这里忍受自己的喜怒无常。

如今事情已经完毕，该走的，也终究要走了吧。

"药在锦囊里，你随身带好了。"她再度嘱咐，几乎是要点着他的脑门，"记住，一定要经由扬州回临安——到了扬州，要记住打开锦囊。打开后，才能再去临安！"

"知道了。"霍展白答应着，知道这个女人向来古古怪怪。

"打开得早了或者晚了，可就不灵了哦！"她笑得诡异，让他背后发冷，忙不迭地点头："是是！一定到了扬州就打开！"

霍展白翻身上马，将锦囊放回怀里，只觉多年来一桩极重的心事终于了结。放眼望去，忽然觉得天从未如此之高旷，风从未如此之和煦，不由得仰头长啸了一声，归心似箭——当真是"漫卷诗书喜欲狂"啊！

白日放歌须纵酒，青春作伴好还乡。
　　即从巴峡穿巫峡，便下襄阳向洛阳！①

　　"绿儿，送客。"薛紫夜不再多说，转头吩咐丫鬟。
　　"是！"风绿欢天喜地地上来牵马，对于送走这个讨债鬼很是开心。霜红却暗自叹了口气，知道这个家伙一走，就更少见小姐展露欢颜了。
　　雪鹞绕着薛紫夜飞了一圈，依依不舍地叫了几声，落到主人的肩上。霍展白策马走出几步，忽然勒马转头，对她做了一个痛饮的手势："喂，记得埋一坛笑红尘到梅树下！"
　　薛紫夜微微一怔。
　　"等回来再一起喝！"他挥手，朗声大笑，"一定赢你！"
　　她只是摆了摆手，不置可否。她竭尽心力，也只能开出一张延续三个月性命的药方——如果他知道，还会这样开心吗？如果那个孩子最终还是夭折，他会回来找她报复吗？
　　眼看他的背影隐没于苍翠的山谷，忽然觉得胸中寒冷，低声咳嗽起来。
　　"小姐，这样行吗？"旁边的宁婆婆望着霍展白兴高采烈的背影，有些担忧地低声道。
　　"也只能这样了。"薛紫夜喃喃，抬头望着天，长长叹了口气，"上天保佑，青染师父她此刻还在扬州，还能接到我的信。"
　　我已经竭尽了全力……霍展白，你可别怪我才好。

　　有人策马南下的时候，有人在往西方急奔。
　　为了避嫌，出了药师谷后他便和妙火分开西归，一路换马赶回大光明宫。龙血珠握在手心，那颗号称可以杀尽鬼神两道的宝物散发出冷冷的寒意，身侧的沥血剑在鞘中鸣动，仿佛渴盼着饮血。
　　风雪刀剑一样割面而来，将他心里残留的那一点软弱清洗干净。
　　他在大雪中策马西归，渐渐远离那个曾经短暂动摇过他内心的山谷。在雪原上勒马四顾，心渐渐空明冷定。那双黑白分明的眸子，也在漫天的大雪里逐渐隐没。

---

① 杜甫·《闻官军收河南河北》。

离开药师谷十日，进入克孜勒荒原。

十三日，到达乌里雅苏台。

十五日，抵达西昆仑山麓。

昆仑白雪皑皑，山顶的大光明宫更是长年笼罩在寒气中。

骏马已然累得倒在地上口吐白沫，他跳下马，反手一剑结束了它的痛苦。驻足山下，望着那层叠的宫殿，不作声地吸了一口气，将手握紧——那一颗暗红色的龙血珠，在他手心里无声无息地化为齑粉。

他翻转剑锋，小心翼翼地将粉末抹上沥血剑。

然后，从怀里摸出了两根金针，毫不犹豫地回过手，"嚓嚓"两声按入了脑后死穴！

他大步沿着石阶上去，两边守卫山门的宫里弟子一见是他，霍然站起，一起弯腰行礼，露出敬畏的神色，在他走过去之后窃窃私语。

"看到了吗？这就是瞳！"

"执掌修罗场的那个杀神吗？真可惜，刚才没看清楚他的模样……"

"滚！等看清楚了，你也不知道自己怎么死了——他的眼睛，根本是不能看的！"

"是啊是啊，听人说，只要和他对了一眼，魂就被他收走了，他让你死你就死，要你活你才能活！"

"那、那不是妖瞳吗……"

那些既敬且畏的私语，充斥于他活着的每一日里。

从来没有人敢看他的眼睛，看过的，绝大多数也都已经死去——从有记忆以来，他就习惯了这样躲闪的视线和看怪物似的眼神，没什么好大惊小怪。

他直奔西侧殿而去，想从妙水那里打听最近情况，然而却扑了一个空——奇怪，人呢？不是早就约好，等他拿了龙血珠回来就碰头商量一下对策？这样的紧要关头，人怎么会不在？

"妙水使这几天一直在大光明殿陪伴教王。"妙水的贴身随从看到了风尘仆仆赶回的瞳，有些惧怕，低头道，"已经很久没回来休息了。"

"教王的情况如何？"他冷然问。

贴身随从摇摇头："属下不知——教王出关后一直居于大光明殿，便从未露面过。"

他默然颔首,眼神变了变,从未露面过——那么大概就是和妙水传来的消息一样,是因为修习失败导致走火入魔!

那么,这几日来,面对着如此大好时机,宫里其余那几方势力岂不是蠢蠢欲动?

他来不及多问,立刻转向大光明殿。

走过了那座白玉长桥,绝顶上那座金碧辉煌的大殿进入眼帘。他一步一步走去,紧握着手中的沥血剑,开始一分分隐藏起心里的杀气。

"瞳公子。"然而,从殿里出来接他的,却不是平日教王宠幸的弟子高勒,那个新来的白衣弟子同样不敢看他的眼睛,"教王正在小憩,请稍等。"

他点了点头:"高勒呢?"

那个白衣弟子颤了一下,低低答了一声"死了"便不多言。

死了?!瞳默然立于阶下,单膝跪地等待宣入。

"呵呵呵……我的瞳,你回来了吗?"半晌,大殿里爆发出了洪亮的笑声,震动九霄,"快进来!"

他猛然一震,眼神雪亮,教王的笑声中气十足,完全听不出丝毫的病弱迹象!

"是。"他携剑低首,随即沿阶悄无声息走上去。

教王身侧有明力护卫,还有高深莫测的妙风使——而此番己方几个人被分隔开来,妙火此刻尚未赶回,妙水又被控制在教王左右,不能做出统一的筹划,此刻无论如何不可贸然下手。

一路上来,他已然将所有杀气掩藏。

"教王万寿。"进入熟悉的大殿,他在玉座面前跪下,深深低下了头,"属下前去长白山,取来了天池隐侠的性命,为教王报了昔年一剑之仇。"

一边说,他一边从怀里拿出了一支玉箫,呈上。

天池隐侠已久不出现于江湖,教王未必能立时识破他的谎言。而这支箫,更是妙火几年前就辗转从别处得来,据说确实是隐侠的随身之物。

"呵呵,瞳果然一向不让人失望啊。"然而教王居然丝毫不重视他精心编织好的谎言,只是称赞了一句,便转开了话题,"你刚万里归来,快来观赏一下本座新收的宝贝獒犬——喏,可爱吧?"

得了准许,他方才敢抬头,看向玉座一侧被金索系着的那几头魔兽,忽然忍不住色变。

那群凶神恶煞的獒犬堆里，露出一具血肉模糊的尸体。

看衣饰，那、那应该是——

"看啊，真是可爱的小兽，"教王的手指轻轻叩着玉座扶手，微笑，"刚吃了乌玛，心满意足得很呢。"

乌玛！

连瞳这样的人，脸上都露出惊骇的表情——

那具尸体，竟然是日圣女乌玛！

"多么愚蠢的女人……我让妙风假传出我走火入魔的消息，她就忍不住了，呵呵，"教王在玉座上微笑，须发雪白宛如神仙，身侧的金盘上放着一个被斩下不久的绝色女子头颅，"联合了高勒他们几个，想把我杀了呢。"

瞳看着那个昔日一人之下万人之上的日圣女，手心渐渐有冷汗。

"真是经不起考验啊，"教王拨弄着那个头颅，忽然转过眼来看他，"是不是，瞳？"

他平静地对上了教王的视线，深深俯身："只恨不能为教王亲手斩其头颅。"

"呵呵呵……"教王大笑起来，抓起长发，一扬手将金盘上的头颅扔给了那一群灰獒，"吃吧，吃吧！这可是回鹘王女儿的血肉呢，我可爱的小兽们！"

群獒争食，有刺骨的咀嚼声。

"还是这群宝贝好，"教王回过手，轻轻抚摩着跪在玉座前的瞳，手一处一处地探过他发丝下的三根金针，满意地微笑："瞳，看到了吗？只要忠于我，便能享用最美好的一切。"

走下丹阶后，冷汗湿透了重衣，外面冷风吹来，周身刺痛。

握着沥血剑的手缓缓松开，他眼里转过诸般色泽，最终只是无声无息地将剑收起——被看穿了吗？还是只是一个试探？教王实在深不可测。

他微微舒了口气。不过，总算自己运气不错，因为没来得及赶回反而躲过一劫。

不知妙水被留在教王身侧，是否平安，有没有暴露身份？

这个楼兰女人，传说中是教王为修乌孙赤谷城一带的合欢秘术才带回宫的，然后居然长宠不衰，武学渐进，最后身居五明子之一。这一次她愿意和他们结盟，也是意料之外的事情。其实对于这个女人的态度，他和妙火一直心里没底。

看来，无论如何，这一次的刺杀计划又要暂时搁置了。

还是静观其变，等妙火也返回宫里后，再做决定。

他走下十二玉阙，遥遥地看到妙水和明力两位从大殿后走出，分别沿着左右辇道走去——向来，五明子之中教王最为信任明力和妙风，明力负责日常起居，妙风更是教王的护身符，日夜不离教王身侧。

可此刻，怎么不见妙风？

他放缓了脚步，有意无意地等待。妙水长衣飘飘，步步生姿地带着随从走过来，看到了他也没有驻足，只是微微咳嗽了几声，柔声招呼："瞳公子回来了？"

他默然抱剑，微一躬身算是回答。

妙水笑了笑，便过去了。

瞳垂下了眼睛，看着她走过去。两人交错的瞬间，耳畔一声风响，他想也不想地抬手反扣，手心霍然多了一枚蜡丸。抬起头，眼角里看到了匆匆隐没的衣角。那个女人已经迅速离去了，根本无法和她搭上话。

捏开蜡丸，里面只有一块被揉成一团的白色手巾，角上绣着火焰状的花纹。

那是……教王的手巾？！瞳的手瞬间握紧，竭力克制住了回头看妙水的冲动，只是不动声色地继续沿着丹阶离开——手巾上染满了红黑色、喷射状的血迹，夹杂着内脏的碎片，显然是在血脉爆裂的瞬间喷出。

"妙风已去往药师谷。"

身形交错的刹那，他听到妙水用传音入密短促地说了一句。

瞳的瞳孔忽然收缩。

七 雪·第六夜

霍展白在扬州二十四桥旁翻身下马。

刚刚是立春，江南寒意依旧，然而比起塞外的严酷却已然好了不知多少。

霍展白满身风尘，疾行千里日夜兼程，终于在第十九日回到了扬州。暮色里，看到了熟悉的城市，他只觉得心里一松，便再也忍不住极度的疲惫，决定在此地休息一夜。

熟门熟路，他带着雪鹞，牵着骏马来到了桥畔的玲珑花界。

骑马倚斜桥，满楼红袖招。混在那些鲜衣怒马、容光焕发的寻欢少年里，霍展白显得十分刺眼，白衣破了很多洞，已有多日没有沐浴，头发蓬乱，面色苍白——若不是薛紫夜赠予的这匹大宛名马还算威风，他大约要被玲珑花界的丫鬟们当作乞丐打出去。

"柳非非柳姑娘。"他倦极，只是拿出一个香囊晃了晃。

老鸨认得那是年前柳花魁送给霍家公子的，吓了一跳，连忙迎上来："七公子！原来是你？怎生弄成这副模样？可好久没来了……快快快，来后面雅间休息。"

他根本没理会老鸨的热情招呼,只是将马交给身边的小厮,摇摇晃晃地走上楼去,径自转入熟悉的房间:"非非,非非!"

"七公子,七公子!"老鸨急了,一路追着,"柳姑娘她今日……"

"今日有客了吗?"他顿住了脚。

"没事,让他进来吧。"然而房间里忽然传来了熟悉的声音,绿衣美人拉开了门,盈盈而立,"妈妈,你先下楼去招呼其他客人吧。"

"可是……钱员外那边……"老鸨有些迟疑。

"请妈妈帮忙推了就是。"柳非非掩口笑。

老鸨离开,她掩上了房门,看着已然一头躺到床上大睡的人,眼神慢慢变了。

"回来了?"她在榻边坐下,望着他苍白疲倦的脸。

"嗯。"他应了一声,感觉一沾到床,眼皮就止不住地坠下。

"那件事情,已经做完了吗?"她却不肯让他好好睡去,抬手抚摸着他挺直的眉,喃喃,"你上次说,这次如果成功,那么所有一切,都会结束了。"

他展开眉毛,长长吐出一口气:"是,结束了。"

架子上的雪鹞同意似的叫了一声。柳非非怔了一下,仿佛不相信多年的奔波终于有了一个终点,忽地笑了起来:"那可真太好了——记得以前问你,什么时候让我赎身跟了你去?你说'那件事'完之前谈不上这个。这回,可算是让我等到了。"

霍展白蓦地震了一下,睁开了眼睛:"非非……我这次回来,是想和你说——"

然而,不等他把话说完,柳非非扑哧一声笑了,伸出食指按住了他的嘴。

"看把你吓得,"她笑意盈盈,"骗你的呢。你有那么多钱替我赎身吗?除非去抢去偷——你倒不是没这个本事,可是,会为我去偷去抢吗?"

他蹙眉望着她,忽然觉得大半年没见,这个美丽的花魁有些改变。

忘了是哪次被那一群狐朋狗友拉到这里来消遣,认识了这个扬州玲珑花界里的头牌。她是那种聪慧的女子,洞察世态人心,谈吐之间大有风致。他刚开始不习惯这样的场合,躲在一角落落寡合,却被她发现,殷勤相问。那一次他们说了很久的话,最后扶醉而归。她是他的第一个女人。

之后,他浪迹天涯四海为家,却几乎年年都会来这里。

每年一次,或者两次。每次来,都会请她出来相陪。

那样的关系,似乎也只是欢场女子和恩客的交情。她照样接别的客,他也未曾见有不快。偶尔他远游归来,也会给她带一些新奇的东西,她也会很高兴。他从来没有和她说过自己的过去和现在,从来不曾和她分享过苦痛和欢悦。

他们之间的距离是那样近,却又是那样远。

在某次他离开的时候,她替他准备好了行装,送出门时曾开玩笑似的问,是否要她跟了去?他却只是淡淡推托说等日后吧。

那一次之后,她便没有再提过。

浪迹天涯的剑客和艳冠青楼的花魁,毕竟是完全不同两个世界里的人。她是个聪明女人,这样犯糊涂的时候毕竟也少。而后来,她也慢慢知道,他之所以会到这种地方来,只因为实在是没有别的地方可去。

"今晚,恐怕不能留你过夜。"她拿了玉梳,缓缓梳着头发,望着镜子里的自己,幽幽道,"前两天,我答应了一名胡商做他的续弦。如今,算是要从良的人了。"

他躺在床上,微微怔了一下:"恭喜。"

"呵,谢谢。"她笑了起来,将头发用一支金簪松松绾了个髻,"是啊,一个青楼女子,最好的结局也无过于此了……有时候我也觉得自己和别的姐妹不一样,说不定可以得个好一些的收梢。可是,就算你觉得自己再与众不同,又能怎样呢?人强不过命。"

霍展白望着她梳妆,一时不知道说什么好。

"你这一次回来,是来向我告别的吗?"她却接着说起了刚才的话头,聪明如她,显然是早已猜到了他方才未曾说出口的下半句。

他默然点头,缓缓开口:"以后,我不会再来这里了。"

"是有了别的去处了吗?还是有了心爱的人?不过,反正你就算来了,我也不会再在这里了。"柳非非有些疲倦地微笑着,妩媚而又深情,忽然俯下身来戳了他一下,娇嗔,"唉,真是的,我就要嫁人了,你好歹也要装一下失落嘛——难道我柳非非一点魅力也没有吗?"

他应景地耷拉下了眼皮,做了一个苦脸:"能被花魁抛弃,也算我的荣幸。"

柳非非娇笑起来，戳着他的胸口："呸，都伤成这副样子了，一条舌头倒还灵活。"

然而下一刻，她却沉默下来，俯身轻轻抚摩着他风霜侵蚀的脸颊，凝视着他疲倦不堪的眼睛，叹息："不过……白，你也该为自己打算打算了。"

她俯身温柔地在他额上印下一个告别的吻，便头也不回地离开。

望着合上的门，他忽然觉得有无穷无尽的疲倦。

是的，不会再来了……不会再来了。一切都该结束了。

八年了，而这一段疯狂炽热的岁月，也即将成为过去。的确，他也得为以后打算打算了，总不成一辈子这样下去……在这样想着的时候，心里忽然闪过了那个紫衣女子的影子。

他想着，在极度的疲倦之下沉沉睡去。

霍展白走后的半个多月，药师谷彻底回到了平日的宁静。

这个位于极北漠河旁的幽谷宛如世外桃源，鸡犬相闻，耕作繁忙，仿佛和那些江湖恩怨、武林争霸丝毫不相干。外面白雪皑皑风刀霜剑，里面却是风和日丽。

今年的十个病人已然看完了，新一轮的回天令刚让霜红带出谷去，和往年一样沿路南下，从江湖上不同的几个地方秘密发送出去，然后再等着得了的人送回来求医——薛紫夜一时得了闲，望着侍女们在药圃里忙碌地采摘和播种各种草药，忽然间又觉得恍惚。

明玕走了，霍展白也走了。

他们都有自己要走的路，和她不相干。

真像是做梦啊……那些人闯入她生活的人，呼啸而来，又呼啸而去，结果什么都没有留下，就各奔各的前程去了。只留下她依旧在这个四季都不会更替的地方，茫然地等待一个自己都不知道的将来。

她下意识地伸手按了按发髻，才发现那一支紫玉簪早被她拿去送了人。她忽然觉得彻骨地寒冷，不由得抱紧了那个紫金的手炉，不停咳嗽。

"小姐！"忽然间，外面一阵慌乱，她听到了风绿大呼小叫地跑进来，一路摇手。

"怎么？"她的心猛地一跳，却是一阵惊喜——莫非，是他回来了？

"小姐！小姐！"风绿跑得快要断气，撑着膝盖喘息，结结巴巴，"大、大事不好了……谷口、谷口有个蓝头发的怪人，说要见您……"

"哦？"薛紫夜一阵失望，淡淡，"没回天令的，不见。"

今年的回天令才发出去没几天呢，应该不会那么快就有病人上门。

一般来说，回天令由秘密的地点散发出去，然后流落到江湖上。总会经历一番争夺，最后才由最需要和最有实力的人夺得，前来药师谷请求她的帮助。一般来说，等第一个病人到这里，多少也要是三个月以后了。

"有！有回天令！"风绿却大口喘气，结结巴巴，"有好多！"

"什么！"薛紫夜霍然站起，失惊。

"他、他拿着十枚回天令！"风绿比画着双手，眼里也满是震惊，"十枚！"

薛紫夜眼神凝聚起来，负手在窗下疾走了几步："霜红呢？"

"禀小姐，"旁边的小橙低声禀告，"霜红她还没回来。"

出去散发回天令的霜红还没回来，对方却已然持着十枚回天令上门了？！薛紫夜倒吸一口冷气——她行医十多年，还是第一次遇到这样的诡异情形。

"带我出去看看。"她吩咐，示意一旁的小橙取过猞猁裘披上。

谷口的风非常大，吹得巨石乱滚。

软轿停下的时候，她掀开帘子，看见了巨石阵对面一袭白衫猎猎舞动。距离太远看不清对方的面目，只见雪地上一头蓝色长发在风中飞扬，令人过目难忘。

奇异的是，风雪虽大，然而他身侧却片雪不染。仿佛他身上散发出一种温暖柔和的力量，将那些靠近身周的冰冷霜雪融化。

"薛谷主？"看到软轿在石阵对面落下，那人微笑着低头行礼，声音不大，却穿透了风雪清清楚楚传来，柔和悦耳，"昆仑山大光明宫教王座下妙风使，奉命来药师谷向薛姑娘求医。"

大光明宫？！那不正是瞳的来处吗？

薛紫夜一瞬间怔住，手僵硬在帘子上，望着这个满面微笑的白衣男子。

大光明宫教王麾下，向来有三圣女、五明子以及修罗场三界。日月星

三圣女长年居于昆仑绝顶，而五明子中，妙风、妙水、妙火、妙空、明力都是中原武林闻声变色的人物，其中妙风使最是神秘，多年来江湖中竟从未有人见过其真容。据说此人是教王的心腹，向来不离教王左右。

然而此刻，这个神秘人却忽然出现在药师谷口！

她一时间不知如何回答，只看着对方捧出了一把回天令。

将十枚回天令依次铺开在地上，妙风拂了拂衣襟，行了一礼。

"在下听闻薛谷主性喜清幽，必以此为凭方可入谷看诊，"他一直面带微笑，言辞也十分有礼，"是故在下一路尾随霜红姑娘，将这些回天令都收了来。"

薛紫夜望了一眼那十枚回天令，冷冷："有十个病人要看？"

"病人只得一个。"妙风微笑躬身，脸上似是戴着一个无形的面具，语气恭敬，"但在下生怕谷主不肯答应救治，或是被别人得了，妨碍到谷主替在下看诊，所以干脆多收了几枚——反正也是顺手。"

薛紫夜心下隐隐有了怒意，蹙眉："究竟是谁要看诊？"

妙风深深鞠了一躬："是本教教王大人。"

薛紫夜眼睛瞬间雪亮，手下意识地收紧："教王？"

"教王大人日前在闭关修炼时，不慎走火入魔。"妙风一直弯着腰，隔着巨石阵用传音入密之术和她对话，声音清清楚楚传来，直抵耳际，"经过连日调理，尚不见起色——听闻药师谷医术冠绝天下，故命在下不远千里前来求医。"

薛紫夜一怔："命你前来求医？"

终于找到了一个堂而皇之的拒绝理由，她忽地一笑，挥手命令风绿放下轿帘，冷冷地说："抱歉，药师谷从无'出诊'一说。"

"即便是这样，也不行吗？"身后忽然传来追问，声音依旧柔和悦耳，却带了三分压迫力，随即有击掌之声。

"哎呀！"身边的风绿等几个侍女忽然脱口惊呼起来，抬手挡住了眼睛。

薛紫夜一惊，撩起了轿帘，同样刹那间也被耀住了眼睛——冰雪上，忽然盛放出了一片金光！

十二名昆仑奴将背负的大箱放下，整整齐齐的二十四箱黄金，在谷口的白雪中铺满。

"听闻薛谷主诊金高昂,十万救一人。"妙风微笑躬身,"教王特意命属下带了些微薄物来此,愿以十倍价格求诊。"

风绿只看得舌拼不下,这些金条,又何止百万白银?

她知道小姐向来在钱财方面很是看重,如今金山堆在面前,不由得怦然心动,侧头过去看着小姐的反应。

然而轿帘却早已放下,薛紫夜的声音从里面冷冷传来:"妾身抱病已久,行动不便,出诊之事,恕不能从——妙风使,还请回吧。"

顿了顿,仿佛还是忍不住,她补了一句:"阁下也应注意自身——发色泛蓝,只怕身中冰蚕寒毒已深。"

妙风未曾料到薛紫夜远隔石阵,光凭目测便已断出自己病症所在,略微怔了一怔,面上却犹自带着微笑:"谷主果然医称国手——还请将好意略移一二往教王。在下感激不尽。"

"这个,恕难从命。"薛紫夜冷冷道。

轿子抬起的瞬间,忽然听得身后妙风提高了声音,朗朗:"在下来之前,也曾打听过——多年来,薛谷主不便出谷,是因为身有寒疾,怯于谷外风雪。是也不是?"

薛紫夜并不答应,只是吩咐风绿离去。

然而,身后的声音忽然一顿:"若是如此,妙风可为谷主驱除体内寒疾!"

"呵,"薛紫夜忍不住嗤地一笑,"看来妙风使的医术,竟是比妾身还高明了。"

"谷主医称国手,不知可曾听说过本教的'沐春风'之术?"他微笑着,缓缓平抬双手,虚合——周围忽然仿佛有一张罩子无形扩展开来,无论多大的风雪,一到他身侧就被那种暖意无声无息地融化!

妙风站在雪地上,衣带当风,面上一直带着温和的笑意,声音也柔和悦耳,整个人散发着一种由内而外的温暖。她凝神一望,不由得略微一怔——这种气息阳春和煦,竟和周围的冰天雪地格格不入!

"在下自幼被饲冰蚕之毒,为抗寒毒,历经二十年,终于将圣火令上的最高秘术炼成。"妙风使双手轻轻合拢,仿佛是一股暖流从他掌心流出,柔和汹涌,和谷口的寒风相互激荡,一瞬间以他身体为核心,三丈内白雪凭空消失!

风绿只看得目瞪口呆,继而欣喜若狂——不错!这种心法,的确和小姐病情对症!这个世上,居然还真的有可以治好小姐身上痼疾的方法!

妙风微笑着放下手,身周的雪花便继续落下,他躬身致意:"谷主医术绝伦,但与内功相比,针药亦有不能及之处——不知在下是否有幸为谷主驱寒?"

"小姐……小姐!"风绿绞着手,喃喃望着那个白衣蓝发的来客,激动不已,"他、他真的可以治你的病!你不如——"

"绿儿,住口。"薛紫夜却断然低喝。

风绿跺脚,不舍:"小姐!你都病了那么多年……"

"生死有命。"薛紫夜对着风雪冷笑,秀丽的眉梢扬起,"医者不自医,自古有之——妙风使,我薛紫夜又岂是贪生怕死受人要挟之辈?起轿!"

侍女们无法,只得重新抬起轿子,离去。

妙风站在雪地里,面上的笑意终于开始凝结——这个女人实在是难以对付,软硬不吃,甚至连自己的生死都可以不顾!他受命前来,原本路上已经考虑过诸多方法,也做了充足准备,却不料一连换了几次方法,都碰了钉子。

"薛谷主!若你执意不肯,"一直柔和悦耳的声音,忽转严肃,隐隐透出杀气,"那么在下——"

薛紫夜冷笑,还是凶相毕露了吗?魔教做事,原来也不过如此吧?

"妙风使,你应该知道,若医者不是心甘情愿,病人就永远不会好。"她冷冷道,眼里有讥诮的表情,"我不怕死,你威胁不了我。你不懂医术,又如何能辨别我开出的方子是否正确?只要我随便将药方里的成分增减一下,做个不按君臣的方子出来,你们的教王只会死得更快。"

"此中利害,在下自然明白。"妙风声音波澜不惊,面带微笑,一字一句从容道,"所以,在下绝无意在此动武冒犯。若薛谷主执意不肯——"

他霍然转身向西跪下,袖中滑出了一把亮如秋水的短刀,手腕一翻,抵住腹部:"妙风既然不能回昆仑复命,也只能自刎于此了!"

声音方落,他身后的十二名昆仑奴同时拔出了长刀,毫不犹豫地回手便是一割,鲜血冲天而起,十二颗头颅骨碌碌掉落在雪地上,宛如绽开了十二朵血红色的大花。

"啊——"药师谷的女子们何曾见过如此惨厉场面,齐齐失声尖叫,掩住了眼睛。

"住手!"薛紫夜脱口大呼,撩开帘子,"快住手!"

话音未落,风绿得了指令,动如脱兔,一瞬间几个起落便过了石阵,抢身来到妙风身侧,伸手去阻挡那自裁的一刀——然而终归晚了一步,短刀已然切入了小腹,血汹涌而出。

薛紫夜随后奔到,眼看妙风倒地,一时间说不出话来。

她俯下身,终于看清楚了他的样子,原来也是和明玠差不多的年纪,有一头奇异的蓝色长发,面貌文雅清秀,眼神明亮。但不同的是,也许是修习那种和煦心法的缘故,他没有明玠那种孤独尖锐,反而从内而外透出暖意来,完全感觉不到丝毫的妖邪意味。

"呵……"那个人抬起头,伸出满是血的手来,看着她微笑,断断续续,"薛谷主……你、你……已经穿过了石阵……也就是说,答应出诊了?"

她任凭他握住了自己的手,感觉他的血在她手心里慢慢变冷,心里的惊涛骇浪一波波拍打上来,震得她无法说话——

这个魔教的人,竟然和明玠一样疯狂!

既然自幼被人用冰蚕之毒作为药人来饲养,她可以想象多年来这个人受过怎样的痛苦折磨,可是……为什么他还要这样不顾一切地为教王卖命?这些魔教的人,都是疯子吗?

他一直坚持着不昏过去,执意等待她最终的答复。

她没有回答,只是抬起手封住了他腹间断裂的血脉。

"绿儿,小橙,蓝蓝,"她站起身,招呼那些被吓呆了的侍女过来,"抬他入谷。"

从雪地里被抬起的时候,妙风已然痛得快晕了过去,然而唇角却露出一丝笑意,果然没有料错——药师谷薛谷主,的确是什么也不怕的。她唯一的弱点,便是怕看到近在眼前的死亡。

他赢了。

昆仑。大光明宫西侧殿。

密室里,两人相对沉默。看着旁边刚收殓的零碎尸体,刚刚赶回的赤发大汉手上盘着蛇，咋舌："乖乖，幸亏我们没来得及下手！否则这就是我们的下场！"

"教王闭关失败，走火入魔，又勉力平定了日圣女那边的叛乱，此刻定然元气大伤。"瞳抱着剑，靠在柱子上望着外头灰白色的天空，冷冷，"狡猾的老狐狸……他那时候已然衰弱无力，为了不让我起疑心，居然还大胆地亲自接见了我。"

如果那时候动手，定然早将其斩于沥血剑下了！

只可惜，自己当时也被他的虚张声势唬住了。

"妙水也不及时传个消息给你。"妙火狠狠唾了一口，不甘，"错过那么好的机会！"

瞳的眼神渐渐凝聚："妙水靠不住——看来，我们还是得自己计划。"

"也是！"妙火眼里腾地冒起了火光，捶了一拳，"目下教王走火入魔，妙风那厮又被派了出去，只有明力一人在宫。千载难逢的机会啊！"

"妙风此刻大约早已到药师谷，"瞳的眼睛转为紫色，薄薄的唇抿成一条直线，"不管他能否请到薛紫夜，我们绝对要抢在他回来之前动手！否则，难保他不打听到我夺了龙血珠的消息——这个消息一泄露，妙火，我们就彻底暴露了。"

妙火有些火大地瞪着瞳，怒斥："跟你说过，要做掉那个女人！真不知道你那时候哪根筋搭错了，留到现在，成大患了吧？"

瞳蹙了蹙眉头，却无法反驳。

的确，在离开药师谷的时候，是应该杀掉那个女人的。可为什么自己在那个时候，竟然鬼使神差地放过了她？

他有些烦乱地摇了摇头。看来，这次计划成功后，无论如何要再去一趟药师谷——一定要把那个女人给杀了，让自己断了那一点念想才好。

否则，迟早会因此送命。

他握紧沥血剑，声音冷涩："我会从修罗场里挑一队心腹半途截杀他们——妙风武功高绝，我也不指望行动能成功。只盼能阻得他们一阻，好让这边时间充裕，从容下手。"

妙火点了点头："那么这边如何安排？"

"教王既然对外掩饰他的伤情，必然还会如平日那样带着灰燹去山顶的天国乐园散步。"他望着云雪笼罩的昆仑绝顶，冷冷道，"我先回修罗场的暗界冥想静坐,凝聚瞳力——三日后,我们就行动!"

"好。"妙火思索了一下,随即问,"要通知妙水吗?"

瞳想了想,最终还是摇头:"不必。那个女人,敌友莫测,还是先不要指望她了。"

机会不再来,如果不抓住,可能一生里都不会再有扳倒教王的时候!

不成功,便成仁。

总好过,一辈子跪人膝下做猪狗。

遥远的漠河雪谷。

夏之园里,薛紫夜望着南方的天空,蹙起了眉头。

已经二十多天了,霍展白应该已经到了扬州——不知道找到了师父没?八年来,她从未去找过师父,也不知道如今她是否还住在扬州。只盼那个家伙的运气好一些,能顺利找到。

否则……沫儿的病,这个世上绝对是没人能治好了。

她叹了口气,想不出霍展白知道自己骗了他八年时,会是怎样的表情。

她又望了望西方的天空,眉间的担忧更深——明玠,如今又是如何?就算他曾经欺骗过自己、伤了自己,但她始终无法不为他的情况担忧。

就算是拿到了龙血珠,完成了这次的命令,但是回到了大光明宫后,他的日子会好过多少呢?还不是和以前一样回到修罗场,和别的杀手一样等待着下一次嗜血的命令。

明玠,明玠。你真的全都忘了吗?

还是,只是因为,即便是回忆起来了也毫无用处,只是徒自增加痛苦而已?我要怎样,才能将你从那样黑暗的地方带出呢……

她沉默地想着,听到背后有簌簌的响动。

"别动。"头也不回,她低叱,"腹上的伤口太深,还不能下床。"

然而,那个蓝发的人已经到了她身后。

"哟,好得这么快?"薛紫夜不由得从唇间吐出一声冷笑,望着他腹部的伤口,"果然,你下刀时有意避开了血脉吧?你赌我不会看着你死?"

"在下可立时自尽,以消薛谷主心头之怒。"妙风递上短匕,面上带

着一贯的温和笑意，微微躬身，"但在此之前，还请薛谷主答允尽早去往昆仑，以免耽误教王病情。"

薛紫夜一时语塞。

妙风脸上犹自带着温和笑意——那种笑，是带着从内心发出的平和宁静光芒的。"沐春风"之术乃是圣火令上记载的最高武学，和"铁马冰河"并称阴阳两系的绝顶心法，然而此术要求修习者心地温暖宁和，若心地阴邪惨厉，修习时便容易半途走火入魔。而这个人修习二十余年，竟然将内息和本身的气质这样丝丝入扣地融合在一起。

她不解地望着他："从小被饲冰蚕之毒，还心甘情愿为他送命？"

妙风微笑躬身，回答："教王于我，恩同再造。"

薛紫夜蹙眉："我不明白。"

"薛谷主不知，我本是楼兰王室一支，"妙风面上带着淡淡的笑，"后来国运衰弱，被迫流亡。路上遭遇盗匪，全赖教王相救而活到现在。所以尽我一生，均视其为慈父，赴汤蹈火在所不辞。"

"哦……"薛紫夜喃喃，望着天空，"那么说来，那个教王，还是做过些好事的？"

妙风恭声："还请薛谷主出手相救。"

"好吧。我答应你，去昆仑替你们教王看诊——"薛紫夜拂袖站起，望着这个一直微笑的青年男子，竖起了一根手指，"但是，我有一个条件。"

妙风颔首："薛谷主尽管开口。"

薛紫夜冷笑起来："你能做这个主？"

"在下可以。"妙风弯下腰，从袖中摸出一物，恭谨地递了过来，"这是教王派在下前来时，授予的圣物——教王口谕，只要薛谷主肯出手相救，但凡任何要求，均可答允。"

"圣火令？"薛紫夜一眼看到，失声。

那枚玄铁铸造的令符沉重无比，闪着冰冷的光，密密麻麻刻满了不认识的文字。薛紫夜隐约听入谷的江湖人物谈起过，知道此乃魔教至高无上的圣物，一直为教王所持有，所到之处便代表教王亲临。

"哦……看来，"她笑了一笑，"你们教王，这次病得不轻哪。"

妙风无言。

她将圣火令收起，对着妙风点了点头："好，我明日就随你出谷去昆仑。"

"多谢。"妙风欣喜地笑，心里一松，忽然便觉得伤口的剧痛再也不能忍受，低低呻吟一声，手捂腹部踉跄跪倒在地，血从指间慢慢沁出。

"唉，"薛紫夜一个箭步上前，俯身将他扶住，叹息，"和明玥一样，都是不要命的。"

明玥？妙风微微一惊，却听得那个女子在耳边喃喃：

"这一次，无论如何，我都要把他从那里带出来……"

修罗场。暗界。

耳畔是连续不断的惨叫声，有骨肉断裂的钝响，有临死前的狂吼——那是隔壁的畜生界传来的声音。那群刚刚进入修罗场的新手，正在进行着第一轮残酷的淘汰。畜生界里命如草芥，五百个孩子，在此将会有八成死去，剩下不到一百人可以活着进入生死界，进行下一轮修炼。

而最后可以从生死界杀出的，五百人中不足五十人。

这里是修罗场里杀手们的最高境界——超出六畜与生死两界，得大光明。那是多年苦练终于出头的象征，严酷的淘汰中，只有极少数杀手能活着进入光明界——活着的，都成了大光明宫顶尖的杀手精英。就如……他和妙风。

黑暗的最深处，黑衣的男子默默静坐，闭目不语。

那一些惨叫呼喊，似乎完全进不了他心头半分。

他只是凝聚了全部心神，观心静气，将所有力量凝聚在双目中间，眼睛却是紧闭着的。他已然在暗界里一个人闭关静坐了两日，不进任何饮食，不发出一言一语。

瞳术需要耗费极大的精力，而对付教王这样的人，更不可大意。

其实，就算是三日的静坐凝神，也是不够的。跟随其十几年，他深深知道玉座上那个人的可怕。

然而，已经没有时间了。他一定要抢在妙风从药师谷返回之前下手，否则，即便是妙风未曾得知他去过药师谷夺龙血珠的秘密，也会带回那个女医者给教王治伤——而一旦教王伤势好转，便再也没有机会下手！

然而，一想到"药师谷"，眼前忽然就浮现出一双黑白分明的眸子，温柔而又悲哀。

明玞……明玞……恍惚间,他听到有人细微地叫着,一双手对着他伸过来。

"滚!"终于,他无法忍受那双眼睛的注视,"我不是明玞!"

一睁开眼,所有的幻象都消失了。

"瞳公子,"门外有人低声禀告,是修罗场的心腹属下,"八骏已下山。"

八骏是他一手培养出的绝顶杀手八人组,其能力更在十二银翼之上——这一次八骏全出,只为截杀从药师谷返回的妙风,即便是那家伙武功再好,几日内也不可能安然杀出重围吧。

何况……他身边,多半还会带着那个药师谷不会武功的女人。

"若不能击杀妙风,"他在黑暗里闭上了眼睛,冷冷吩咐,"则务必取来那个女医者的首级。"

"是!"属下低低应了一声,便膝行告退。

他坐在黑暗的最深处,重新闭上了眼睛,将心神凝聚在双目之间。

脑后金针,隐隐作痛。那一双眼睛又浮凸出来,宁静地望着他……明玞。明玞。那个声音又响起来了,远远近近,一路引燃无数的幻象。火,血,奔逃,灭顶而来的黑暗……

他终于无法忍受,一拳击在身侧的冰冷石地上,全身微微发抖。

霍展白醒来的时候,日头已然上三竿。

他一惊,立刻翻身坐起——居然睡了那么久!沫儿的病还急待回临安治疗,自己居然睡死过去了!

"喏,吃了就给我走吧!"柳非非的贴身丫鬟胭脂奴端了早点进来,重重把盘子放到桌上,似乎心里有气,"真是不知道小姐看上你什么。说来就来,说走就走,没钱没势,无情无义,小姐却偏偏最是把你放在心上!真是鬼迷心窍。"

霍展白被这个小丫头说得脸上阵红阵白,觉得嘴里的莲子粥也没了味道:"对不住。"

"呵……不用对我说对不住,"胭脂奴"哼"了一声,"也亏上一次，你那群朋友在楼里喝醉了，对小姐说了你八年来的种种，可真是惊世骇俗呀！小姐一听，终于灰了心。"

"夏浅羽……"霍展白当然知道来这楼里的都是哪些死党，不由得咬牙切齿喃喃。

几次三番和他们说了，不许再提当年之事，可这帮大嘴巴的家伙还是不知好歹。

"正好西域来了一个巨贾，那胡商钱多得可以压死人，一眼就迷上了小姐。死了老婆，要续弦——小姐想想总也比做妾好一些，就允了。"抱怨完了，胭脂奴就把他撇下，"你自己吃吧，小姐今儿一早就要出嫁啦！"

他一个人待在房间里，胡乱吃了几口。楼外忽然传来了鼓吹敲打之声，热闹非凡。

他走到窗边，推开窗子看下去，只见一队花鼓正走到了楼下，箱笼连绵，声势浩大。一个四十来岁的胡人骑着高头大马，在玲珑花界门口停了下来，褐发碧眼，络腮胡子，满脸的笑意，身后一队家童和小厮抬着彩礼，鞭炮炸得人几乎耳聋。

想来，这便是那位西域的胡商巨贾了。

迎娶青楼女子，本不是什么光彩的事情，而这个胡商却似肆无忌惮地张扬，应该是对柳非非宠爱已极。老鸨不知道收了多少银子，终于放开了这棵摇钱树，一路干哭着将蒙着红盖头的花魁扶了出来。

在临入轿前，有意无意地，新嫁娘回头，穿过盖头的间隙，看了一眼自己的房间。

那里，一个白衣男子临窗而立，挺拔如临风玉树。

别了，白。

"怎么？看到老相好出嫁，舍不得了？"耳边忽然有人调侃，一只手直接拍到了他肩上。

谁？竟然在他没有注意的时候悄然进入了室内？霍展白大惊之下身子立刻向右斜出，抢身去夺放在床头的药囊，右手的墨魂剑已然跃出剑鞘。

"住手！"在出剑的瞬间，他听到对方大叫，"是我啊！"

"浅羽？"他一怔，剑锋停顿，讷讷。

锦衣青年也是被他吓了一跳，急切间抓起银烛台挡在面前，长长吐了口气："我听虫娘说你昨夜到了扬州，投宿在这里，今天就一早过来看看——老七你发什么疯啊！"

鼎剑阁成立之初，便设有四大名剑，后增为八名，均为中原武林各门各派里的精英，各自身负绝学。而这个夏浅羽是华山派剑宗掌门人的独子，比霍展白年长一岁，在八剑里排行第六。虽然出身名门，生性却放荡不羁，平日喜欢流连风月场所，至今未娶。

自己当年第一次来这里，就是被他拉过来的。

"不好意思。"他尴尬地一笑，收剑入鞘，"我太紧张了。"

夏浅羽放下烛台，蹙眉："那药，今年总该配好了吧？"

"好了。"霍展白微笑，吐出一口气。

夏浅羽也是吐出一口气："总算是好了——再不好，我看你都要疯魔了。"

"我看疯魔的是你，"霍展白对这个酒肉朋友寸步不让，反唇相讥，"都而立的人了，还在这种地方厮混——不看看人家老三都已经抱儿子了。"

"别把我和卫风行那个老男人比。"夏浅羽嗤之以鼻，"我还年轻英俊呢。"

鼎剑阁的八剑里，以"玉树公子"卫风行和"白羽剑"夏浅羽两位最为风流。两个人从少年时就结伴一起联袂闯荡江湖，一路拔剑的同时，也留下不少风流韵事。然而卫风行在八年前却忽然改了心性，凭空从江湖上消失，谢绝了那些狐朋狗友，据说是娶妻生子做了好好先生。

夏浅羽形单影只，不免有被抛弃的气恼，一直恨恨。

"难得你又活着回来，晚上好好聚一聚吧！"他捶了霍展白一拳，"我们几个人都快一年没碰面了。"

八剑都是生死兄弟，被招至鼎剑阁后一起联手做了不少大事，为维持中原武林秩序、对抗西域魔教的入侵立下汗马功劳。但自从徐重华被诛后，八大名剑便只剩了七人，气氛也从此寥落下去，已是期年未曾一聚。

"抱歉，我还有急事。"霍展白晃了晃手里的药囊。

已经到了扬州了，可以打开了吧。他有些迫不及待地解开了锦囊，然而眼里转瞬露出吃惊——他没有看到药丸，里面只有一支簪、一封信和一个更小一些的锦囊。

簪被别在信封上,他认得那是薛紫夜发间常戴的紫玉簪。

上面写着一行字:

扬州西门外古木兰院　恩师廖青染座下

落款是"弟子紫夜拜上"。

看着信封上的地址,霍展白微微蹙眉,那个死女人再三叮嘱让他到了扬州打开锦囊,就是让他及时地送这封信给师父?真是奇怪……难道这封信,要比给沫儿送药更重要?

踌躇了一番,他终于下了决心。也罢,既然那个死女人如此慎重叮嘱,定然有原因,如若不去送这封信,说不定会出什么大岔子。

"我先走一步,"他对夏浅羽道,"等临安的事情完结后,再来找你们喝酒。"

不等夏浅羽回答,他已然呼啸一声,带着雪鹞跃出了楼外。

古木兰院位于西郊,为唐时藏佛骨舍利而建,因院里有一棵五百余年的木兰而得名。而自从前朝烽火战乱后,这古木兰和佛塔一起毁于战火,此处已然凋零不堪,再无僧侣居住。

霍展白站在荒草蔓生的破旧院落里,有些诧异。

难道,薛紫夜的师父,那个消失江湖多年的妙手观音廖青染,竟是隐居此处?

立春后的风尚自冷冽,他转了一圈,不见寺院里有人烟迹象,正在迟疑,忽然听得雪鹞从院后飞回,发出一声叫。他循着声音望过去,忽然便是一震!

院墙外露出那棵烧焦的古木兰树,枝上居然蕴了一粒粒芽苞!

是谁,能令枯木再逢春?

他心里一跳,视线跳过了那道墙——那棵古树下不远处,赫然有一座玲珑整洁的小楼,楼里正在升起冉冉炊烟。

是在那里?他忍不住内心的惊喜,走过去敲了敲门。

"让你去城里给阿宝买包尿布片,怎么去了那么久?"里面立时传来一个女子的抱怨声,走过来开门,"是不是又偷偷跑去那种地方了?你个死鬼看我不——"

声音在拉开门后戛然而止。

抱着幼子的女人望着门外来访的白衣男子,流露出诧异之色:"公子找谁?我家相公出去了。"

"在下是来找妙手观音的。"霍展白执弟子礼,恭恭敬敬地回答——虽然薛紫夜的这个师父看起来最多不过三十出头,素衣玉簪,清秀高爽,比自己只大个四五岁,但无论如何也不敢有半点不敬。

"这里没有什么观音。"女子拉下了脸,冷冷道,立刻想把门关上,"佛堂已毁,诸神皆灭,公子是找错地方了。"

"廖前辈。"霍展白连忙伸臂撑住门,"是令徒托我传信于您。"

素衣女子微微一怔,一支紫玉簪便连着信递到了她面前。

她怔了怔,终于手一松,打开了门,喃喃:"八年了……终于是来了吗?"

把霍展白让进门内,她拿起簪子望了片刻,微微点头:"不错,这是我离开药师谷时留给紫夜的。如今她终于肯动用这个信物了?"

她侧头望向霍展白:"你是从药师谷来的吗?紫夜她如今身体可好?"

霍展白迟疑了一下,最终决定说实话:"不大好,越发怕冷了。"

"唉……是我这个师父不好,"廖青染低下头去,轻轻拍着怀中睡去的孩子,"紫夜才十八岁,我就把药师谷扔给了她——但我也答应了紫夜,如她遇到过不去的难关,一定会竭尽全力帮她一次。"

"一次?"霍展白有些诧异。

廖青染笑了起来:"当然,只一次——我可不想让她有'反正治不好也有师父在'的偷懒借口。"她拿起那支簪子,苦笑,"不过那个丫头向来聪明好强,八年来一直没动用这个信物,我还以为她的医术如今已然天下无双,再无难题——不料,还是要动用这支簪了。"

霍展白在一旁听着,只觉得心里一跳。

什么意思?薛紫夜让他持簪来扬州求见廖青染,难道是为了……

廖青染将孩子交给身后的使女,拆开了那封信,喃喃:"不会是那个傻丫头八年后还不死心,非要我帮她复活冰下那个人吧?我一早就跟她说了那不可能——啊?这……"

她看着信，忽然顿住了，闪电般地抬头看了一眼霍展白。

"前辈，怎么？"霍展白心下也是忐忑。

廖青染转身便往堂里走去："进来坐下再说。"

月宫圣湖底下的七叶明芝，东海碧城山白云宫的青鸾花，洞庭君山绝壁的龙舌，慕士塔格峰的雪罂子……那些珍稀灵药从锦囊里倒出来一样，霍展白的脸就苍白一分。

"这、这是怎么回事！"他终于忍不住惊骇出声，跳了起来。

这不是薛紫夜拿去炼药的东西吗？怎么全部好端端的还在？

"紫夜没能炼出真正的解药。"廖青染脸色平静，将那封信放在桌上，望着那个脸色大变的人，"霍七公子，最早她写给你的五味药材之方，其实是假的。"

"是……假的？"霍展白一时愣住。

"是的。"廖青染手指点过桌面上的东西，"这几味药均为绝世奇葩，药性极烈，又各不相融，根本不可能相辅相成配成一方——紫夜当年抵不过你的苦苦哀求，怕你一时绝望，才故意开了这个'不可能'的方子。"

霍展白怔住，握剑的手渐渐发抖。

"沫儿的病症，紫夜在信上细细说了，的确罕见。她此次竭尽心力，也只炼出一枚药，可以将沫儿的性命再延长三月。"廖青染微微颔首，叹息，"霍七公子，请你不要怪罪徒儿，她也是——"

"不可能！"霍展白死死盯着桌上的药，忽地大叫，"不可能！我、我用了八年时间，才……"

他按捺不住心头的狂怒："你是说她骗了我？她……骗了我？！"

廖青染叹息："紫夜她只是心太软——她本该一早就告诉你，沫儿得的是绝症。"

"不可能！她不可能骗我……我马上回去问她。"霍展白脸色苍白，胡乱地翻着桌上的奇珍异宝，"你看，龙血珠已经不在了！药应该炼出来了！"

"霍公子，"廖青染叹了口气，"你不必回去见小徒了，因为——"

她侧过身，望着庭外那一株起死回生的古木兰树，一字一字：

"从今天开始，徐沫的病，转由我负责。"

霍展白怔住，心里乍喜乍悲。

"你不要怪紫夜，她已然呕心沥血。如果不是她，那个孩子很多年前就应该不在人世了。"廖青染回头望着他，拿起了那支紫玉簪，叹息，"你知道吗，这是我给她的唯一信物——我本以为她会凭着这个，让我帮忙复苏那具冰下的尸体的……她一直太执着于过去的事。"

她看定了那个来访的白衣剑客，忽地一笑："可是，你看，她最终拿它来救了一个不相干的孩子。"

听得那一番话，霍展白心里的怒气和震惊一层层地淡去。

"那……廖前辈可有把握？"他讷讷问。

"有五成。"廖青染点头。

霍展白释然，只觉心头一块大石落下。

"沫儿的病已然危急，我现下就收拾行装。"廖青染将桌上的东西收起，吩咐侍女去室内整理药囊衣物，"等相公回来了，我跟他说一声，就和你连夜下临安。"

"是。"霍展白恭恭敬敬地低头，"有劳廖前辈了。"

这边刚开始忙碌，门口已然传来了推门声，有人急速走入，声音里带着三分警惕："小青，外头院子里有陌生人脚印——有谁来了？"

"没事，风行，"廖青染随口应，"是我徒儿的朋友来访。"

声音一入耳，霍展白只觉熟得奇怪，不由自主地转头看去，和来人打了个照面，双双失声惊呼——

"老五？！"

"老七？！"

霍展白目瞪口呆。这个长身玉立的男子左手里拿着的一包尿布片，右手拿着一支簇新的珠花，腰畔空空，随身不离的长剑早已换成了一只装钱的荷包——就是一个霹雳打在头上，他也想象不出八剑里的卫五公子，昔日倾倒江湖的"玉树名剑"卫风行，会变成这副模样！

屋里的孩子被他们两个的惊呼吓醒了，"哇哇"地大哭。

"你们原来认识？"廖青染看着两人大眼瞪小眼，有些诧异，然而顾不上多说，横了卫风行一眼，"还愣着干吗？快去给阿宝换尿布！你想我们儿子哭死啊？"

卫风行震了一震,立刻侧身一溜,入了内室。

片刻,孩子的哭叫便停止了。

霍展白犹自目瞪口呆站在那里,望着房内。卫风行剥换婴儿尿布的手法熟极而流,简直可与当年他的一手"玉树剑法"媲美。

"原来……"他讷讷转过头来,看着廖青染,口吃,"你、你就是我五嫂?"

八 雪·第七夜

暮色初起的时候,霍展白和廖青染准备南下临安。

这种欲雪的天气,卫廖夫妻两人本该在古木兰院里燃起红泥小火炉,当窗小酌,就着绿蚁新酒猜拳行令的,可惜却生生被这个不识趣的人给打断了。

"辛苦了,"霍展白看着连夜赶路的女子,无不抱歉,"廖……"

那声称呼,却是卡在了喉咙里——若按薛紫夜朋友的身份,应该称其前辈;而这一声前辈一出口,岂不是就承认了比卫五矮上一头?

"七公子,不必客气。"廖青染却没有介意这些细枝末节,拍了拍睡去的孩子,转身交给卫风行,叮嘱:"这几日天气尚冷,千万不可让阿宝受寒,所吃的东西也要加热,出入多加衣袄——如若有失,回来看我怎么收拾你!"

卫风行抱着孩子唯唯诺诺,不敢分解一句。

这哪儿是当年那个风流倜傥,迷倒无数江湖女子的卫五公子?分明是河东狮威吓下的一只绵羊。霍展白在一旁只看得好笑,却不敢开口。

他总算是知道薛紫夜那样的脾气是从何而来了,当真是有其师必有其徒。

"风行,我就先和七公子去了。"廖青染翻身上马,细细叮咛,"此去时间不定,全看徐沫病情如何——快则三五天,慢则一两个月。你一个人在家,需多加小心——"温柔地叮嘱到这里,语气忽然一转,"如果再让我知道你和夏浅羽去那种地方鬼混,仔细我打断你的腿!"

"是是。"卫风行也不生气,只是抱着阿宝连连点头。

暮色里,寒气浮动,云层灰白,隐隐有下雪的迹象。卫风行从身侧摸出了一物,抖开却是一袭大氅,凑过来围在妻子身上:"就算是神医,也要小心着凉。"

廖青染嘴角一扬,忽地侧过头在他额角亲了一下,露出小儿女情状:"知道了。乖乖在家,等我从临安带你喜欢的梅花糕来。"

她率先策马沿着草径"得得"离去,霍展白随即跳上马,回头望了望那个抱着孩子站在庭前目送的男子,忽然心里泛起了一种微微的失落——

所谓的神仙眷侣,也不过如此了。

他追上了廖青染,两人一路并骑。那个女子戴着风帽在夜里急奔。虽然年过三十,但如一块美玉越发显得温润灵秀,气质高华。

老五那个家伙,真是有福气啊。

霍展白隐隐记起,多年前和苗疆拜月教一次交锋中,卫风行曾受了重伤,离开中原求医,一年后才回来。想来他们两个,就是在那个时候认识的吧?——然后那个女子辞去了药师谷谷主的身份,隐姓埋名来到中原;而那个正当英年的卫五公子也旋即从武林里隐退,过起了双宿双飞的神仙日子。

"霍七公子,其实要多谢你。"他尚自走神,忽然耳边听到了一声叹息。

他微微一震,回头正对上廖青染若有深意的眼睛:"因为你,我那个傻徒儿最终放弃了那个不切合实际的幻想——她在那个梦里,已沉浸得太久。如今执念已破,一切也都可以重新开始了。"

她微笑着望着他:"霍七公子,不知你心底的执念,何时能勘破?"

霍展白抚摩着那一匹薛紫夜赠予的大宛马,忽然一笑:"廖谷主,你的徒儿酒量很好啊——等得沫儿的病大好了,我想回药师谷去和她好好再切磋一番。"

"是吗？那你可喝不过她。"廖青染将风帽掠向耳后，对他眨了眨眼睛，"喝酒、猜拳，都是我教给她的，她早青出于蓝胜于蓝了——知道吗，当年的风行，就是这样把他自己输给我的。"

"啊？"霍展白吃惊，哑然失笑。

"呵呵，"廖青染看着他，也笑了，"你如果去了，难保不重蹈覆辙。"

"哈哈哈，"霍展白一怔之后，复又大笑起来，策马扬鞭远远奔了出去，朗声回答，"这样，也好！"

暮色深浓，已然有小雪依稀飘落，霍展白在奔驰中仰头望着那些落下来的新雪，忽然有些恍惚：那个女人……如今又在做什么呢？是一个人自斟自饮，还是在对着冰下那个人自言自语？

那样寂寞的山谷……时光都仿佛停止了啊。

他忽然间发现一路上自己无法遏制地反复想到她。在这个归去临安终结所有的前夜，卸去了心头的重担，八年来的一点一滴就历历浮现出来……那一夜雪中的明月，落下的梅花，怀里沉睡的人，都仿佛近在眼前。

或许……真的是到了该和过去说再见的时候了。

他多么希望自己还是多年前那个鲜衣怒马的少年，执着而不顾一切；他也曾相信自己终其一生都会保持这种无望而炽烈的爱——然而，所有的一切，终究在岁月里渐渐消逝。奇怪的是，他并不为这种消逝感到难过，也不为自己的放弃感到羞愧。

原来，即便是生命里曾最深切的感情，也终究抵不过时间的消磨。

柳非非是聪明的，明知不可得，所以坦然放开了手，选择了可以把握的另一种幸福——而他自己呢？其实，在雪夜醒来的刹那，他其实已经放开了心里那一根曾以为永生不放的线吧？

他一路策马南下，心却一直留在了北方。

"其实，我早把自己输给她了……"霍展白怔怔想了许久，忽然望着夜雪长长叹了口气，没头没脑地说了一句话，"我很想念她啊。"

一直埋头赶路的廖青染怔了一下，侧头看着这个年轻人。

风行这个七弟的事情，是全江湖都传遍了的。他的意气风发，他的癫狂执着，他的隐忍坚持。种种事情，江湖中都在争相议论，为之摇头叹息。

然而在这个下着雪的夜里,在终将完成多年心愿的时候,他却忽然改变了心意?

一声呼哨,半空中飞着的雪鹞一个转折,轻轻落到了他的肩上,转动着黑豆一样的眼珠子望着他。他腾出一只手来,用炭条写下了几行字,然后将布巾系在了雪鹞的脚上,然后拍了拍它的翅膀,指了指北方尽头的天空:"去吧。"

雪鹞仿佛明白了主人的意思,"咕噜"了一声振翅飞起,消失在茫茫的风雪里。

那一块布巾在风雪里猎猎飞舞,上面的几行字却隐隐透出暖意来:

绿蚁新醅酒,红泥小火炉。晚来天欲雪,能饮一杯无?[①]
——不日北归,温酒相候。白。

紫夜,我将不日北归,请在梅树下温酒相候。
一定赢你。

第二日夜里,连夜快马加鞭的两人已然抵达清波门。

临安刚下了一场雪,断桥上尚积着一些,两人来不及欣赏,便策马一阵风似的踏雪冲过了长堤,在城东郊外的九曜山山脚翻身落马。

"徐夫人便是在此处?"廖青染背着药囊下马,看着寒柳间的一座小楼,忽然间脸色一变,"糟了!"

霍展白应声抬头,看到了门楣上的白布和里面隐隐传出的哭声,脸色同时大变。

"秋水!"他脱口惊呼,抢身掠入,"秋水!"

他撩开灵前的帘幕冲进去,看到一口小小的棺材,放在灵前摇曳的烛光下。里面的孩子紧紧闭着眼睛,脸颊深深陷了进去,小小的身子蜷缩成一团。

"沫儿?沫儿!"他只觉五雷轰顶,俯身去探鼻息,已然冰冷。

后堂里"叮"的一声,仿佛有什么瓷器掉在了地上打碎了。

[①] 白居易·《问刘十九》。

"你来晚了。"忽然,他听到了一道冰冷的声音说。

"你总是来晚。"那道声音冷冷地说着,冷静中蕴涵着深深的疯狂,"哈……你是来看沫儿怎么死的吗?还是——来看我怎么死的?"

仿佛一盆冰水从顶心浇下,霍展白猛然回过头去,脱口:"秋水!"

美丽的女子从灵堂后走出来,穿着一身白衣,嘴角沁出了血丝,摇摇晃晃地朝着他走过来,缓缓对他伸出双手——十指上,呈现出可怖的青紫色。他望着那张少年时就魂牵梦萦的脸,发现大半年没见,她居然已经憔悴到了不忍目睹的地步。

一时间,他脑海里一片空白,站在那里无法移动。

"霍展白,为什么你总是来晚……"她喃喃道,"总是……太晚……"

不知是否幻觉,他恍惚觉得她满头的青丝正在一根一根地变成灰白。

"不好!快抓住她!"廖青染一个箭步冲入,看到对方的脸色和手指,惊呼,"她服毒了!快抓住她!"

"什么?"他猛然惊醒,下意识地去抓秋水音的手,然而她却灵活地逃脱了。

"嘻嘻……你来抓我啊……"穿着白衣的女子轻巧地转身,唇角还带着血丝,眼神恍惚而又清醒无比,提着裙角朝着后堂奔去,轻笑,"来抓我啊……抓住了,我就——"

话音未落,霍展白已然闪电般地掠过,一把抓住了她的肩膀:"秋水!"

"抓住了,我就杀了你!"那双眼睛里,陡然翻起了疯狂的恨意,"杀了你!"

"小心!"廖青染在身后惊呼,只听"刺啦"一声响,霍展白肩头已然被利刃划破。然而他铁青着脸,根本不去顾及肩头的伤,掌心内力一吐,瞬间将陷入疯狂的女子震晕过去。

"太晚了啊……你抓不住我了……"昏迷前,憔悴支离的女子抬起手,恶狠狠地掐着他肩上的伤口,"我让你来抓我……可是你没有!你来晚了……为什么?"

"在嫁入徐家的时候,我一直在等你来阻拦我带我走……为什么你来得那么晚?"

"后来……我求你去救我的丈夫……可你,为什么来得那么晚?"

"一天之前，沫儿慢慢在我怀里断了最后一口气……为什么、你来得那么晚？！"

他的血循着她手指流下来，然而他却恍如不觉。

"哈，哈！太晚了……太晚了！我们错过了一生啊……"她喃喃说着，声音逐渐微弱，缓缓倒地，"霍、霍展白……我恨死了你。"

廖青染俯身一搭脉搏，察看了气色，便匆忙从药囊里翻出了一瓶碧色的药："断肠散。"

这个女人，一定是在苦等救星不至，眼睁睁看着唯一儿子死去后，绝望之下疯狂地喝下了这种毒药，试图将自己的性命了结。

没想到，自己连夜赶赴临安，该救的人没救，却要救另一个计划外的人。

把药灌下去后，廖青染翻了翻秋水音的眼睑："这一下，我们起码得守着她三天——不过等她醒了，还要确认一下她神志上是否出了问题……她方才的情绪太不对头了。"

然而抬起头，女医者却忽然愣住了——

"太晚了吗？"霍展白喃喃道，双手渐渐颤抖，仿佛被席卷而来的往事迎面击倒。那些消失了多夜的幻象又回来了，那个美丽的少女提着裙裾在杏花林里奔跑，回头对他笑——他一直以为那只是一个玩笑，却不知，那是她最初也是最后的请求。

"快来抓我啊……抓住了，就嫁给你呢。"

她的笑容在眼前反复浮现，只会加快他崩溃的速度。

他颓然低下头去，凝视着那张苍白憔悴的脸，泪水长划而落。

他终于知道，那只扼住他咽喉的命运之手原来从未曾松开过——是前缘注定。注定了他的空等奔波，注定了她的流离怨恨。种种恩怨深种入骨，纠缠难解，如抽刀断水，根本无法轻易了结。

门外有浩大的风雪，从极远的北方吹来，掠过江南这座水云疏柳的城市。

大雪里有白鸟逆风而上，脚上系着的一方布巾在风雪里猎猎飞扬。

晚来天欲雪，何处是归途？

在那个失去孩子的女子狂笑着饮下毒药的刹那，千里之外有人惊醒。

薛紫夜在中夜霍然坐起，感到莫名的一阵冷意。

刚刚的梦里，她梦见了自己在不停地奔逃，背后有无数滴血的利刃逼过来……然而，那个牵着她的手的人，却不是雪怀——是谁？究竟是谁？她刚刚侧过头看清楚那个人的脸，脚下的冰层却"咔啦"一声碎裂了。

"霍展白！"她脱口惊呼，满身冷汗地坐起。

夏之园里一片宁静，绿荫深深，无数夜光蝶在起舞。

然而她坐在窗下，回忆着梦境，却泛起了某种不祥的预感。她不知道霍展白如今是否到了临安，沫儿是否得救——她甚至有一种感觉，她永远也见不到他了。

"薛谷主，怎么了？"窗外忽然有人轻声开口，吓了她一跳。

"谁？"推开窗就看到了那一头奇异的蓝发，她微微吐出了一口气，然后就压抑不住爆发起来，随手抓过靠枕砸了过去，"你发什么疯？一个病人，半夜三更不睡跑到人家窗底下干吗？给我滚回去！"

妙风被她吓了一跳，然而脸上依旧保持着一贯的笑意，只是微微一侧身，手掌一抬，那只飞来的靠枕仿佛长了眼睛一样乖乖停到了他手上。

"在薛谷主抵达大光明宫之前，我要随时随地确认你的安全。"他将枕头送回来，微微躬身，"谷主不用在意，尽可当我不存在。"

薛紫夜一时语塞，挥了挥手："算了，谷里很安全，你还是回去好好睡吧。"

"不必，"妙风还是微笑着，"护卫教王多年，已然习惯了。"

习惯了不睡觉吗？还是习惯了在别人窗下一站一个通宵？或者是，习惯了随时随地准备为保护某个人交出性命？薛紫夜看了他片刻，忽然心里有些难受，叹了口气，披衣走了出去。

"薛谷主不睡了吗？"他有些诧异。

"不睡了，"她提了一盏琉璃灯，往湖面走去，"做了噩梦，睡不着。"

妙风也就没有多说什么，只是静静跟在她身后，穿过了那片桫椤林。一路上无数夜光蝶围着他上下飞舞，好几只甚至尝试着停到了他的肩上。

薛紫夜看着他，忍不住微微一笑："你可真不像是魔教的五明子。"

妙风不明白她的意思，只是微笑。

"杀气太重的人，连蝴蝶都不会落在他身上。"薛紫夜抬起手，另一一只夜光蝶收拢翅膀在她指尖上停了下来，她看着妙风，有些好奇，"你到底杀过人没？"

"杀过。"妙风微微地笑，没有丝毫掩饰，"而且，很多。"

顿了顿，他补充："我是从修罗场里出来的——五百个人里，最后只有我和瞳留了下来。其余四百九十八个，都被杀了。"

瞳？薛紫夜的身子忽然一震，默然握紧了灯，转过身去。

"你认识瞳吗？"她听到自己不由自主地问出来，声音有些发抖。

妙风微微一惊，顿了顿："认识。"

"他……是怎么到你们教里去的？"薛紫夜轻轻问，眼神却渐渐凝聚。

妙风眉梢不易觉察地一挑，似乎在揣测这个女子忽然发问的原因，嘴角依然带着笑意："这个……在下并不清楚。因为自从我认识瞳开始，他便已经失去了昔日的记忆。"

"是吗？"薛紫夜喃喃叹息了一声，"你是他朋友？"

妙风笑了笑："修罗场里，没有朋友。"

"太奇怪了……"薛紫夜在湖边停下，转头望着他，"你和他一样杀过那么多的人，可是，为何你的杀气内敛到了如此境地？难道你的武功更在他之上？"

"谷主错了，"妙风微笑着摇头，"若对决，我未必是瞳的对手。"

他侧头，拈起了一只肩上的夜光蝶，微笑："只不过我不像他执掌修罗场，要随时随地准备和人拔剑拼命——除非有人威胁到教王，否则……"他动了动手指，夜光蝶翩翩飞上了枝头，"我对任何人都没有杀意。"

薛紫夜侧头看着他，忽然笑了一笑："有意思。"

她提着灯一直往前走，穿过了夏之园去往湖心。妙风安静地跟在她身后，脚步轻得仿佛不存在。

湖面上冰火相煎，她忍不住微微咳嗽，低下头望着冰下那张熟悉的脸。雪怀……这可能是我最后一次来看你了。因为明日，我便要去那个魔窟里，将明玠带回来——

你在天上的灵魂，会保佑我们吧？

那个少年沉浮在冰冷的水里，带着永恒的微笑，微微闭上了眼睛。

她匍匐在冰面上，静静凝望着，忽然间心里有无限的疲惫和清醒——

雪怀，我知道，你是再也不会醒来的了……在将紫玉簪交给霍展白时，我就明白了。

但是，死者已矣，活着的人，我却不能放手不管。

我要离开这里，穿过那一片雪原去往昆仑了……或许不再回来。你一个人在这冰冷的水里睡了那么多年，是不是感到寂寞呢？或许，霍展白说得对，我不该这样强留着你，应让你早日解脱，重入轮回。

她俯身在冰面上，望着冰下的人，心绪翻涌如潮。入骨的寒意让她止不住剧烈地咳嗽起来，琉璃灯在手里摇摇晃晃，在冰上折射出流转的璀璨光芒。

一只手轻轻按在她双肩的肩胛骨之间，一股暖流无声无息注入，她只觉全身瞬间如沐春风。

"夜里很冷，"身后的声音宁静温和，"薛谷主，小心身体。"

她缓缓站了起来，伫立在冰上，许久许久，开口低声："明日走之前，帮我把雪怀也带走吧。"

"是。"妙风默默颔首，看着她提灯转身，朝着夏之园走去——她的脚步那样轻盈，不惊起一片雪花，仿佛寒夜里的幽灵。这个湖里，藏着对她来说很重要的东西吧？

他最后看了一眼冰下那个封冻的少年，一直微笑的脸上掠过一刹的叹息。缓缓俯下身，竖起手掌，虚切在冰上。仿佛有火焰在他手上燃烧，手刀轻易地切开了厚厚的冰层。

"咔啦"一声，水下的人浮出了水面。

妙风脱下身上的大氅，裹住了冰下那个面目如生的少年。

第二日，他们便按期离开了药师谷。

对于谷主多年来第一次出谷，风绿和霜红都很紧张，争先恐后地表示要随行，却被薛紫夜毫不犹豫地拒绝——大光明宫是一个怎样的地方，她又怎能让这些丫头跟着自己去冒险？

侍女们无计可施，只好尽心尽力准备她的行装。

当薛紫夜步出谷口，看到那八匹马拉的奢华马车和满满一车的物品后，不由得吃惊地睁大了眼睛：大衣、披肩、手炉、木炭、火石、食物、药囊……应有尽有，琳琅满目。

"你们当我是去开杂货店吗？"拎起马车里款式各异的大衣和丁零当啷一串手炉，薛紫夜哭笑不得，"连手炉都放了五个！蠢丫头，你们干脆把整个药师谷都装进去得了！"

侍女们讷讷，相顾做了个鬼脸。

"这些东西都用不上——你们好好给我听宁姨的话，该干什么就干什么。"薛紫夜一手拎了一堆杂物从马车内出来，扔回给了风绿，回顾妙风，声音忽然低了一低，"帮我把雪怀带上……可以吗？"

"但凭谷主吩咐。"周围的侍女们还没回过神来，妙风躬身，足尖一点随即消失。

只是刹那，他就从湖边返回，手里横抱着一个用大氅裹着的东西，一个起落来到马车旁，对着薛紫夜轻轻点头，俯身将那一袭大氅放到了车厢里。

"雪怀……"薛紫夜揭开了大氅一角，看了看那张冰冷的脸，"我们回家了。"

侍女们吃惊地看着大氅里裹着的那具尸体，几乎不相信自己的眼睛——这、这不是湖下冰封的那个少年吗？多少年了，如今，小姐居然将他从冰下挖了出来？

"对了，绿儿，跟你说过的事，别忘了！"在跳上马车前，薛紫夜回头吩咐，唇角掠过一丝笑意。侍女们还没来得及答应，妙风已然掠上了马车，低喝一声，长鞭一击，摧动了马车向前疾驰。

瞬间碾过了皑皑白雪，消失在谷口漫天的风雪里。

千里之外，一羽白鸟正飞过京师上空，在紫禁城的风雪里奋力拍打着双翅，一路向北。

风大，雪大。那一方布巾迎风猎猎飞扬，仿佛宿命的灰色手帕。

第二日日落的时候，他们沿着漠河走出了那片雪原，踏上了大雪覆盖的官道。

在一个破败的驿站旁，薛紫夜示意妙风停下了车。

"就在这里。"她撩开厚重的帘子，微微咳嗽，吃力地将用大氅裹着的人抱了出来。

"我来。"妙风跳下车,伸过双臂接过,侧过头望了一眼路边的荒村——那是一个已然废弃多年的村落,久无人居住,大雪压垮了大部分的木屋。风呼啸而过,在空荡荡的村子里发出尖厉的声音。

他抱着尸体转身,看到这个破败的村落,忽然间眼神深处有一道光亮了一下。

果然,是这个地方?!

薛紫夜扶着他的肩下了车,站在驿站旁那棵枯死的冷杉树下,凝望了片刻,默不作声地踩着齐膝深的雪,吃力地向着村子里走去。

妙风同样默不作声地跟在她身后,来到村子北面的空地上。

那里,隐约遍布着隆起的坟丘,是村里的坟场。

十二年前那场大劫后,青染师父曾带着她回到这里,仔细收殓了每一个村民的遗骸。所有人都回到了这一片祖传的坟地里,在故乡的泥土里重聚了——唯独留下了雪怀一个人还在冰下沉睡。他定然很孤独吧?

"就埋在这里吧。"她默然凝望了片刻,捂着嘴剧烈咳嗽起来,从袖中拿出一把匕首,开始挖掘。

然而长年冰冻的土坚硬如铁,她用尽全力挖下去,只在冻土上戳出一个淡白色的点。

"我来吧。"不想如此耽误时间,妙风在她身侧弯下身,伸出手来——他没有拿任何工具,然而那些坚硬的冻土在他掌锋下却如豆腐一样裂开,只是一掌切下,便裂开了一尺深。

"滚开!让我自己来!"然而她却愤怒起来,一把将他推开,更加用力地用匕首戳着土。

妙风默默看了她一眼,没有再说话,只是将双手按向地面。

内息从掌心汹涌而出,无声无息透入土地,一寸寸将万古冰封的冻土融化。

薛紫夜用尽全力戳着土,咳嗽着。开始时那些冻土坚硬如铁,然而一刀一刀地挖下去,匕首下的土地开始松软,越到后来便越是轻松。一个时辰后,一个八尺长三尺宽的土坑已然挖好。

她跪在雪地上筋疲力尽地喘息,将雪怀小心翼翼地移入坑中。

她用颤抖的手将碎土撒下。夹杂着雪的土,一分分掩盖上了少年那张苍白的脸——她咬着牙,目不转睛地望着那张熟悉的脸。这把土再撒下去，就永远看不到了……没有人会再带着她去看北极光，没有人在她坠入黑暗冰河的瞬间托起她。

那个强留了十多年的梦，那些说过的话，承诺过的事，在这一刻后，便是要彻底结束了——从此以后，她再也没有逃避现实的理由。

风雪如刀，筋疲力尽的她恍恍惚惚地站起，忽然间眼前一黑。

"小心！"

有一只手从身后伸过来，瞬间将她托住。

醒来的时候已经置身于马车内，车在缓缓晃动，碾过积雪继续向前。

妙风竟是片刻都不耽误地带着她上路，看来昆仑山上那个魔头的病情，已然是万分危急了。外面风声呼啸，她睁开眼睛，长久地茫然望着顶棚，那一盏琉璃灯也在微微晃动。她只觉得全身寒冷，四肢百骸中仿佛也有冰冷的针密密刺了进来。

原来……自己的身体，真的是虚弱到了如此吗？

恍惚之间，忽然听到外面雪里传来依稀的曲声——

> 葛生蒙棘，蔹蔓于野。予美亡此。谁与？独处！
> 夏之日，冬之夜，百岁之后，归于其居。
> 冬之夜，夏之日，百岁之后，归于其室。

那一瞬间，仿佛有利剑直刺入心底，葬礼时一直干涸的眼里陡然泪水长划而下，她在那样的乐曲里失声痛哭。

那不是《葛生》吗？那首描述远古时女子埋葬所爱之人时的诗歌。

荆棘覆盖着藤葛，蔹草长满了山岗。我所爱的人埋葬在此处。

谁来与他做伴？唯有孤独！

夏日漫长，冬夜凄凉。百年之后，再来此地，伴你长眠。

那样的一字一句，无不深入此刻的心中。如此慰藉而服帖，仿佛一只手，凄凉而又温柔地抚过——她霍地坐起，撩开帘子往外看去。

"薛谷主，你醒了？"乐曲随即中止，车外的人探头进来。

"是你？"她看到了他腰畔的短笛，便不再多问，侧头想掩饰脸上的泪痕。

"饿吗？"妙风依然是微笑着，递过一包东西——布巾里包着的是备在马车里的橘红软糕。在这样风雪交加的天气中，接到手里，居然犹自热气腾腾。

"冻硬了，我热了一下。"妙风微微一笑，又扔过来一个酒囊，"这是绿儿她们备好的药酒，说你一直要靠这个驱寒——也是热的。"

薛紫夜怔了怔，还没说话，妙风却径自放下了帘子，回身继续赶车。

唉……对着这个戴着微笑面具、又没有半分脾气的人，她是连发火或者抱怨的机会都找不到。咬了一口软糕，又喝了一口药酒，觉得胸口的窒息感稍稍散开了。望着软糕上赫然的两个手印，她终于忍不住笑了起来——那样高深的绝学却被用来加热残羹冷炙，当真是杀鸡用牛刀了。

然而刚笑了一声，便戛然而止。

她跌倒在铺着虎皮的车厢里，手里的东西散落一地。

"薛谷主！"妙风手腕一紧，疾驰的马车被硬生生顿住。他停住了马车，撩开帘子飞身掠入，一把将昏迷的人扶起，右掌按在了她的背心灵台穴上，和煦的内力汹涌透入，运转在她各处筋脉之中，将因寒意凝滞的血脉一分分重新融化。

过了一炷香时分，薛紫夜呼吸转为平稳，缓缓睁开了眼睛。

"哎，我方才……晕过去了吗？"感觉到身后抵着自己的手掌，立时明白了是怎么回事，她苦笑了起来，有些不好意思——身为药师谷谷主，居然还需要别人相救。

妙风对着她微一点头，便不再多耽搁，重新掠出车外，长鞭一震，催动马车继续向西方奔驰而去——已然出来二十天，不知大光明宫里的教王身体如何？

出来前，教王慎重嘱托，令他务必在一个月内返回，否则结局难测。

妙风微微蹙起了眉头——所谓难测的，并不只是病情吧？还有教中那些微妙复杂的局面，诸多蠢蠢欲动的手下。以教王目下的力量，能控制局面一个月已然不易，如果不尽快请到名医，大光明宫恐怕又要掀起一场腥风血雨了！

他心下焦急，顾不得顾惜马力，急急向着西方赶去。

风雪越来越大，几乎已齐到了马膝，马车陷在大雪里，到得天黑时分，八匹马都疲惫不堪。妙风不得已在一片背风的戈壁前勒住了马，暂时休息。

疾行一日一夜，他也觉得有些饥饿，便撩起帘子准备进入马车拿一些食物。

然而一低头，便脱口惊呼了一声。

薛紫夜无声无息地靠在马车壁上，双目紧闭，两颊毫无血色，竟然又一次昏了过去。

妙风大惊，连忙伸手按住她背后灵台穴，再度以沐春风之术将内息透入。

不到片刻，薛紫夜轻轻透出一口气，动了动手指。

这一来，他已然明白对方身上寒疾之重已无法维持自身机能，若他不频繁将真气送入体内，只怕她连半天时间都无法维持。

她缓缓醒转，妙风不敢再移开手掌，只是一手扶着她坐起。

"我……难道又昏过去了？"四肢百骸的寒意逐步消融，说不出的和煦舒适。薛紫夜睁开眼，再度看到妙风在为自己化解寒疾，她是何等聪明的人，立时明白顷刻之间自己已然是垂危数次，全靠对方相助才逃过鬼门关。

妙风依然只是微笑，仿佛戴着一个永恒的面具："薛谷主无须担心。"

薛紫夜勉强对着他笑了笑，心下却不禁忧虑——"沐春风"之术本是极耗内力的，怎生禁得起这样频繁地运用？何况妙风寒毒痼疾犹存，每日也需要运功化解，如果为给自己续命而耗尽了真力，又怎能压住体内寒毒？

妙风看得她神色好转，便松开了扶着她的手，但另一只手却始终不离她背心灵台穴。

"先别动，"薛紫夜身子往前一倾，离开了背心那只手，俯身将带来的药囊拉了出来，"我给你找药。"

妙风微微一怔："不必。腹上伤口已然愈合得差不多了。"

"不是那个刀伤。"薛紫夜在一堆的药丸药材里拨拉着，终于找到了一个长颈的羊脂玉瓶子，"是治冰蚕寒毒的——"她拔开瓶塞，倒了一颗红色的珠子在掌心，托到妙风面前，"这枚'炽天'乃是我三年前所炼，解冰蚕之毒最是管用。"

妙风望着那颗珠子，知道是极珍贵的药，一旦服下就能终结自己附骨

之疴一样发作的寒毒。然而,他却只是微笑着,摇了摇头:"不必了。"

"都什么时候了!"薛紫夜微怒,不客气地呵斥。

"不用了。"妙风笑着摇头,推开了她的手,安然道,"冰蚕之毒是慈父给予我的烙印,乃是我的荣幸,如何能舍去?"

"什么?"薛紫夜万万没料到他这样回答,倒是愣住了,半晌嗤地冷笑,"原来,你真是个疯子!"

妙风神色淡定,并不以她这样尖刻的嘲讽为意:"教王向来孤僻,很难相信别人——如若不是我身负冰蚕之毒,需要他每月给予解药,又怎能容我在身侧侍奉?教中狼虎环伺,我想留在他身侧,所以……"

说到这里,仿佛才发现自己说得太多,妙风停住了口,歉意地看着薛紫夜:"多谢好意。"

薛紫夜怔怔望着这个蓝发白衣的青年男子,仿佛被这样不顾一切的守护之心打动,沉默了片刻,开口:"每隔一个时辰就要停车为我渡气,马车又陷入深雪——如此下去,只怕来不及赶回昆仑救你们教王。"

妙风面上虽然依旧有微笑,但眼里也露出了忧虑之色。

"我们弃了马车,轻骑赶路吧。"薛紫夜站了起来,挑了一件最暖的猞猁裘披上,将手炉拢入袖中,对妙风颔首,"将八匹马一起带上。你我各乘一匹,其余六匹或驮必要物品或空放,若坐骑力竭,则换上空马——这样连续换马,应该能快上许多。"

妙风微微一怔:"可谷主的身体……"

"无妨。"薛紫夜一笑,撩开帘子走入了漫天的风雪里,"不是有你在吗?"

妙风看了她许久,缓缓躬身:"多谢。"

呼啸的狂风里,两人并骑沿着荒凉的驿道急奔,雪落满了金色的猞猁裘。

半个时辰后,她脸色渐渐苍白,身侧的人担忧地看过来:"薛谷主,能支持吗?"

"没事。"她努力笑了笑,然而冻僵的身子蓦然失去平衡,从奔驰的马上直接摔了下去!

"小心!"妙风瞬间化成了一道闪电,在她掉落雪地之前迅速接住了她。

"冒犯了。"妙风叹了口气,扯过猞猁裘将她裹在胸口,一手握着马缰继续疾驰,另一只手却回过来按在她后背灵台穴上,和煦的内息源源不断涌入,低声道:"如果能动,把双手按在我的璇玑穴上。"

薛紫夜勉强动了动,抬起手按在他胸口正中。

忽然间,仿佛体内有一阵暖流畅通无阻地席卷而来——那股暖流从后背灵台穴冲入,流转全身,然后通过掌心重新注入了妙风的体内,循环往复,两人仿佛成了一个整体。

"就这样。"内息转眼便转过了一个周天,妙风长长松了口气。

"你靠着我休息。"他继续不停赶路,然而身体中内息不停流转,融解去她体内积累的寒意,"这样就好了,不要担心——等到了下一个城镇,我们停下来休息。"

"嗯。"薛紫夜应了一声,有些担心,"你自己撑得住吗?"

妙风微微笑了笑,只是加快了速度:"修罗场出来的人,没有什么撑不住的。"

"唉。"薛紫夜躲在那一袭猞猁裘里,仿佛一只小兽裹着金色的毛球,她抬头望着这张永远微笑的脸,若有所思,"其实,能一生只为一个人而活……也很不错。妙风,你觉得幸福吗?"

"嗯。"妙风微笑,"在遇到教王之前,我不被任何人需要。"

薛紫夜点点头,闭上了眼睛:"我明白了。"

仿佛是觉得疲倦已极,她裹着金色的猞猁裘,缩在他胸前静静睡去。

大雪还在无穷无尽地落下,鹅毛一样飘飞,落满了他们两个人全身。风雪里疾驰的马队,仿佛一道闪电撕裂开了漫天的白色。

妙风低下头,看了一眼睡去的女子,忽然间眉间掠过一丝不安。

是的,他想起来了……的确,他曾经见到过她。

风更急,雪更大。

一夜的急奔后,他们已然穿过了克孜勒荒原,前方的雪地里渐渐显露出了车辙和人行走过的迹象——他知道,再往前走去便能到达乌里雅苏台,在那里可以找到歇脚的地方,也可以找到喂马的草料。

天亮得很慢,雪夜长得仿佛没有尽头。

妙风也渐渐觉得困顿,握着缰绳的手开始乏力,另一只手一松,怀里

的人差点从马前滑了下去。

"啊？"薛紫夜茫茫然地醒了，睁开眼，却发现那个带着她骑手已经睡了过去，然而身子却挺得笔直，依然保持着策马的姿态，护着她前行。

她微微叹了口气，抬起一只手想为他扯上落下的风帽，眼角忽然瞥见地上微微一动，仿佛雪下有什么东西在涌起——

是幻觉？

凝神看去，却什么也没有。八匹马依然不停奔驰着，而这匹驮了两人的马速度明显放缓，喘着粗气，已经无法跟上同伴。

然而，恰恰是那一瞬间的落后救了它。

"刺啦——"薛紫夜忽然看到跑在前面的马凭空裂开成了两片！

雪地上一把长刀瞬间升起，迎着奔马，只是一掠，便将疾驰的骏马居中齐齐剖开！马一声悲嘶，大片的血泼开来，洒落在雪地上，仿佛绽开了妖红的花。

她脱口惊呼，然而声音未出，身体忽然便腾空而起。

一把长刀从雪下急速刺出，瞬间洞穿了她所乘坐的奔马，直透马鞍而出！

妙风不知是何时醒来的，然而眼睛尚未睁开，便一把将她抱起，从马背上凭空拔高了一丈，半空中身形一转，落到了另一匹马上。她惊呼未毕，已然重新落地。

"追电？！"望着那匹被钉死在雪地上的坐骑，他眼神慢慢凝聚。

这样一刀格毙奔马的出手，应该是修罗场里八骏中的追电！

执掌大光明宫修罗场的瞳，每年从大光明界的杀手里选取一人，连续八年训练成八骏：一曰追风，二曰白兔，三曰蹑景，四曰追电，五曰飞翩，六曰铜爵，七曰晨凫，八曰胭脂。个个都是独当一面的杀手，一直都是修罗场最精英的部分，直接听从瞳的指挥。

如今，难道是——

念头方一转，座下的马又惊起，一道淡得几乎看不见的光从雪面上急掠而过。"咔嚓"一声轻响，马齐膝被切断，悲嘶着一头栽了下去。

电光石火的瞬间，妙风反掌一按马头，箭一样掠出，一剑便往雪里刺了下去！

那是薛紫夜第一次看到他出手。然而她没有看清楚人，更没看清剑,只看到雪地上忽然间有一道红色的光闪过,仿佛火焰在剑上一路燃起。剑落处,地上的雪瞬间融化,露出了一个人形。

"果然是你们。"妙风的剑钉住了雪下之人的手臂,阻止他再次雪遁,冷冷问,"谁的命令?"

"嘿。"那个戴着面具的人从唇间发出了一声冷笑,忽然间一震,竟将整条左手断了下来!

雪瞬间纷飞,掩住了那人的身形。

"没用。"妙风冷笑,就算是有同伴掩护,可臂上的血定然让他在雪里无所遁形。

他循着血迹追出,一剑又刺入雪下——这一次,他确信已然洞穿了追电的胸膛。然而仅仅只掠出了一丈,他登时惊觉,瞬间转身,人剑合一扑向马上!

"咻——"一道无影的细线从雪中掠起,刚刚套上了薛紫夜的咽喉就被及时斩断。然而雪下还有另外一支短箭同时激射而出,直刺薛紫夜心口。

杀手们居然是兵分两路,分取他们两人!

妙风的剑还被缠在细线里,眼看那支短箭从咫尺的雪下激射而来,来不及回手,身子只是一侧,堪堪用肩膀挡住。

薛紫夜低呼了一声,看着箭头从他肩膀后透出来,血已然变成绿色。

"没事。"妙风却是脸色不变,"你站着别动。"

"箭有毒!"薛紫夜立刻探手入怀,拿出一瓶白药,迅速涂在他伤口处。

这支箭……难道是飞翮?妙风失惊,八骏,居然全到了?

他来不及多想,瞬间提剑插入雪地,迅速划了一个圆。

"叮"的一声响,果然,剑在雪下碰到了一物。雪忽然间爆裂开,有人从雪里直跳出来,一把斩马长刀带着疾风迎头落下!

铜爵的断金斩!?

那一击的力量是骇人的,妙风在铜爵那一斩发出后随即抢身斜向冲出,并未直迎攻击。他的身形快如鬼魅,一瞬间就穿过雪雾掠了出去,手中的剑划出一个雪亮的弧,一闪即没——在两人身形相交的刹那,铜爵倒地,而妙风平持的剑锋上掠过一丝红。

他不敢离远，一剑得手后旋即点足掠回薛紫夜身侧，低声："还好吗？"

"还……还好。"薛紫夜抚摸着咽喉上的割伤，轻声道。她有些敬畏地看着妙风手上的剑——因为注满了内息，这把普通的青钢剑上涌动着红色的光，仿佛火焰一路燃烧。

这一瞬的妙风仿佛换了一个人，曾经不惊飞蝶的身上充满了令人无法直视的凛冽杀气。脸上的笑容依旧存在，但那种笑，已然是睥睨生死、神挡杀神的冷笑。

果然不愧是修罗场里和瞳并称的高手！

她在风雪中努力呼吸，脸色已然又开始逐渐苍白，身形摇摇欲坠。妙风用眼角余光扫着周围，心下忧虑，知道再不为她续气便无法支持。然而此刻大敌环伺，八骏中尚有五人未曾现身，怎能稍有大意？

地上已然横七竖八倒了一地马尸，开膛破肚，惨不忍睹。

"追风、白兔、蹑景、晨凫、胭脂，出来吧，"妙风将手里的剑插入雪地，缓缓开口，平日一直微笑的脸上慢慢拢上一层杀气，双手交叠压在剑柄上，将长剑一分分插入雪中，"我知道是瞳派你们来的——别让我一个个解决了，一起联手上吧！"

薛紫夜猛然震了一下，脱口低呼出来：瞳？妙风说，是瞳指派的这些杀手？！

她僵在那里，觉得寒冷彻心。

剑插入雪地，然而仿佛有火焰在剑上燃烧，周围的积雪不断融化，迅速扩了开去，居然已经将周围三丈内的积雪全部融解！

"嘿，大家都出来算了。"雪地下，忽然有个声音冷冷道，"反正他也快要把雪化光了。"

地面一动，五个影子无声无息地冒了出来，将他们两人围在了中心。

杀气一层层地逼来，几乎将空气都凝结。

"薛谷主。"在她快要无法支持的时候，忽然听到妙风低低唤了一声，随即一只手贴上了背心灵台穴，迅速将内息送入。她惊讶地睁大了眼睛——在这种时候，他居然还敢分出手替她疗伤？

周围五个人显然也注意到了这一瞬间的变化，然而没有弄清妙风在做什么，怕失去先机，一时间还没有动作。

妙风将内息催加到最大，迅速灌注满薛紫夜的全身筋脉，以保她在离开自己的那段时间内不至于体力不支,用传音入密低声叮嘱:"等一下我来牵制住他们五个,你马上向乌里雅苏台方向跑,不要回头看。"

她咬紧了牙,默默点了点头。

"我会跟上。"妙风补了一句。

"他在替她续气疗伤!快动手!"终于看出了他们其实是在拖延时间,八骏里的追风发出低低一声冷笑,那五个影子忽然凭空消失了,风雪里只有漫天的杀气逼了过来!

"快走!"妙风一掌将薛紫夜推出,拔出了雪地里的剑,霍然抬首,一击斩破虚空!

九　往昔

在乌里雅苏台雪原上那一场狙击发生的同时,遥远的昆仑山顶上,瞳缓缓睁开了眼睛。

"该动手了。"妙火已然等在黑暗里,却不敢看黑暗深处那一双灵光蓄满的眼睛,低头望着瞳的足尖,"明日一早,教王将前往山顶乐园。只有明力随行,妙空和妙水均不在,妙风也还没有回来。"

"应该是八骏拖住了妙风。"瞳的眼里精光四射,抬手握紧了身侧的沥血剑,声音低沉,"只要他没回来,事情就好办多了——按计划,在教王路过冰川时行动。"

"是。"妙火点头,悄然退出。

一个人坐在黑暗里,瞳的眼睛又缓缓合起。

八骏果然截住了妙风,那么,那个女医者……如今又如何了?

坐在最黑的角落,眼前却浮现出那颗美丽的头颅瞬间被长刀斩落的情形——那一刹那,他下意识握紧了剑,手指因为用力而微微颤抖,仿佛感觉到某种入骨的恐惧。

恐惧什么呢?那个命令,分明是自己亲口下达的。

他绝对不能让妙风带着医生回到大光明宫来拯救那个魔鬼。凡是要想维护那个魔鬼的人，都是必须除掉的——神挡杀神，佛挡杀佛，绝不手软！可是……为什么内心里总是有一个声音在隐隐提醒，告诉他那将是一个错得可怕的决定？

"明玥……我一定，不会再让你待在黑暗里。"

那双明亮的眼睛再一次从脑海里浮起来了，凝视着他，带着令人恼怒的关切和温柔。

不，不——别再看着我了！别再看着我！

他极力控制着思绪，不让自己陷入这一种莫名其妙的混乱中。苍白修长的手指，轻轻磨娑横放膝上的沥血剑，感触着冰冷的锋芒——涂了龙血珠的剑刃，隐隐散发出一种赤红色的光芒，连血槽里都密密麻麻地填满了龙血珠的粉末。

用这样一把剑，足以斩杀一切神魔。

他低头坐在黑暗里，听着隔壁畜生界里发出的惨呼厮杀声，嘴角无声无息地弯起了一个弧度。为了这一天，他不知道等了多少年——

教王……明日，便是你的死期！

他瞬间睁开眼，紫色的光芒四射而出，在暗夜里亮如妖鬼。

在乌里雅苏台雪原上那一场狙击发生的同时，一羽白鸟穿越了茫茫林海雪原，飞抵药师谷。

"嘎——"显然是熟悉这里的地形，白鸟直接飞向夏之园，穿过珠帘落到了架子上，大声地叫着，拍打翅膀，希望能立刻引起女主人的注意。

然而叫了半天，却只有一个午睡未足的丫头打着哈欠出来："什么东西这么吵啊？咦？"

霜红认出了这只白鸟，脱口惊呼。雪鹞跳到了她肩头，窸窸窣窣地抓着她的肩膀，不停地抬起爪子示意她去看上面系着的布巾。

"咦，这是你主人寄给小姐的吗？"霜红揉着眼睛，总算是看清楚了，嘀咕，"可她出谷去了呢，要很久才回来啊。"

"咕？"雪鹞仿佛听懂了她的话，用喙子将脚上的那方布巾啄下来，叼了过去。

绿蚁新醅酒，红泥小火炉。晚来天欲雪，能饮一杯无？
——不日北归，温酒相候。白。

那样寥寥几行字，看得霜红笑了起来。

"哎，霍七公子还真的打算回这里来啊？"她很是高兴，将布巾折起，"难怪小姐临走还叮嘱我们埋几坛笑红尘去梅树底下——我们都以为他治好了病，就会把这里忘了呢！"

"嘎。"听到笑红尘三个字，雪鹃跳了一跳，黑豆似的眼睛一转，露出垂涎的神色。

"不过，小姐最近去了昆仑给教王看病，恐怕好些日子才能回来。"霜红摸了摸雪鹃的羽毛，叹了口气，"那么远的路……希望，那个妙风能真的保护好小姐啊。"

雪鹃眼里露出担忧的表情，忽然间跳到了桌子上，叼起了一管毛笔，回头看着霜红。

"要回信吗？"霜红怔了一怔。

荒原上，血如同烟花一样盛开。

维持了一个时辰，天罗阵终于告破，破阵的刹那，四具尸体朝着四个方向倒下。不等剩下的人有所反应，妙风瞬间掠去，手里的剑点在了第五个人咽喉上。

"说，瞳派了你们来，究竟有什么计划？"妙风眼里凝结起了可怕的杀意，剑锋缓缓划落，贴着主血脉剖开，"不说的话，我把你的皮剥下来。"

修罗场里出来的杀手有多坚忍，没有人比他更了解。

所以，下手更不能容情。

"呵。"然而晨枭的眼里却没有恐惧，唇角露出一丝讽刺的笑，"妙风使，我不明白，为什么像你这样的人，却甘愿做教王的狗？"

"那你又为什么做瞳的狗？"妙风根本无动于衷，"彼此都无须明白。"

"说，瞳有什么计划？"剑尖已然挑断锁骨下的两条大筋，"如果不想被剥皮的话。"

晨枭忽然大笑起来，在大笑中，他的脸色迅速变成灰白色。

"风，看来…你真的离开修罗场太久了……"一行碧色的血从他嘴角沁出，最后一名杀手缓缓倒下，冷笑，"你……忘记'封喉'了吗？"

晨枭倒在雪里，迅速而平静地死去，嘴角噙着嘲讽的笑。

妙风怔住了，那样迅速的死亡显然超出了他的控制——是的！封喉，他居然忘记了每个修罗场的杀手，都在牙齿里藏有一粒"封喉"！

他颓然放下了剑，茫然看着雪地上狼藉的尸体。这些人，其实都是他的同类。

妙风气息平甫，抬手捂着胸口，忽地吐出一口血来——八骏岂是寻常之辈，他方才也是动用了天魔裂体这样的禁忌之术才能将其击败。然而此刻，强行施用禁术后遭受的强烈反噬也让他身受重伤。

他以剑拄地，向着西方勉强行走——那个女医者，应该到了乌里雅苏台吧？

然而，走不了三丈，他的眼神忽然凝聚了——

脚印！在薛紫夜离去的那一行脚印旁边，居然还有另一行浅浅的足迹！

他霍然回首，扫视这片激斗后的雪地，剑尖平平掠过雪地，将剩余的积雪轰然扫开。雪上有五具尸体，加上更早前被一剑断喉的铜爵和葬身雪下的追电，一共是七人——他的脸色在一瞬间苍白：少了一具尸体！

飞翮？前一轮袭击里，被他一击逼退的飞翮竟然没死？

身后的那一场血战的声音已然听不到了，薛紫夜在风雪里跑得不知方向。

她在齐膝深的雪里跋涉，一里，两里……风雪几度将她推倒，妙风输入她体内的真气在慢慢消失，她只觉得胸间重新凝结起了冰块，无法呼吸，踉跄着跌倒在深雪里。

眼前依稀有绿意，听到遥远的驼铃声——那、那是乌里雅苏台吗？

那个意为"多杨柳之地"的戈壁绿洲？

她用尽了最后的力气，用双手撑起自己身体，咬牙朝着那个方向一寸寸挪动。要快点到那里……不然，那些风雪，会将她冻僵在半途。

"哟，还能动啊？"耳边忽然听到了一声冷笑，一只脚忽然狠狠地踩住了她的手,"看脸色,已经快撑不住了吧?"

劲装的白衣人落在她身侧,戴着面具,发出冷冷的笑——听声音,居然是个女子。

"算我慈悲,不让你多受苦了。"一路追来的飞翩显然也是有伤在身,握剑的手有些发抖,气息平甫,"割下你的头,回去向瞳复命!"

瞳?那一瞬间薛紫夜触电一样抬头,望向极西的昆仑方向。

明玠,原来真的是你派人来杀我?

她嘴角露出一丝苦涩的笑意,看着那一支雪亮的剑向着她疾斩下来,手伸向腰畔,却已然来不及。

"叮"!风里忽然传来一声金铁交击之声,飞翩那一剑到了中途忽然急转,堪堪格开一把掷过来的青钢剑。剑上附着强烈的内息,飞翩勉强接下,一连后退了三步才稳住身形,只觉胸口血气翻涌。

然而不等她站稳,那人已然抢身赶到,双掌虚合,划出了一道弧线将她包围。

沐春风?飞翩识得厉害,立刻提起了全身的功力竭力反击,双剑交叠面前,阻挡那汹涌而来的温暖气流——雪花轰然纷飞。一掌过后,双方各自退了一步,剧烈地喘息。

看来,那个号称修罗场绝顶双璧之一的妙风,方才也受了不轻的伤呢。

"嘿嘿,看来,你伤得比我要重啊。"飞翩冷笑起来,看着挡在薛紫夜面前的人,讽刺,"你这么想救这个女人?那么赶快出手给她续气啊!现在不续气,她就死定了!"

妙风脸色一变,却不敢回头去看背后,只是低呼:"薛谷主?"

没有回音。

他盯着飞翩,小心翼翼地朝后退了三尺,用眼角余光扫了一下雪地,忽然全身一震。薛紫夜脸朝下匍匐在雪里,已然一动不动。他大惊,下意识地想俯身去扶起她,终于忍住——此时如果弯腰,背后空门势必全部大开,只怕一瞬间就会被格杀剑下!

"怎么?不敢分心?"飞翩持剑冷睨,了然于心,"也是,修罗场出来的,谁会笨到把自己空门展示给对手呢?"

她冷笑起来,讥讽:"也好!瞳吩咐了,若不能取来你性命,取到这个女人的性命也是一样——妙风使,我就在这里跟你耗着了,你就眼睁睁看着她死吧！"

妙风一直微笑的脸上终于露出了凝重的神色，手指缓缓收紧。

"薛谷主？"他再一次低声唤，然而雪地上那个人一动不动，已然没有生的气息。他脸上的笑容慢慢冻结，眼里情绪转瞬换了千百种，身子微微颤抖——再不出手，便真的只能眼睁睁看着她死了……然而即便是他此刻分心去救薛紫夜，也难免不被飞翮立时格杀剑下，这一来两个人更是一个都活不了！

念头瞬间转了千百次，然而这一刻的取舍始终不能决定。

"嘿。"飞翮发出一声冷笑，"能将妙风使逼到如此两难境界，我们八骏也不算——"

然而，话音未落，妙风在一瞬间低下了头，松开了结印防卫的双手，抢身从雪地上托起那个奄奄一息的女子！同时，他侧身一转，背对着飞翮，护住怀里的人，一手便往她背心灵台穴上按去！

他竟是舍身也要先去救她？

"唰"！一直以言语相激，一旦得了空当，飞翮的剑立刻如同电光一样疾刺妙风后心。

那一瞬间露出了空门，被人所乘，妙风不用回头也能感觉到剑气破体。他一手托住薛紫夜背心急速送入内息，另一只手却空手入白刃，硬生生向着飞翮心口击去——心知单手决计无可能接下这全力的一击，所以此刻他已然完全放弃了防御，不求己生，只求能毙敌于同时！

也只有这样，方能保薛紫夜暂有一线生机。

剑锋刺破他后心，与此同时，他的手也快击到了飞翮胸口。双方都没有丝毫的停顿——两个修罗场出来的杀手眼里，全部充满了舍身之时的冷酷决断！

"咔嚓。"忽然间，风里掠过了一蓬奇异的光。

妙风只觉手上托着的人陡然一震，仿佛一阵大力从薛紫夜腰畔发出，震得他站立不稳，抱着她扑倒在雪中。同一瞬间，飞翮发出一声惨呼，仿佛被什么可怕的力量迎面击中，身形如断线风筝一样飞出去，落地时已然没了生气。

兔起鹘落在眨眼之间，即便是妙风这样的人都不清楚究竟发生了什么。他倒在雪地上，匪夷所思地看着怀里悄然睁开眼睛的女子。

"你没事?"他难得收敛了笑容,失惊。

"好险……"薛紫夜脸色惨白,吐出一口气来,"你竟真的不要自己的命了?"

她还在微弱地呼吸,神志清醒无比,放下了扣在机簧上的手,睁开眼狡黠地对着他一笑——他被这一笑惊住,方才……方才她的奄奄一息,难道只是假装出来的?她竟救了他!

"喂,你没事吧?"她虚弱地反问,手指从他肩上绕过,碰到了他背上的伤口,"很深的伤……得快点包扎……刚才你根本没防御啊。难道真的想舍命保住我?"

他的视线落到了她腰侧那个空了的机簧上,脱口低呼:"暴雨梨花针?"

这分明是蜀中唐门的绝密暗器,但自从唐缺死后便已然绝迹江湖,怎么会在这里?

"是、是人家抵押给我当诊金的……我没事……"薛紫夜衰弱地喃喃,脸色发白,"不过,麻烦你……快点站起来好吗?"

"抱、抱歉。"明白是自己压得她不能呼吸,妙风脸上露出尴尬的神色,松开手撑住雪地想要站起来,然而方一动身,一口血急喷出来,眼前忽然间便是一黑——

"啊?"薛紫夜脱口惊呼,"妙风!"

醒来的时候,天已然全黑了。

耳边是呼啸的风声,雪一片片落在脸上,然而身上却是温暖的。

身上的伤口已被包扎好,疼痛也明显减缓了——得救了吗?除了教王,多年来从来不曾有任何人救过他,这一回,居然是被别人救了吗?他有些茫然地低下头去,看到了身上裹着的猞猁裘,和怀里快要冻僵的紫衣女子。

"薛谷主!"他惊呼一声,连忙将她从雪地上抱起。

她已然冻得昏了过去,嘴唇发紫手足冰冷。他解开猞猁裘将她裹入,双手按住背心灵台穴,为她化解寒气——然而一番血战之后,他自身受伤极重,内息流转也不如平日自如,过了好久也不见她醒转。妙风心里焦急,脸上的笑容也不知不觉消失了,只是将薛紫夜紧紧拥在怀里。

她的体温还是很低，脸色逐渐苍白下去，就如一只濒死的小兽，紧紧蜷起身子抵抗着内外逼来的彻骨寒冷，没有血色的唇紧闭着，雪花落满了眼角眉梢，气息逐渐微弱。

"薛谷主！"他有些惊慌地抓住她的肩，摇晃着，"醒醒！"

他想起了自己是怎样请动她出谷的：她在意他的性命，不愿看着他死，所以甘冒大险跟他出了药师谷，即便他只是一个陌生人。而西归路上，种种生死变乱接踵而至，身为保护人的自己，却反而被一个不会武功的女子一再相救。

在他一生里，除了教王，从未有人来救过他。

她在雪里昏睡，脸颊和手冻得仿佛是冰块。那一瞬间，他感到某种恐惧——那是他十多年前进入大光明宫后从来未曾再出现的感觉。他几乎是发疯一样将沐春风之术用到了极点，将内息连续不断地送入那个冰冷的身体里。

"雪怀……"终于，怀里的人吐出了一声喃喃的叹息，缩紧了身子，"好冷。"

妙风忽然间就愣住了。

雪怀……这个名字，是那个冰下少年的。

——那个和瞳来自同一个村庄的少年。

其实第一次听她问起瞳，他心里已然暗自警惕，多年的训练让他面不改色地说了个谎，将真相掩了过去。而跟着她去过那个村庄后，他更加确定了这个女子的过往身份——是的，多年前，他就见到过她！

那一夜的血与火重新浮现眼前。暗夜的雪纷乱卷来。

他默默闭上了眼睛。

多少年了？自从进入修罗场第一次执行任务开始，已经过去了多少年？最初杀人时的那种不忍和罪恶感早已荡然无存，他甚至可以微笑着捏碎对方的心脏。

那么多的鲜血和尸体堆叠在一起，浸泡了他的前半生。

对于杀戮，早已完全麻木。然而，偏偏因为她的出现，又让他感觉到了那种灼烧般的苦痛和几乎把心撕成两半的挣扎。

那一夜的大屠杀历历浮现眼前——

血。

烈火。

此起彼伏的惨叫。

烈烈燃烧的房子。

还有无数奔逃中的男女老幼……

那一对少年的男女携手踉跄朝着村外逃去,而被教王从黑房子里带出的瞳,疯狂地追在他们两个后面,嘶声呼唤:"小夜姐姐!雪怀!"

"风,把他追回来。"教王抬起戴着宝石指环的手,点向那个少年,"这是我的瞳。"

"是。"十五岁的他提起血淋淋的剑,低头微笑,追了出去。

——是的。那个少年,是教王这一次的目标,是将来可能比自己更有用的人。所以,绝不能放过。

教王在身后发出冷冷的嘲笑:"所有人都早已抛弃了你,瞳,你何必追?"

那个少年如遇雷击,忽然顿住了,站在冰上,肩膀渐渐颤抖,仿佛绝望般地厉声大呼:"小夜姐姐!雪怀!等等我!你们等等我啊……"

然而,奔逃的人没有回头。

他追上去,扳住了那个少年的肩膀,微笑:"瞳,所有人都抛弃了你。只有教王需要你。来吧……加入我们,和我们一起。"

"不……不!"那个少年疯狂地推开了他,执拗地沿着冰河追了上去。

片刻,离那一对少年男女已然只有三丈。少年撕心裂肺地在后面喊着,然而那两个人头也不回地奔逃,双手紧握,沿着冰河逃离。

"还要追吗?"他飞身掠出,侧头对少年微微一笑,"那么,好吧——"

手臂一沉,一掌击落在冰上!

"咔啦——"厚实的冰层忽然间裂开,裂缝闪电般延展开来。冰河一瞬间碎裂了,冷而黑的河流张开了巨口,将那两个奔逃在冰上的少年男女吞噬!

"现在,结束了。"他收起手,对着那个惊呆了的同龄人微笑,看着他崩溃一样地在面前缓缓跪倒,发出绝望的嘶喊。

…………

结束了吗?没有。

十二年后，在荒原雪夜之下，宿命的阴影重新将他笼罩。

"雪怀……冷。"金色猞猁裘里，那个女子蜷缩得那样紧，全身微微发着抖，"好冷啊。"

妙风低下头，望着这张苍白的脸上流露出的依赖，忽然间觉得有一根针直刺到内心最深处，无穷无尽的悲哀和无力席卷而来，简直要把他击溃——在他明白过来之前，一滴泪水已然从眼角滑落，瞬间凝结成冰。

在十几年来第一滴泪水滑落的瞬间，笑容从他脸上消失了。

他不知道这种从未有过的感觉究竟是怎么回事，只是默默在风雪里闭上了眼睛。

他本是楼兰王室的幸存者，目睹过一族的衰弱和灭绝。自从被教王从马贼手里救回后，他人生的目标便只剩下了一个——他只是教王手里的一把剑。只为那一个人而生，也只为那一个人而死……不问原因，也不会迟疑。

那么多年来，他一直是平静而安宁的，从未动摇过片刻。

然而……为什么在这一刻，心里会有深刻而隐秘的痛？他……是在后悔吗？

他后悔手上曾沾了那么多的血，后悔伤害到眼前这个人吗？

他无法回答，只是在风雪里解下猞猁裘，紧紧拥住那个筋疲力尽的女医者。猞猁裘里的女子在慢慢恢复生气，冻得发抖的身子紧紧靠着他的胸口，如此的信任而又倚赖——

完全不知道，身侧这个人的双手上沾满了鲜血。

乌里雅苏台驿站的小吏半夜出来巡夜，看到了一幅做梦般的景象。

漫天纷飞的大雪里，一个白衣人踉跄奔来，一头奇异的蓝发在风中飞扬，衣衫上溅满了血，怀里抱着金色的长裘。那人奔得非常快，在他睡意惊醒的瞬间早已沿着驿路奔入了城中，消失在杨柳林中。

"天……是见鬼了吗？"小吏喃喃揉着眼睛，提灯照了照地面。

那里，雪上赫然留下了深深的脚印，脚印旁，滴滴鲜血触目惊心。

薛紫夜醒来的时候，已然是第二天黎明。

这一次醒转，居然不是在马车上。她安静地睡在一个炕上，身上盖着三重被子，体内气脉和煦而舒畅。室内生着火，非常温暖。客舍外柳色青

青，绿荫连绵如纱。有人在吹笛。

令她诧异的是，这一次醒来，妙风居然不在身侧。

奇怪，去了哪里呢？

夏之日，冬之夜，百岁之后，归于其居。
冬之夜，夏之日。百岁之后，归于其室。

那是《葛生》——熟悉的曲声让她恍然，随即暗自感激，她明白妙风这是用了最委婉的方式劝解着自己。那个一直微笑的白衣男子，身怀深藏不露的杀气，可以覆手杀人于无形，却有着如此细腻的心，能迅速洞察别人的内心喜怒。

她下了地走到窗前。然而曲子却蓦然停止了，仿佛吹笛者也在同一时刻陷入了沉默。

片刻后，另外一曲又响起。

推开窗的时候，她看到了杨柳林中横笛的白衣人。妙风坐在一棵杨柳的横枝上，靠着树，正微微仰头，合起眼睛吹着一支短短的笛子，旖旎深幽的曲子从他指尖飞出来，与白衣蓝发一起在风里轻轻舞动。

笛声是奇异的，不像是中原任何一个地方的曲子，充满了某种神秘的哀伤。仿佛在苍穹下有人仰起头凝望，发出深深的叹息；又仿佛篝火在夜色中跳跃，映照着舞蹈少女的脸颊。欢跃而又忧伤，热烈而又神秘，仿佛水火交融一起盛开。

薛紫夜一时间说不出话——这是梦吗？那样大的风沙里，却有乌里雅苏台这样的地方。而这样的柳色里，居然能听到这样美丽的笛声。

"醒了？"然而笛声在她推窗的刹那戛然而止，妙风睁开了眼睛，"休息好了吗？"

她讷讷点头，忽然间有一种打破梦境的失落。

"那吃过了饭，就上路吧。我已经把散落在雪原里的行李和药囊都找回来了，"他望着她，神色有些恍惚，顿了片刻，忽然回过神来，收了笛子跳下了地，"我去看看新买的马是否喂饱了草料。"

在他错身而过的刹那，薛紫夜隐约有一种怪异的感觉，却不知道究竟为了什么。

直到他的身影消失在杨柳林里,她才明白过来方才是什么让她觉得不自然——那张永远微笑着的脸上,不知何时,居然失去了笑容!

他……又在为什么而悲伤?

以重金雇用了乌里雅苏台最好的车夫,马车沿着驿路疾驰。

车里,薛紫夜一直有些惴惴地望着妙风。这个人一路上都在握着一支短笛出神,眼睛望着车外皑皑的白雪,一句话也不说——最奇怪的是,他脸上还是没有一丝笑容。

"你……怎么了?"终于还是忍不住,她开口打破了窒息的寂静,"伤口恶化了?"

"没有。"妙风平静地回答,"谷主的药很好。"

"那么,"她纳闷地看着他,"你为什么不笑了?"

他有些诧异地转头看她:"我为什么要笑?"

薛紫夜愣住——沐春风之术会从内而外改变人的气质和性格,让修习者变得圆融宁和,心无杂念。那种微笑,也就是这样由内而外自然流露出来的。而从一开始看到妙风起,她就知道他多年来修习精深,已然将本身气质与内息丝丝入扣地融合。

然而,此刻他脸上,却忽然失了笑容。

薛紫夜隐隐担心,却只道:"原来你还会吹笛子。"

妙风终于微微笑了笑,扬了扬手里的短笛:"不,这不是笛子,是筚篥,我们西域人的乐器——以前姐姐教过我十几首楼兰的古曲,可惜都忘记得差不多了。"

他微微侧头,望向雪后湛蓝的天空,叹了一口气。

"那个时候,我的名字叫雅弥……"

那些事情,其实已然多年未曾想起了……十几年来浴血奔驰在黑暗里,用剑斩开一切,不惜以生命来阻挡一切不利教王的人——原本,这样的日子,过得也是非常平静而满足的吧?那样纯粹而坚定,没有怀疑,没有犹豫,更没有后悔。

他不去回想以往的岁月,因为那些都是多余的。

可为什么这一刻,那些遗忘了多年的事情,忽然间重重叠叠地又浮现了呢?

"你这样可不行哪,"出神的刹那,一只手忽然按上了他胸口的绑带,薛紫夜担忧地望着他,"你的内息和情绪开始无法协调了,这样下去很容易走岔。我先用银针替你封住伤口的穴道,以防……"

"不必了。"妙风忽然蹙起了眉头,烫着一样往后一退,忽地抬起头,看定了她——

"薛谷主,"他忽然笑了起来,轻声,"你会后悔的。"

被那样轻如梦呓的语气惊了一下,薛紫夜抬头看着眼前人,怔了一怔,随即笑道:"或许吧……不过,那也是以后的事了。"

她揭开绑带,用银针处理好伤口,手指灵活地在绑带上打了一个结,凑过去用牙齿咬断长出来的布,笑了一笑:"但现在,哪儿有扔着病人不管的医生?"

他沉默下去,不再反抗,任凭医者处理着伤口,眼睛却一直望着西域湛蓝色的天空。

群山在缓缓后退,皑皑的冰雪宛如珠冠上的光。

再过三日,便可以抵达昆仑了吧?

他忍不住撩起帘子,用胡语厉叱,命令车夫加快速度。

距离被派出宫,已经过去了二十五天,一路频频遇到意外,幸亏还能在一个月的期限之前赶回。然而,不知道大光明那边,如今又是怎样的情况?瞳……你会不会料到,我会带了一个昔日的熟人返回?

不过,你大约也已经不记得了吧……毕竟那一夜,我看到教王亲手用三枚金针封住了你的脑部,抹去了你的所有记忆,将跪在冰河旁濒临崩溃的你强行带回宫中。

如果当时我没有下手把你击昏,大约你早已跟着跳了下去吧?

那时候的你,还真是愚蠢啊……

十　刺杀

女医者从乌里雅苏台出发的时候，昆仑绝顶上，一场空前绝后的刺杀却霍然拉开了序幕。

日光刚刚照射到昆仑山颠，绝顶上冰川折射出璀璨无比的光。

轰隆一声响，山顶积雪被一股大力震动，瞬间咆哮着崩落，如浪一样沿着冰壁滑落。所有宫中教众都噤若寒蝉，抬首看到了绝顶上那一场突如其来的搏杀。

"怎么了？"那些下级教众窃窃私语，不明白一大早怎么会在天国乐园里看到这样的事。

"是、是瞳公子！"有个修罗场出来的子弟认出了远处的身形，脱口惊呼，"是瞳公子！"

"瞳公子和教王动手？"周围发出了低低的惊呼，然而声音里的感情却是各不相同。

那些声浪低低地传开，带着震惊、恐惧，甚至还有一丝丝的敬佩和狂喜——在教王统治大光明宫三十年里，从来没有任何一个叛乱者，能像瞳那样强大！这一次，会不会颠覆玉座呢？

所有人仰头望着冰川上交错的身形,目眩神迷。

"看什么看?"忽然间一声厉喝响起,震得大家一起回首。一席苍青色的长衣飘然而来,脸上戴着青铜的面具——却是身为五明子之一的妙空。

这位向来沉默的五明子看着惊天动地的变故,却仿佛根本不想卷入其中,只是挥手赶开众人:"所有无关人等,一律回到各自房中,不可出来半步!除非谁想掉脑袋!"

"是!"大家惴惴地低头,退去。

空荡荡的十二阙里,只留下妙空一个人。

"呵……月圣女,"他侧过头,看到了远处阁楼上正掩上窗的女子,"你不去跟随慈父吗?"

高楼上的女子嘴角扬起,露出一个无所谓的笑:"我连看都不想看。"

窗子重重关上了,妙空饶有兴趣地凝视了片刻,确认这个回鹘公主不会再出来,便转开了视线——旁边的阁楼上,却有一双热切的眼睛,凝视着昆仑绝顶上那一场风云变色的决战。仿佛跃跃欲试,却终于强行按捺住了自己。

那是星圣女娑罗——日圣女乌玛的同族妹妹。

这个前任回鹘王的幼女,在叔父篡夺了王位后和姐姐被一道送到了昆仑。骤然由一国千金成为弃女,也难怪这两姐妹心里怀恨不已——只不过,乌玛毕竟胆子比妹妹大一些。不像娑罗,就算看到姐姐谋逆被杀,还是不敢有任何反抗的表示。

妙空摸着面上的青铜面具,叹了一口气,看来,像他这样置身事外静观其变的人,教中还真是多得很哪……可是,她们是真的置身事外了吗?还是暗度陈仓?

大光明宫里的每个人,可都不简单啊。

他负手缓缓走过白玉长桥,走向绝顶的乐园,一路上脑子飞快回转,思考着下一步的走法,脸色在青铜面具下不停变换。然而刚走到山顶附近的冰川旁,忽然间全身一震,倒退了一步——

杀气!乐园里,充满了令人无法呼吸的凛冽杀气!

两条人影风一样地穿行在皑皑白雪之中,隐约听得到金铁交击之声。

远远看去，竟似不分上下。教王一直低着头，没有去与对手视线接触，而只是望着瞳肩部以下部分，从他举手投足来判断招式走向。

双方的动作都是快到了极点。

乐园里一片狼藉，倒毙着十多具尸体，其中有教王身侧的护卫，也有修罗场的精英杀手。显然，双方已经开始交手多时。再一次掠过冰川上方时，瞳霍然抬起了头，眼里忽然焕发出刀一样凌厉的光！

瞳术！所有人都一惊，这个大光明宫首屈一指的杀手，终于动用了绝技！

然而，为什么要直到此刻，才动用这个法术呢？

"千叠！"双眸睁开的刹那，凌厉的紫色光芒迸射而出。

四面冰川上，陡然出现了无数双一模一样的眼睛！

那些冰壁相互折射和映照，幻化出了上百个影子，而每一个影子的双眼都在一瞬间发出凌厉无比的光——那样的终极瞳术，在经过冰壁的反射后增强了百倍，交织成网，成为让人避无可避的圈套！

教王在一瞬间发出了凄厉的呼喊，踉跄后退，猛然喷出一口血，跌入玉座。

他的四肢还在抽动，但无论如何，也无法抬起双手来——在方才瞳术发动的一瞬间他迎面被击中，在刹那失去了对自己身体的控制权。手，无法挪动；脚，也无法抬起。看着执剑逼近的黑衣刺客，教王忽然嗫唇发出了一声呼啸，召唤那些最忠心的护卫。

咆哮声从乐园深处传来，一群凶悍的獒犬直扑了出来，咬向瞳的咽喉！

"真是可怜啊……妙风还没回来，明力也被妙火拖住了，现在你只能唤出这些畜生了。"瞳执剑回身，冷笑，在那些獒犬扑到之前，足尖一点，整个人从冰川上掠起，化成了一道闪电。

"如何？"只是一刹，他重新落到冰上，将右手的剑缓缓平举。

血流满了剑锋，完全遮挡住了剑锋上的光。四周横七竖八倒着十多具灰獒的尸体，全是被一剑从顶心劈成两半，有些还在微微抽搐。

这个号称极乐天国的绝顶乐园里，充溢着浓浓的血腥味。落回玉座上的仙风道骨的教王，肩膀和右肋上已然见了血，剧烈地喘息，看着一地的残骸。

"老实说,我想宰这群畜生已经很久了——平日你不是很喜欢把人扔去喂狗吗?"瞳狭长的眼睛里露出恶毒的笑,"所以,我还特意留了一条,用来给你收尸!"

他低声冷笑,手腕一震,沥血剑从剑柄到剑尖一阵颤动,剑上的血化为细细一线横里甩出。雪亮的剑锋重新露了出来,在冰上熠熠生辉。

玉座上的人几次挣扎,想要站起,却仿佛被无形的线控制住了身体,最终颓然跌落。

"动不了吧?"看着玉座上那个微微颤抖的身形,瞳露出嘲讽,"除了瞳术,身体内还有毒素发作吧?很奇怪是不是?你一直是号称百毒不侵的,怎么会着了道呢?"

瞳低低笑了起来:"那是龙血珠的药力。"

听得"龙血珠"三个字,玉座上的人猛然一震,抬起手指着他,喉咙里发出模糊的低吟。

"奇怪我哪里找来的龙血珠?"瞳冷笑着,横过剑来,吹走上面的血珠,"愚蠢。"

然而,虽然这样说着,他却是片刻也不敢放松对玉座上那个老人的精神压制——即便是走火入魔,即便是中了龙血之毒,但教王毕竟是教王!若有丝毫大意,只怕自己下个刹那就横尸就地。

他继续持剑凝视,眼睛里交替转过了暗红、深紫、诡绿的光,鬼魅不可方物。

"你以为我会永远跪在你面前,做一只狗吗?"瞳凝视着那个鹤发童颜的老人,眼里闪现出极度的厌恶和狠毒,声音轻如梦呓,"做梦。"

他忽然抬起手,做了一个举臂当头拍向自己天灵盖的手势!

仿佛被看不见的引线牵引,教王的手也一分分抬起,缓缓印向自己的顶心。

"你……你……"老人的眼睛盯着他,嘴唇翕动,却发不出声音——然而,显然也是有着极强的克制力,他的手抬起到一半就顿住了,停在半空微微颤动,仿佛和看不见的引线争夺着控制权。

"老顽固……"瞳低低骂了一句,将所有的精神力凝聚在双眸,踏近了一步,紧盯。

然而,就在这一瞬间,他看到教王眼里忽然转过了一种极其怪异的表情，那样得意、顽皮而又疯狂——完全不像是一个六十岁老人所应该有的！

这样熟悉的眼神……是、是——

"明力？"瞳忽然明白过来，脱口惊呼，"是你！"

这不是教王！一早带着獒犬来到乐园散步的，竟不是教王本人！

"教王"诡异地一笑，嘴里霍然喷出一口血箭——在咬断舌尖的那一瞬间，他的身体猛然一震，仿佛靠着剧痛的刺激，刹那挣脱了瞳术的束缚。明力的双手扣住了六枚暗器，蓄满了惊人的疯狂杀气，从玉座上霍然腾身飞起，急速掠来。

"瞳……我破了你的瞳术！"明力脸上带着疯狂的得意表情，那是他十几年来在交手中第一次突破了瞳的咒术，不由得大笑，"我终于破了你的瞳术！你输了！"

瞳一惊后掠，快捷无比地拔剑刺去。

然而奇怪的是，明力根本没有躲闪！

"咔嚓"轻轻一声响，冲过来的人应声被拦腰斩断。

然而就在同一瞬间，他已经冲到了离瞳只有一尺的距离，手里的暗器飞出——然而六枚暗器竟然无一击向瞳本身，而是在空气中以诡异的角度相互撞击，凭空忽然爆出了一团紫色的烟雾，当头笼罩下来！

几近贴身的距离，根本来不及退避。

"啪嗒"，明力的尸体摔落在冰川上，断为两截。然而同一时间，瞳也捂着双眼跌倒在冰上！

沥血剑从他手里掉落，他全身颤抖着伏倒，那种无可言喻的痛苦在一瞬间就超越了他忍受力的极限。他倒在冰川上，脱口发出了惨厉的呼号！

这是什么……这是什么？他的眼睛，忽然间就看不见了！

那种痛是直刺心肺的，几乎可以把人在刹那间击溃。

"愚蠢的瞳……"在他在冰川上呼号时，一个熟悉的声音缓缓响起来了，慈爱而又怜惜，"你以为大光明宫的玉座，是如此轻易就能颠覆的？太天真了。"

那是……那是教王的声音！

瞳没有抬头，极力收束心神，伸出手去够掉落一旁的剑，判断着乐园

出口的方向。

必须要立刻下山去和妙火会合，否则……

"呵呵，还想逃？"就在同一时刻，仿佛看出了他的意图，一个东西被骨碌碌地扔到了冰上，是狰狞怒目的人头："还指望同伴来协助吗？呵，妙火那个愚钝的家伙，怎么会是妙水的对手呢？你真是找错了同伴……我的瞳。"

妙水？那个女人，最终还是背叛了他们！

他想去抓沥血剑，然而那种从双眸刺入的痛迅速侵蚀他的神志，只是刚撑起身子又重重砸倒在地，捂住了双眼，全身肌肉不停颤抖。

"嘻嘻，看哪，连瞳都受不住呢，"妙水的声音在身侧柔媚地响起，笑意盈盈，"教王，七星海棠真是名不虚传。"

七星海棠！在剧痛中，他闻言依旧是一震，感到了深刻入骨的绝望。

那是百年来从未有人可以解的剧毒，听说二十年前，连药师谷的临夏谷主苦苦思索一月，依旧无法解开这种毒，最终反而因为神思枯竭呕血而亡。

而可怕的是，中这种毒的人，将会有一个逐步腐蚀入骨的缓慢死亡。

白发苍苍的老者挽着风姿绰约的美人，弯下腰看着地上苦痛挣扎的背叛者，叹息了一声："多么可惜啊，瞳。我把你当作自己的眼睛，你却背叛了我——真是奇怪，你为什么敢这样做呢？"

教王眼里浮出冷笑："难道，你已经想起自己的来历了？"

那句话是比剧毒更残酷的利剑，刺得地上的人在瞬间停止了挣扎。

瞳剧烈地颤了一下，抬起头来盯着教王。然而，那双平日变幻万端的清澈双瞳已然失去了光泽，只笼罩着一层可怖的血色。

自己的来历？难道是说……

"蠢材，原来你还没彻底恢复记忆？分明三根金针都松动两根了。"教王笑起来了，手指停在他顶心最后一根金针上，声音低而冷，"摩迦一族的覆灭……那么多的血，你全忘记了吗？"

顿了顿，他大笑了起来："那么说来，原来你背叛我并不是为了复仇，而完全是因为自己的野心？哈哈哈哈……有意思！"

瞳猛地抬头，血色的眸子里，闪过了一阵惨厉的光。

摩迦一族！

这个薛紫夜提过的称呼从教王嘴里清清楚楚地吐出，仿佛烈火一样灼烤着他的心。一瞬间，几乎已经感觉不到身体上的痛，另外一种撕裂般的感觉从内心蔓延出来，令他全身颤抖。

"原来……是真的？"一直沉默着的人，终于低哑地开口，"为什么？"

教王用金杖敲击着冰面，冷笑："还问为什么？摩迦一族拥有妖瞳的血，我既然独占了你，又怎能让其再流传出去，为他人所有？"

地上的人暴起，扑向声音传来的方向。

"畜生！"因为震惊和愤怒，重伤的瞳爆发出了惊人的力量，仿佛那样的剧毒都失去了效力！

一阵淡蓝色的风掠过，雪中有什么瞬间张开了，瞳最后的一击，就撞到了一张柔软无比的网里——妙水盈盈立在当地，张开了她的天罗伞护住了教王。水一样柔韧的伞面承接住了强弩之末的一击，"刺啦"一声裂开了一条缝隙。

"伤成这样，又中了七星海棠的毒，居然还能动？"妙水娇笑起来，怜惜地看着自己破损的伞，"真不愧是瞳。只是……"她用伞尖轻轻点了一下他的肩膀，"咔啦"一声，有骨头折断的脆响，那个人终于重重倒了下去。

她继续娇笑："只是，方才那一击已经耗尽了最后一点体能吧？现在你压不住七星海棠的毒，只会更加痛苦。"

瞳倒在雪地上，剧烈地喘息，咬紧了牙不发出丝毫呻吟，但全身的肌肉还是在不受控制地抽搐。妙水伞尖连点，封住了他八处大穴。

"可怜。不想死是吗？"教王看着倒地的瞳，拈须微笑，"求我开恩吧。"

"呸。"瞳咬牙冷笑，一口啐向他，"杀了我！"

教王举袖一拂，带开了那一口血痰，看着雪地上那双依然不屈服的眼睛，脸色渐渐变得狰狞。他的手重新覆盖上了瞳的顶心，缓缓探着金针的入口，用一种极其残忍的语调，不徐不缓叙述着："好吧，我就再开恩一次——在你死之前，让你记起十二年前的一切吧！瞳！"

教王的手忽然瞬间加力。

金针带着血，从脑后三处穴道里反跳而出，没入了白雪。

"让你就这样死去未免太便宜了！"用金杖挑起背叛者的下颌，教王的声音里带着残忍的笑意，"瞳……让你忘记那一段记忆，其实是我的仁慈。既然你不领情，那么，现在，我决定将这份仁慈收回来——你就给我好好地回味那些记忆吧！"

金针一取出，无数凌乱的片段，从黑沉沉的记忆里翻涌上来，将他瞬间包围。

那些……那些都是什么？黑暗的房间……被铁链锁着的双手……黑夜里那双清澈的双眸，静静凝视着他。血和火燃烧的夜里，两个人的背影，瞬间消失在冰面上。

那是、那是——

"不……不……啊！啊啊啊啊……"他抱着头发出了低哑的呼号，苦痛地在雪上滚来滚去，身上的血染满了地面——那样汹涌而来的往事，在瞬间逼得他几乎发疯！

妙水执伞替教王挡着风雪，看着这一幕，眼里也露出了畏惧的表情。

教王拔去了瞳顶心的金针，笑着唤起那个人被封闭的血色记忆，残忍地一步步逼近，低声："瞳，你忘记了吗，当时是我把濒临崩溃的你带回来，帮你封闭了记忆。

"否则，你会发疯。不是吗？

"你难道不想记得自己做过什么吗？为了逃出来，你答应做我的奴隶；为了证明你的忠诚，你听从我吩咐，拿起剑加入了杀手们的行列……呵呵，第一次杀人时你很害怕，不停地哭。真是个懦弱的孩子啊……谁会想到你会有今天的胆子呢？"

妖魔的声音一句句传入耳畔，和浮出脑海的记忆相互呼应着，还原出了十二年前那血腥一夜的所有真相。瞳被那些记忆钉死在雪地上，心里一阵一阵凌迟般地痛，身体却无法动弹。

是的，是的……想起来了！全想起来了！

那一夜……那血腥屠戮的一夜，自己在奔跑着，追逐那两个人，双手上染满了鲜血。

他是那样贪生怕死，为了获得自由，为了保全自己，对着那个魔鬼屈膝低头——然后，被逼着拿起了剑，去追杀自己的同村人……那些叔叔伯伯大婶大嫂，拖儿带女地在雪地上奔逃，发出绝望而惨厉的呼号，身后追着无数明火执仗的杀手。

而他，就混在那一行追杀者中。满身是血，提着剑，和周围那些杀手并无二致。

那个下着大雪的夜里，那些血、那些血……

他忽然呼号出声，将头深深埋入了手掌心，猛烈地摇晃着。

为什么要想起来？这样的往事，为什么还要再想起来！

——想起这样的自己！

"想起来了吗？我的瞳……"教王露出满意的笑容，拍了拍他的肩膀，慈爱地附耳低声，"瞳，你才是那一夜真正的凶手……甚至那两个少年男女，也是因为你而死。

"你叫她姐姐是吗？我让你回来，你却还想追她——你难道不知道自己当时是什么样子吗？你提着剑在她身后追，满脸是血，厉鬼一样狰狞……她根本没有听到你在叫她，也没认出你。她，只是拼了命想甩脱你！

"最后，那个愚蠢的女孩和她的小情人一起掉进了冰河里——活生生地冻死。"

恶魔在附耳低语，一字一句如同无形的刀，将他凌迟。

穿越了十二年，那一夜的风雪急卷而来，带着浓重的血腥味，将他的最后一丝勇气击溃。

原来是这样……原来是这样！那是真的……药师谷里他脑中浮现出的那些往事，看到的那双清澈眼睛和冰下的死去少年，原来都是真实的！

她就是小夜……她没有骗他。她的眼睛是这样熟悉，仿佛北方的白山和黑水，在初见的瞬间就击中了他心底空白的部分。

那是姐姐……那是小夜姐姐啊！

他曾经被关在黑暗里七年，被所有人遗弃，与世隔绝，唯一能看到的就是她的双眼。那双眼睛里有过多少关切和叮咛，是他抵抗住饥寒和崩溃的唯一动力——他……他怎么完全忘记了呢？他怎么能认为那是假的？

瞳捂着头大叫出来，全身颤抖地跪倒在雪地上，再也控制不住地呼号。

不过短短几天之前，她还不顾自己性命地阻拦他，只为不让他回到这个黑暗的魔宫里——然而他却毫不留情地将她击倒在地，扬长而去。

原来，十二年后命运曾给了他一次寻回她的机会，将他带到那个温暖的雪谷，重新指给了他归家的路。原本只要他选择"相信"，就能得回遗落已久的幸福。然而，那时候的自己却已然僵冷麻木，再也不会相信别人，被夺权嗜血的欲望诱惑，再一次毫不留情地推开了那只手，孤身踏上了这一条不归路。

那是他自己做出的选择……不惜欺骗她伤害她，也不肯放弃对自由和权欲的争夺。

所以，落到了如今的境地。

真是活该……真是活该啊！

"哈哈哈哈哈……"他忽然大笑起来，原来，自己的一生，都是在拼命挣扎和无奈的屈服之间苦苦挣扎吗？然而，拼尽了全力，却始终无法挣脱那双翻云覆雨之手。

心里所有的杀气忽然消散了，他只觉得无穷无尽的疲倦，缓缓合起眼睛，唇角露出一个苦笑，垂下头去。

妙水在一侧望着，只觉得心惊——被击溃了吗？瞳已然不再反抗，甚至不再愤怒。那样疲惫的神情，从未在这个修罗场的顶尖杀手脸上出现过！

"住手！"在他大笑的瞬间，教王闪电般地探出了手，捏住他的下颌，手狠狠击向他胃部。

一口血从瞳嘴里喷了出来，夹杂着一颗黑色的药丸。

那样的重击，终于让他失去了意识。

"封喉？想自尽吗？"教王满意地微笑起来，看来是终于击溃他的意志了，他转动着金色的手杖，冷然，"但这样也太便宜你了……七星海棠这种毒，怎么着，也要好好享受一下才对。"

身侧獒犬的尸体狼藉一地，只余下一头灰獒还趴在远处做出警惕的姿态。教王蹙起两道花白长眉，用金杖拨动着昏迷中的人，喃喃："瞳，你杀了我那么多宝贝灰獒，还送掉了明力的命……那么，在毒发之前，你就暂时来充任我的狗吧！"

金手杖抬起了昏迷之人的下颌："虽然，在失去了这一双眼睛后，你连狗都不如了。"

"是把他关押到雪狱里吗？"妙水娇声问。

"雪狱？太便宜他了……"教王眼里闪过恶毒的光，金杖重重点在瞳的顶心上，"弄得我的宝贝灰獒只剩得一头了——既然笼子空了，就让他来填吧！"

"是……是的。"妙水微微一颤，连忙低头恭谨地行礼，妖娆地对着教王一笑，转身告退。腰肢柔软如风摆杨柳，抓起昏迷中的瞳，毫不费力地沿着冰川掠了下去，转瞬消失。

望着远去的女子，教王眼里忽然升腾起了某种热力："真会勾人哪。"

然而，不等他想好何时再招其前来一起修习密宗的合欢秘术，那股热流冲到了丹田却忽然引发了剧痛。鹤发童颜的老人陡然间挂着金杖弯腰咳嗽起来，再也维持不住方才一直假装的表象。

一口血猛然喷出，溅落在血迹斑斑的冰面上。

"妙风……"教王喘息着，眼神灰暗，喃喃，"你，怎么还不回来！"

远处的雪簌簌落下，雪下的一双眼睛瞬忽消失。

雪遁。

五明子之一的妙空一直隐身于旁，看完了这一场惊心动魄的叛乱。

没有现身，更没有参与，仿佛只是一个局外人。

看来……目下事情的进展速度已然超出了他原先的估计。希望中原鼎剑阁那边的人，动作也要快一些才好——否则，等教王重新稳住了局面，事情可就棘手多了。

黑暗的牢狱，位于昆仑山北麓，常年不见阳光，阴冷而潮湿。

玄铁打造的链子一根一根垂落，锁住了黑衣青年的四肢，牢牢将昏迷的人钉在了笼中。妙水低下头去，将最后一个颈环小心翼翼地扣在了对方苍白修颀的颈上——"咔嚓"轻响，纹丝密合。昏迷中的人尚未醒来，然而仿佛知道那是绝大的凌辱，下意识地微微挣扎。

"哈，"娇媚的女子低下头，抚摩着被套上了獒犬颈环的人，"瞳，你还是输了。"

她的气息<u>丝丝缕缕</u>吹到了流血的肌肤上，昏迷的人渐渐醒转。

· 158 ·

然而那双睁开的眼睛里,却没有任何神采,充斥了血红色的雾,已然将瞳仁全部遮住!醒来的人显然立刻明白了自己目下的境况,带着凌厉的表情在黑暗中四顾,哑声:"妙水?"

他想站起来,然而四肢上的链子陡然绷紧,将他死死拉住,重新以匍匐的姿态固定在地上。

"瞳,真可惜,本来我也想帮你们的……怎么着你也比那老头子年轻英俊多了。"妙水掩口笑起来,声音娇脆,抬手抚摩着他的头顶,"可是,谁让你和妙火在发起最后行动的时候,居然没通知我呢?你们把我排除在外了呢。"

她的手忽然用力,揪住了他的头发,恶狠狠地凝视:"既然不信任我,我何苦和你们站一边!"

瞳的颈部扣着玄铁的颈环,她那样的一拉几乎将他咽喉折断,然而他一声不吭。

"可惜啊……我本来是想和你一起灭了教王,再回头来对付你的。"柔媚的女子眼神恢复了娇艳,抚摩那一双已然没有了神采的眼睛,娇笑,"毕竟,在你刚进入修罗场大光明界,初次被送入乐园享受天国销魂境界的时候,还是我陪你共度良宵的呢……真舍不得你就这样死了。"

"哼。"瞳合上了眼睛,冷笑,"婊子。"

"婊子也比狗强。"妙水冷笑着松开了他的头发,恶毒地讥诮。

瞳却没有发怒,苍白的脸上闪过无所谓的表情,微微闭上了眼睛。只是瞬间,他的身上所有怒意和杀气都消失了,仿佛燃尽的死灰,再也不计较所有加诸身上的折磨和侮辱,只是静静等待着身上的剧毒一分分带走生命。

七星海棠,是没有解药的。

它是极其残忍的毒,会一分分地侵蚀人的脑部,中毒者每日都将丧失一部分的记忆,七日之后,便会成为白痴。而那之后,痛苦并不会随之终结,剧毒将进一步透过大脑和脊椎侵蚀人的肌体,全身的肌肉将一块块逐步腐烂剥落。

一直到成为森然的白骨架子,才会断了最后一口气。

"想要死?没那么容易,"妙水微微冷笑,抚摩着他因为剧毒的侵蚀而不断抽搐的肩背,"如今才第一日呢。教王说了,在七星海棠的毒慢慢发作之前，你得做一只永远不能抬头的狗，一直到死为止。"

顿了一顿，女子重新娇滴滴地笑了起来，用媚到入骨的语气轻声附耳低语：

"不过，等我杀了教王后，或许会开恩，让你早点死。"

"所以，你其实也应该会帮帮我吧？"

一只白鸟飞过了紫禁城上空，在风中发出一声尖厉的呼啸，脚上系着一方紫色的手帕。

  谷主已去往昆仑大光明宫。

霜红的笔迹娟秀清新，写在薛紫夜用过的旧帕子上，帕子在初春的寒风里猎猎拍打。

一路向南，飞向那座水云疏柳的城市。

而临安城里初春才到，九曜山下的寒梅犹自吐蕊怒放，清冷如雪。廖青染刚刚给秋水音服了药，那个又歇斯底里哭了一夜的女人，终于筋疲力尽地沉沉睡去。

室内弥漫着醍醐香的味道，霍展白坐在窗下，双手满是血痕，脸上透出无法掩饰的疲惫。

"你的手，也要包扎一下了。"廖青染默然看了霍展白许久，有些怜悯。

那些血痕，是昨夜秋水音发病时抓出来的——自从她陷入半疯癫的情况以后，每次情绪激动就会失去理智地尖叫，对前来安抚她情绪的人又抓又打。一连几日下来，府里的几个丫头，差不多都被她打骂得怕了，没人再敢上前服侍。

最后担负起照顾职责的，却还是霍展白。

除了卫风行，廖青染还是第一次看到一个男人有这样的耐心和包容力。无论这个疯女人如何折腾，霍展白始终轻言细语，不曾露出一丝一毫的不耐。

"你真是个好男人。"包好了手上的伤，前代药师谷主忍不住喃喃叹息。

她吞下了后面的半句话——只可惜，我的徒儿没有福气。

霍展白只是笑了一笑，似是极疲倦，甚至连客套的话都懒得说了，只是望着窗外的白梅出神。

"药师谷的梅花，应该快谢了吧。"蓦然，他开口喃喃，声音没有起伏，"雪鹕怎么还不回来呢？我本想在梅花谢了之前，再赶回药师谷去和她喝酒的——可惜现在是做不到了。"

廖青染叹息了一声，低下头去，不忍看那一双空茫的眼睛。

她犹自记得从扬州出发那一夜，这个男子眼里的热情和希冀——那一夜，他终于决心卸下一直背负着的无法言明的重担，舍弃多年来那无望的守候，去迎接另一种全新的生活。在说出"我很想念她"那句话时，他的眼睛里居然有少年人初恋才有的激动和羞涩，仿佛是多年的心如死灰后，第一次对生活焕发出了新的憧憬。

然而，命运的魔爪却不曾给他丝毫的机会，在容他喘上了一口气后，再度彻底将他击倒！

秋水音失去了儿子，猝然疯了。

你总是来晚……我们错过了一生啊……在半癫狂的状态下，她那样绝望而哀怨地看着他，说出从未说出口的话。那样的话，瞬间瓦解了他所有的理智。

她在说完那番话后就陷入了疯狂，于是，他再也不能离开。

他不能再回到那个白雪皑皑的山谷里，不能再去赴那个花下赌酒之约。他留在了九曜山下的小院里，无论是否心甘情愿——如此一往情深百折不回，大约又会成为日后江湖中众口相传的美谈吧？

但，那又是多么荒谬而荒凉的人生啊。

多么可笑。他本来就过了该拥有梦想的年纪，竟还生出了试图再度把握住幸福的奢望。是以黄粱一梦，空留遗恨也是自然的吧？

"秋夫人的病已然无大碍，按我的药方每日服药便是。但能否好转，要看她的造化了。"廖青染收起了药枕，淡淡道，"霍公子，我已尽力，也该告辞了。"

"这……"霍展白有些意外地站起身来，刹那间竟有些茫然。

不是不知道这个医者终将会离去——只是，一旦她也离去，那么，最后一丝和那个紫衣女子相关的联系，也将彻底断去了吧？

"廖谷主可否多留几日？"他有些不知所措地喃喃。

"不了，收拾好东西，明日便动身。"廖青染摇了摇头，也是有些心急，"昨日接到风行传书说鼎剑阁正在召集七剑，他要动身前往昆仑大光明宫了。家里的宝宝没人看顾，我得尽快回去才好。"

"召集七剑？"霍展白微微一惊，知道那必是极严重的事情，"如此，廖谷主还是赶快回去吧。"

廖青染点点头："霍七公子……你也要自己保重。"

庭前梅花如雪，初春的风依然料峭。

霍展白折下一枝，望着梅花出了一会儿神，只觉得心乱如麻——去大光明宫？到底又出了什么事？自从八年前徐重华叛逃后，八剑成了七剑，而中原鼎剑阁和西域大光明宫也不再挑起大规模的厮杀。这一次老阁主忽然召集七剑，难道是又出了大事？

既然连携妻隐退多时的卫风行都已奔赴鼎剑阁听命，他收到命令也只在旦夕之间了。

长长叹了口气，他转身望着窗内，廖青染正在离去前最后一次为沉睡的女子看诊——萦绕的醍醐香中，那张苍白憔悴的脸上此刻出现了难得的片刻宁静，恢复了平日的清丽脱俗。

他从胸中吐出了无声的叹息，低下头去。

秋水……秋水，难道我们命中注定了，谁也不可能放过谁吗？

她是他生命里曾经最深爱的人，然而，在十多年的风霜摧折之后，少时那一点热情却已然逐步消磨，此刻只是觉得无穷无尽的疲倦和空茫。

他漫步走向庭院深处，忽然间，一个青衣人影无声无息地落下来。

"谁？"霍展白眉梢一挑，墨魂剑跃出了剑鞘。

"老七。"青衣人抬手阻止，朗笑，"是我啊。"

"浅羽？"认出了是八剑里最小的八弟，霍展白松了一口气，放下了剑，"你怎么来了？"

"阁主令我召你前去。"一贯浮浪的夏浅羽，此刻神色却凝重，缓缓举起了手，手心里赫然是鼎剑阁主发出的江湖令，"根据确切消息，魔教近日内乱连连，日圣女乌玛被诛，执掌修罗场的瞳也在叛乱失败后被擒——如今魔教实力遭到前所未有的削弱，正是一举诛灭的大好时机！"

"瞳叛乱？"霍展白惊呼出来，随即恍然——难怪他拼死也要夺去龙血珠！原来是一早存了叛变之心，用来毒杀教王的！

"消息可靠？"他沉着地追问，核实这个事关重大的情报。

"可靠。"夏浅羽低下了头，将剑柄倒转，抵住眉心，那是鼎剑阁八剑相认的手势，"是这里来的。"

霍展白忽然惊住，手里的梅花掉落在地。

难道，竟是那个人传来的消息？他、他果然还活着！

"阁主有令，要你我七人三日内会聚鼎剑阁，前往昆仑！"夏浅羽重复了一遍指令。

霍展白望了望窗内沉睡的女子，有些担忧："她呢？"

"我家也在临安，可以让秋夫人去府上小住，"夏浅羽展眉道，"这样你就可以无后顾之忧了。"

霍展白犹自迟疑，秋水音的病刚稳定下来，怎么放心将她一个人扔下？

"老七，天下谁都知道你重情重义——可这次围剿魔宫，是事关武林气脉的大事！别的不说，那个瞳，只怕除了你，谁也没把握对付得了。"夏浅羽难得谦虚了一次，直直望着他，忽地冷笑，"你若不去，那也罢——最多我和老五他们把命送在魔宫就是了。反正为了这件事早已有无数人送命，如今也不多这几个。"

"不行！"霍展白脱口——卫风行若是出事，那他的娇妻爱子又当如何？

最终，他叹了一口气，将手按上了那把墨魂剑："好吧，我去。"

"我就知道你还是会去的。"夏浅羽舒了一口气，终于笑起来，重重拍着霍展白的肩膀，"好兄弟！"

当天下午，两位剑客便并骑离开了临安，去往鼎剑阁和其余五剑会合。

九曜山下的雅舍里空空荡荡，只有白梅花凋零了一地。

"咕咕。"一只白鸟从风里落下，脚上系着手巾，筋疲力尽地落到了窗台上，发出急切的鸣叫，却始终不见主人出来。它从极远的北方带回了重要的讯息，然而它的主人，却已经不在此处。

七位中原武林的顶尖剑客即将在鼎剑阁会合，在初春的凛冽寒气中策马疾驰，携剑奔向西方昆仑。

雪鹞从脚爪上啄下了那方手巾，挂在梅枝上，徘徊良久。

门终于"吱呀"一声开了，然而走出来的，却是肩上挽着包袱的廖青染——昨日下午，夏府上的人便来接走了秋水音，她细致地交代完了用药和看护方法，便准备回到扬州家中。

然而，看到梅枝上那一方迎风的手巾，她的眼神在一瞬间凝结——

谷主已去往昆仑大光明宫。

"糟……那个丫头疯了！她那个身体去昆仑，不是送死吗？"廖青染失惊，一顿足，再也顾不得别的，吩咐身侧侍女，"我们先不回扬州了！赶快去截住她！"

在雪鹞千里返回临安时，手巾的主人却已然渐渐靠近了冰雪皑皑的昆仑。

薛紫夜望着马车外越来越高大的山形，有些出神。那个孩子……那个临安的孩子沫儿，此刻是否痊愈？霍展白那家伙，是否请到了师父？而师父对于那样的病，是否有其他的法子？以师父的医术，那个孩子或许还有一丝希望吧？否则……

她有些困扰地抬起头来，望着南方的天空，仿佛想从中看到答案。

"快到了吧？"摸着怀里的圣火令，她喃喃对妙风说话，"雪怀说，昆仑是西方尽头的神山，西王母居住的所在——就如从极冰渊是极北之地一样。"

"雪怀还说，极北处的天空分七种色彩，无数的光在冰上变幻浮动……"薛紫夜拥着猞猁裘，望着天空，喃喃，"美得就像做梦一样。"

妙风默然低下了头，不敢和她的眼光对视。

第一次，他希望自己从未参与过那场杀戮。

那场血腥的屠杀已经过去了十二年。可那一对少年男女从冰上消失的瞬间，还烙印一样刻在他的记忆里——如果，那个时候他下手稍微容情，可能那个叫雪怀的少年就已经带着她跑远了吧。就可以从那场灭顶之灾里逃脱，离开那个村子，去往极北的冰之海洋，从此后隐姓埋名地生活。

可为什么在那么多年中，自己出手时竟从没有一丝犹豫？

风从车外吹进来，他微微咳嗽，感觉内心有什么坚硬的东西在一分分裂开。

"该用金针渡穴了。"薛紫夜看他咳嗽,算了算时间,从身边摸出一套针来。然而妙风却推开了她的手,淡然:"从现在开始,薛谷主应养足精神,以备为教王治病。"

他脸上始终没有表情——自从失去了那一张微笑的面具后,这个人便成了一片空白。

薛紫夜望着他,终于忍不住发作了起来。

"你到底开不开窍啊!"她把手里的金针一扔,俯过身去点着他的胸口,有一种恨铁不成钢的恼怒,"那个教王是不是给你吃了迷药?我是想救你啊……你自己怎么不当一回事?"

她戳得很用力,妙风的眉头不自禁地蹙了一下。

"还算知道痛!"看着他蹙眉,薛紫夜更加没好气。

妙风看着她,眼眸里有说不出的奇怪表情,忽然道:"救了我的话,你会后悔的。"

"怎么会?"她不以为意,"我又不是没救过杀人如麻的江洋大盗!"

他笑了笑:"我比江洋大盗更坏。"

她不明所以。

他喃喃:"某一天你会明白的。"

"两位客官,昆仑到了!"马车忽然一顿,车夫兴高采烈的叫声打断了他们。

那个在乌里雅苏台请来的车夫,被妙风许诺的高昂报酬诱惑,接下了这一趟风雪兼程的活,走了这一条从未走过的极西昆仑之旅。

"到了?"她有些惊讶地转过身,撩开了窗帘往外看去——忽然眼前一阵光芒,一座巨大的冰雪之峰压满了她整个视野,那种凌人的气势压得她瞬间说不出话来。

那就是昆仑?如此雄浑险峻,飞鸟难上,伫立在西域的尽头,仿佛拔地而起刺向苍穹的利剑。

她被窗外高山的英姿震惊,妙风却已然掠了出去,随手扔了一锭黄金给狂喜的车夫,打发其走路,便转身恭谨地为她卷起了厚厚的帘子,欠身:"请薛谷主下车。"

帘子一卷起,外面的风雪急扑而入,令薛紫夜的呼吸为之一窒!

"这……"仰头望了望万丈绝壁,她有些迟疑地拢起了紫金手炉,

"我上不去啊。"

"冒犯了。"妙风微微一躬身，忽然间出手将她连着大氅横抱起来。

他的身形快如闪电，毫不停留地踏过皑皑的冰雪，瞬间便飞掠了十余丈，应该是对这条位于冰壁上的隐秘道路了然于心。他足尖点着冰雪覆盖的陡峭山壁，熟练地寻找着落脚点，急速上掠。在薛紫夜回过神的时候，已然到了数十丈高的崖壁上。

风声在耳边呼啸，妙风身形很稳，抱着一个人掠上悬崖浑若无事，宛如一只白鸟在冰雪里回转飞掠。薛紫夜甚至发觉那只托着她的手在飞驰中依然不停地输送来和煦内息，维持着她的血脉流转——这个人的武功，实在深不可测。

他们转瞬又上升了几十丈，忽然间身后传来剧烈的爆炸声！

"马车！马车炸了！"薛紫夜下意识地朝下望去，惊呼出来，看到远远的绝壁下那一团升起的火球——那个火球，居然是方才刚刚把他们拉到此地的马车！

难道他们一离开，那个车夫就出事了？

"嗯。"妙风只是面无表情地应了一声，左脚一踏石壁裂缝，又瞬间升起了几丈。前方的绝壁上已然出现了一条路，隐约有人影井然有序地列队等候——那，便是昆仑大光明宫的东天门。

看到他这样漠然的回答，薛紫夜忽地惊住，仰起脸望着他，手指深深掐进了那个木无表情的人的肩膀，失声："难道……竟是你做的？"

他紧抿着唇，没有回答，只有风掠起蓝色的长发。

"是你杀了那个车夫？"薛紫夜不敢相信地望着他，手指从用力变为颤抖，她的眼神逐渐转为愤怒，恶狠狠地盯着他的脸，"你……你把他给杀了？"

片刻前那种淡淡的温馨，似乎转瞬在风里消散得无影无踪。

"你怎么可以这样！"她厉声尖叫起来，开始捶打他，"他不过是个普通人！不过是为了养家糊口冒险跑了一趟远途！你这个疯子！"

在她将他推离之前，妙风最后提了一口气，抱着她稳稳翻身落到了东天门之前。

"不杀掉，难保他不会把来大光明宫的路线泄露出去。"他放下她，淡然开口，眼里没有丝毫喜怒，更无愧疚，"而且，我只答应了付给他钱,并没有答应不杀——"

一个耳光落到了他脸上,打断了他后面的话。

"你这个疯子!"薛紫夜愤怒得脸色苍白,死死盯着他,"你知道救回一个人要费多少力气?你却这样随便挥挥手就杀了他们!你……你还是不是人?"

他侧过脸,慢条斯理地拭去嘴角的血丝,眼眸里闪过微弱的笑意,只不过杀了个车夫,就愤怒到这样吗?如果知道当年杀死雪怀的也正是自己,不知道还会有什么样的表情?

"我说过了,救我的话,你会后悔的。"他抬头凝视着她,脸上居然恢复了一丝笑意,"我本来就是一个杀人者——和你正好相反呢,薛谷主。"

说到最后一句,他的眼里忽然泛出一丝细微的冷嘲,转瞬消散。

他说话的语气,永远是不紧不慢不温不火,薛紫夜却被他堵得说不出话来。这个看似温和宁静的人,身上其实带着和瞳一样的黑暗气息。西归的途中,他一路血战前行,蔑视任何生命,无论是对牲畜,对敌手,对下属,甚或对自身,都毫不容情!

为什么会变成这样?好好的一个人,为什么会变成了这样!

她怔在昆仑绝顶的风雪里,忽然间身子微微发抖,喃喃:"你别发疯了,我想救你啊!可我要怎样,才能治好你呢……雅弥?"

听到这个名字,妙风脸上的笑容凝滞了一下,缓缓侧过头去。

雅弥?她是在召唤另一个自己吗?雅弥……这个昔年父母和姐姐叫过的名字,早已埋葬在记忆里了。那本来是他从来无人可以触及的过往。

她说想救他……可是,却没有想过要救回昔日的雅弥,就得先毁掉了今日的妙风。

"在下无恙,不劳费心。"他笑了,躬身,"还请薛谷主随在下前往宫中,为教王治伤。"

薛紫夜望着他,只觉得全身更加寒冷。原来……即便是医称国手,对于有些病症,她始终无能为力——比如沫儿,再比如眼前这个人。

"妙风使!"僵持中,东天门上已然有守卫的教徒急奔过来,看着归来的人,声音欣喜而急切,单膝跪倒,"您可算回来了!快快快,教王吩咐,如果您一返回,便请您立刻去大光明殿!"

"啊？"妙风骤然一惊，"教中出了什么事？"

"出了大事。"教徒低下头去，用几乎是恐惧的声音低低道，"日圣女……和瞳公子，叛变了！"

"什么？！"妙风脱口，同时变色的还有薛紫夜。

"不过，教王无恙。"教徒低着头，补充了一句。

简略了解了事情的前后，妙风松开了握紧的手，无声吐出了一口气——教王毕竟是教王！在这样的身体情况下，居然还一连挫败了两场叛乱！

然而身侧的薛紫夜却脸色瞬间苍白。

"瞳呢？"她脱口问，无法掩饰自己对那个叛乱者的关切。

"瞳公子？"教徒低着头，有些迟疑地喃喃，"他……"

十一 重逢

瞳究竟怎么了?

薛紫夜跟着妙风穿行在玉楼金阙里,心急如焚。那些玉树琼花、朱阁绣户急速地在往后掠去。她踏上连接冰川两端的白玉长桥,望着桥下萦绕的云雾和凝固奔流着的冰川,陡然有一种宛如梦幻的感觉。

雪域绝顶上,居然还藏着如此庞大的世界!

而这个世界蕴藏着的,就是一直和中原鼎剑阁对抗的另一种力量吧?

"咦,"忽然间,听到一线细细的声音,柔媚入骨,"妙风使回来了?"

妙风停下了脚步,看着白玉长桥另一边缓缓而来的蓝色衣袂:"妙水使?"

在说话的时候,他下意识地往前一步,挡在薛紫夜身前,手停在离剑柄不到一尺的地方。这个女人实在是敌我莫测,即便是在宫中遇见,也是丝毫大意不得。

妙水由一名侍女打着伞,轻盈地来到了长桥中间,对着一行人展颜一笑,宛如百花怒放。

薛紫夜乍然一看这位蓝衣女子,心里便是一怔,这位异族女子有着暗金色的波浪长发，宽宽的额头，鼻梁高挺，嘴唇丰润，一双似嗔非嗔的眼睛顾盼生情——那种夺人的丽色，竟是比起中原第一美人秋水音也不遑多让。

"可算是回来了呀，"妙水掩口笑了起来，美目流转，"教王可等你多时了。"

妙风不动声色："路上遇到修罗场的八骏，耽搁了一会儿。"

"哦？那妙风使没有受伤吧？"妙水斜眼看了他一下，意味深长地点头，"难怪在这几日清洗修罗场的时候，我点数了好几次，所有杀手里，独独缺了八骏。"

妙风眼神微微一变，难道，在瞳叛变后的短短几日里，修罗场已然被妙水接管？

"瞳怎么了？"再也忍不住，薛紫夜抢身而出，追问。

妙水怔了一下，看着这个披着金色猞猁裘的紫衣女子，一瞬间眼里仿佛探出了无形的触手轻轻试探了一下。然而那无形的触手却是一闪即逝，她掩口笑了起来，转身向妙风："哎呀，妙风使，这位便是药师谷的薛谷主吗？这一下，教王的病情可算无忧了。"

妙风闪电般看了妙水一眼——教王，居然将身负重伤的秘密都告诉妙水了？

这个来历不明的西域女人，一直以来不过是教王修炼用的"药鼎"，华而不实的花瓶，竟突然就如此深获信任？

然而，他随即便又释怀——这次连番的大乱里，自己远行在外，明力战死，而眼前这个妙水却在临危之时助了教王一臂之力，也难怪教王另眼相看。

"薛谷主放心，瞳没死——不仅没死，还恢复了记忆呢。"妙水的眼神扫过一行两人，柔媚地笑，将手中的短笛插入了腰带，"还请妙风使带贵客尽快前往大光明殿吧，教王等着呢。妾身受命暂时接掌修罗场，得去那边照看了。"

妙风点点头："妙水使慢走。"

妙水带着侍女飘然离去，在交错而过的刹那，微微一低头，微笑着耳语般地吐出了一句话："妙风使，真奇怪啊……你脸上的笑容，是被谁夺走了吗？"

不等妙风回答，她从白玉桥上飘然离去，足下白雪居然完好如初。

妙风站桥上，面无表情地望着桥下万丈冰川，默然。

这个教王从乌孙赤谷城带回的女人，作为"药鼎"和教王双修合欢之术多年，仿佛由内而外都透出柔靡的甜香来。然而这种魅惑的气息里，总是带着一种让人无法揣测的神秘，令人心惊。他们两个各自身居五明子之列，平日却没有什么交情，但奇怪的是，自己每一次看到她，总是有隐隐的不自在的感觉。

"快走吧！"薛紫夜打破了他的沉思，"我要见你们教王！"

瞳已经恢复记忆？是教王替他解掉了封脑金针？那么，那么他如今……她心急如焚，抛开了妙风，在雪地上奔跑，手里握紧了那一面圣火令。

妙风一惊——这个女子，是要拿这面圣火令去换教王什么样的许诺？

莫非……是瞳的性命？

他一瞬间打了个寒战。教王是何等样人，怎么会容许一个背叛者好端端地活下去！瞳这样的危险人物，如若不杀，日后必然遗患无穷，于情于理教王都定然不会放过。如果薛紫夜提出这种要求，即使教王当下答应了，日后也会是她杀身之祸的来源！

然而在他微微一迟疑间，薛紫夜便已经沿着台阶奔了上去，直冲那座嵯峨的大光明圣殿。一路上无数教徒试图阻拦，却在看到她手里的圣火令后如潮水一样退去。

"等一等！"妙风回过神来，点足在桥上一掠，飞身落到了大殿外，伸手想拦住那个女子。然而却已经晚了一步，薛紫夜一脚跨入了门槛，直奔玉座而去！

大殿里是触目惊心的红色，到处绘着火焰的纹章，仿佛火的海洋。无数风幔飘转，幔角的玉铃铮然作响——而在这个火之殿堂的最高处，高冠的老人斜斜靠着玉座，仿佛有些百无聊赖，伸出金杖去逗弄着系在座下的獒犬。

牛犊般大的獒犬忽然间站起，背上的毛根根耸立，发出低低的"呜呜"声。

老人一惊，瞬间回过头，用冷厉的目光凝视着这个闯入的陌生女子。

紫衣的女子一路奔到了玉座前，气息平甫，只是抬起头望着玉座上的王者，平平举起了右手，示意。

"薛谷主吗？"看到了她手里的圣火令，教王的目光柔和起来，站起身来。

老人的声音非常奇怪，听似祥和宁静，气息里却带了三分急促。医家望闻问切功夫极深，薛紫夜一听便明白这个玉座上的王者此刻已然是怎样的虚弱——然而即便如此，这个人身上却依旧带着极大的压迫力，只是一眼看过来，便让她在一瞬间停住了脚步！

"教王……"她有些犹豫地开口。

玉座下的獒犬忽然咆哮起来，弓起了身子，颈下的金索绷得笔直，警惕地望着这个闯入的不速之客。它被金索系在玉座下的波斯地毯上，庞大如一只灰色的牛犊。

"啊！"她一眼望过去，忽然间失声惊呼起来——

那里，和獒犬锁在一起的，居然还有一个人！

那个满身是血的人同样被金索住了脖子，铁圈深深勒入颈中，无法抬起头。双手双脚都被沉重的镣铐锁在地上，被迫匍匐在冰冷的石地面上，身上到处都是酷刑的痕迹。戴着白玉的面具，仿佛死去一样一动也不动。

然而在她踏入房间的刹那，那个人却仿佛触电般地转过了脸去，避开她的视线。

即便看不到他的脸，她却还是一瞬间认出来了！

"明玕！"她不顾一切地冲了过去，大喊，"明玕！"

她看到了面具后的那双黯淡无光的眼睛，看到他全身关节里流出的血——一眼望去，她便知道他遭受过怎样的酷刑。她几乎不敢相信自己的眼睛，不到一个月之前，在药师谷里的明玕还是那样冷酷高傲，出手凌厉，心深如海。在短短的二十九天后，居然成了这种样子！

是谁……是谁将他毁了？是谁将他毁了！

那一瞬间，剧烈的心痛几乎让她窒息。薛紫夜不管不顾地飞奔过去。然而还未近到玉座前一丈，獒犬咆哮着扑了过来。雪域魔兽吞吐着杀戮的腥气，露出白森森的牙齿，扑向手无缚鸡之力的女子。

她却根本没有避让，依旧不顾一切地扑向那个被系在地上的人。獒犬直接扑上了她的肩,将她恶狠狠地朝后按倒,利齿噬向她的咽喉。

"啊。"那个死去一样静默的人终于有了反应,脱口低低惊叫了一声,挣扎着想站起来,然而颈中和手足的金索瞬间将他扯回地上,不能动弹丝毫。

就在獒犬即将咬到她咽喉的瞬间,薛紫夜只觉得背后一紧,有一股力量将她横里飞速拉了开去。她被那股柔和的力道送出三尺,平安落地。

"咔嚓",獒犬咬了一个空,满口尖利的白牙咬合,交击出了令人毛骨悚然的声音。

"薛谷主,勿近神兽。"那个声音轻轻道,将她放下。她只觉得背心一麻,双腿忽然间不能动弹。

"风,"教王看着那个无声无息进来的人,脸上浮出了微笑,伸出手来,"我的孩子,你回来了?"

妙风走过去,低首在玉阶前单膝跪下:"参见教王。"

"带着药师谷主按时返回了吗?真是个能干的好孩子。"教王赞许地微笑起来,手落在妙风的顶心,轻轻抚摩,"风,我没有养错你——不像瞳这条毒蛇,时刻想着要反噬恩主。"

妙风顿了一顿,却只是沉默。

"放了明玕!"被点了穴的薛紫夜开口,厉声大喝,"马上放了他!"

明玕?教王一惊,目光里陡然射出了冷亮的利剑,刺向那个手举圣火令的女子。然而脸上的表情却不变,缓缓起身,带着温和的笑:"薛谷主,你说什么?"

"马上放了他!"她无法挪动双足,愤怒地抬起头,毫不畏惧地瞪着教王,紧握着手里的圣火令,"还要活命的话,就把他放了!否则你自己也别想活,我只会把你往死里治!"

教王默默吸了一口气,没有立刻回答,探询的目光落在妙风身上。

然而妙风却低下了头去,避开了教王的眼光。

如果说出真相,以教王的性格,一定不会放过这个当年屠村时的漏网之鱼吧?可是,即便他不说,教王难道就不能查出来了吗?而且,他又怎能对教王说谎!

短短一瞬,他心里天人交战,第一次不敢对视教王的眼睛。

"不!不要给他治!"然而被金索系住的瞳,却蓦然爆发出一声厉

·173·

喝,"这个魔鬼他当年——"

话未说完,只听"唰"的一声,白影在大殿里一掠即回,手刀狠狠斩落在瞳的后颈,瞬间将其击晕!

"敢对教王不敬!"妙风在千钧一发时截断了瞳的话,一掠而出,手迅疾地斩落——绝不能让瞳在此刻把真相说出来!否则,薛紫夜可能会不顾一切地复仇,不但自己会被逼得动手,而教王也从此无救。

"住手!"薛紫夜惊叫,看着瞳满身是血地倒了下去,眼神里充满了愤怒。

他却是漠然地回视着她的目光,垂下了手。

"风,在贵客面前动手,太冒昧了。"仿佛明白了什么,教王的眼睛一瞬间亮如妖鬼,训斥最信任的下属,语气却并不真的愤怒——敢在没有得到他命令的情况下忽然动手,势必是为了掩盖什么极重要的事吧?

教王望着瞳,冷笑:"来人,给我把这个叛徒先押回去!"

"不许杀他!"看到教徒上来解开金索拖走昏迷的人,薛紫夜再一次叫起来。

"薛谷主果然医者父母心。"教王回头微笑,慈祥如圣者,"瞳这个叛徒试图谋刺本座,本座清理门户,也是理所应当——"

薛紫夜蓦地一惊,明白过来,明玠费尽了心思夺来龙血珠,原来竟是用来对付教王的?他……是因为返回昆仑山后谋逆不成,才会落到了如今这样?

"但既然薛谷主为他求情,不妨暂时饶他一命。"教王却轻描淡写地开口承诺。

没有料到教王如此好说话,薛紫夜一愣,继而长长松了一口气。反而觉得有些理亏,无论如何,人家处分教中叛徒都是理所应当,自己的要求实在不合理,难得教王还肯答允。

"教王这一念之仁,必当有厚报。"薛紫夜挣了几下,却站不起来。

"风。"教王蹙了蹙眉,"太失礼了,还不赶快解开薛谷主的穴?"

"是。"妙风俯身,解开了薛紫夜双腿上的穴。

"薛谷主,你持圣火令前来,要我饶恕一个叛徒的性命——那么,你将如愿。"教王微笑着,眼神转为冷厉,一字一句地开口,"瞳本是我的奴隶,从此后他的性命便属于你。但是,只有在你治愈了本座的病后,才能将他带走。"

是要挟,还是交换?

薛紫夜唇角微微扬起,傲然回答:"一言为定!"

"谷主好气概,"教王微笑起来,"也不先诊断一下本座的病情?"

"紫夜自有把握。"她仰首,眼神骄傲。

"那么,请先前往山顶乐园休息。明日便要劳烦薛谷主看诊。"教王也不多说,微笑着命令一旁的侍从将贵客带走,"好好招待薛谷主。"

然而在她刚踏出大殿时,老人再也无法支撑地咳嗽了起来,感觉嘴里又有冲上来的血的腥味——看来,内力已然再也压不住伤势了。如果这个女人不出手相救,多半自己会比瞳那个家伙更早一步死吧?

所以,无论如何,目下不能拂逆这个女人的任何要求。

呵……不过七日之后,七星海棠之毒便从眼部深入脑髓,逐步侵蚀人的神志,到时候你这个神医,就带着这个天下无人能治的白痴离去吧——

我以明尊的名义发誓,你们两个,绝不能活着离开这座昆仑山!

在侍从带着薛紫夜离开后,大光明殿里重新陷入了死寂。

"风,抬起头,"教王坐回了玉座上,拄着金杖不住地喘息,冷冷开口,"告诉我,这究竟是怎么一回事?这个女人,和瞳有什么关系?"

妙风猛然一震,肩背微微发抖,却终不敢抬头。

"看着我!"第一次看到心腹下属沉默地抵抗,教王眼里露出锋锐的表情,重重顿了顿金杖,"她为什么知道瞳的本名?你刚才为什么要阻拦?你到底知道了什么?"

沉默许久,妙风忽地单膝跪倒:"求教王宽恕!"

"你说了,我就宽恕。"教王握紧了金杖,盯着白衣的年轻人。

"薛紫夜她……她……乃是当初摩迦村寨里的唯一幸存者!"顿了许久,妙风终于还是说出了实情,脸色苍白,"属下怕瞳会将当初灭族真相泄露给她,导致她不肯替教王疗伤,所以才冒昧动手。"

"摩迦村寨……瞳的故乡吗?"教王沉吟着,慢慢回忆起那一场多年前的血案,冷笑起来,"果然……又是一条漏网之鱼。斩草不除根啊……"

他缓缓转着手中的金杖,眼神里慢慢透出了杀气:"如此说来,她目下尚未得知摩迦一族覆灭真相？"

"是。"妙风垂下头。

"那么，在她死之前再告诉她吧。"教王唇角露出冷酷的笑意，"那之前，她还有用。"

那样的语调轻而冷，仿佛一把刀子缓慢地拔出，折射出冷酷的光。深知教王脾性，妙风瞬间一震，重重叩下首去："教王……求您饶恕她！"

玉座上，那只转动着金杖的手忽地顿住了。

"风，"不可思议地看着阶下长跪不起的弟子，教王眼神凝聚，"你说什么？"

"属下斗胆，请教王放她一条生路！"他俯身，额头再度叩上了坚硬的玉阶。

金杖闪电一样探出，点在下颌，阻拦了他继续叩首。玉座上的教王眯起了眼睛，审视着对方，不知是喜是怒："风，你这是在干什么？你竟然替她求情？从你一进来我就发现了——你脸上的笑容，被谁夺走了？"

妙风无言，微微低头。

教王凝视着妙风苍白的脸，咬牙切齿："是那个女人，破了你的沐春风之术？"

"这一路上，她……她救了属下很多次。"妙风仿佛不知如何措辞，有些不安，双手握紧，"一直以来，除了教王，从来、从来没有人……属下只是不想看她死。"

他说得很乱，然而教王在一瞬间就洞察了所有。

"我明白了。"没有再让他说下去，教王放下了金杖，眼里瞬间恢复了平静，"这还是你第一次顾惜别人的死活——风，二十多年了，你从来没有这样过。"

妙风没有说话，仿佛也不知道怎么回答，脸色苍白，没有一丝笑容。

教王沉吟不语，只看着这个心腹弟子脸上露出了从未有过的种种表情：茫然、苦痛、尴尬、挣扎、懵懂和决绝。不由得暗自心惊，不过短短一个月不见，这个孩子已经不一样了……十几年如一日的笑容消失了，而十几年如一日的漠然也被打破了。

他的眼里，不再只有纯粹、坚定的杀戮信念。

"如果我执意要杀她，你——"教王用金杖点着他的下颌，冷然，

"会怎样?"

妙风的手无声地握紧,眼里掠过一阵混乱,身子颤了颤,垂下了眼帘,最终只是老老实实地回答:"属下……也不知道自己会怎样。"

那样茫然的回答,在教王听来却不啻于某种威胁。

"大胆!"他的眼神一变,金杖带着怒意重重落下!

然而妙风沉默地低着头,也不躲,任凭金杖击落在背上,低哼了一声,却没有动一分。

"竟敢这样对我说话!"金杖接二连三地落下来,教王狂怒,几乎要将他立毙杖下,"我从五岁开始养你,把你当自己的孩子,你却是这样要挟我?你们这群狼崽子!"

然而妙风只是低着头,沉默地忍受。

"好吧。"终于,教王将金杖一扔,挫败似的往后一靠,将身体埋入了玉座,颓然叹息,"风,这是你二十多年来对我提出的第一个要求,我可以答应你——那个女人,真是了不起。"

"多谢教王!"妙风眼里透出了欣喜,深深俯首。

然而一开口,便再也压不住翻涌的血气,一口血喷在玉座下。

教王同样在剧烈地喘息,捂住了自己的心口——修炼铁马冰河走火入魔以来,全身筋脉走岔,剧痛无比,身体已然是一日不如一日。教中内乱方起,在这种时候,无论如何不能舍弃这枚最听话的棋子!

"这一次,暂且饶了你。"教王微微冷笑,"希望你不会和瞳那个叛徒一样。"

"属下誓死追随教王!"妙风断然回答,毫不犹豫。

"那么,替我盯着那个女人。你也该明白,她如果敢和我玩什么花样,死的就是她自己!"

黑暗而冰冷的牢狱,只有微弱的水滴落下声音。

这个单独的牢狱是由一只巨大的铁笼构成,位于雪狱最深处,光线暗淡。长长的金索垂落下来,钉住了被囚之人的四肢,令其无法动弹分毫。雪狱里不时传出受刑的惨叫,凄厉如鬼,令人毛骨悚然。然而囚笼中被困的人却动也不动。

"啪"的一声响,一团柔软的东西扔到了笼中,竟是蛇皮缠着人皮,团成一团。

腥气扑鼻而来，但那个被锁住的人还是没有丝毫反应。

"怎么，这可是你同党的人皮——不想看看吗？"蓝衣的女子站在笼外，冷笑起来，看着里面那个被锁住的人，讥讽，"对，我忘了，你现在是想看也看不见了。瞳。"

对方还是没有动静，五条垂落的金索贯穿他的身体，死死钉住了他。

自从三天前中了七星海棠之毒以来，那个曾经令天下闻声色变的绝顶杀手一直沉默着，任剧毒悄然侵蚀身体，不发一言。

妙水不由得有些气不顺，自从教王把瞳交由自己发落以来，她就有了打算——她想问出那颗龙血珠在叛变失败后去了哪里。

自从妙火死后，便只有她和瞳知道这个东西的存在。那是天地间唯一可以置教王于死地的剧毒——如果能拿到手的话……

然而无论怎样严刑拷打，瞳却一直缄口不言。

修罗场里出来的人，对于痛苦的忍耐力是惊人的。有时候，她甚至怀疑是七星海棠的毒侵蚀得太快，不等将瞳的记忆全部洗去，就已先将他的身体麻痹了——不然的话，血肉之躯又怎能承受种种酷刑至此？

"那么，这个呢？""啪"的一声，又一个东西被扔了过来，"那个女医者冒犯了教王，被砍下了头——你还记得她是谁吧？"

瞳霍然抬起头来，那双几近失明的眼里瞬间放出了雪亮的光！

他不顾一切地伸手去摸索那颗被扔过来的头颅。金索在瞬间全数绷紧，勒入他的肌肤，原已伤痕累累的身体上再度迸裂出鲜血。

然而，手指触摸到的，却是一颗长满络腮胡子的男子头颅！

"哈哈哈哈……"妙水仰头大笑，"那是妙火的头，看把你吓的。"

仿佛被击中了要害。瞳不再回答，颓然坐倒，眼神里流露出某种无力和恐惧。脑海里一切都在逐步地淡去。那种诅咒一样的剧毒正在一分一分侵蚀他的神志，将所有的记忆都消除干净——然而，那个女子的影子却仿佛深刻入骨。

"你不想看她死，对吗？"妙水眼里充满了获胜的得意，靠近了囚笼，低低开口，"你也清楚那个女医者上山容易下山难吧？她已经触怒了教王，迟早会被砍下头来！呵呵，瞳，那可都是因为你啊。"

瞳的肩背蓦然一震，血珠瞬间从伤口滴落。

"妙水，"他忽然开口了，声音因为受刑而嘶哑，"我们，交换条件。"

"嗯？"妙水笑了，贴近铁笼，低声，"怎么，你终于肯招出那颗龙血珠的下落了？"

"说吧，你要什么？"她饶有兴趣地问，"快些解脱，还是保命？"

"你让她平安回去，我就告诉你龙血珠的下落。"瞳只是垂下了眼睛，唇角露出一个讥讽的冷笑，"你，也想拿它来毒杀教王——不是吗？"

"呵，"妙水身子一震，仿佛有些惊诧，转瞬笑了起来，恶狠狠地拉紧了他颈中的链子，"都落到这地步了，还来跟我要聪明！猜到了我的计划，只会死得更快！"

然而下一瞬，她又娇笑起来："好吧，我答应你……我要她的命有什么用呢？我要的只是教王的脑袋。当然——你，也不能留。可别想我会饶了你的命。"

瞳表情漠然——自从知道中的是七星海棠之毒后，他就没想过还能活下去。

"龙血珠已经被我捏为粉末，抹在了沥血剑上。"他合起了眼睛，低声说出最后的秘密，"要杀教王，必须先拿到这把剑。"

妙水呼吸为之一窒，喃喃："难怪遍搜不见。原来如此！"

她笑了起来，拍了拍他的肩膀："放心，我会守诺言——毕竟要了那个女人的命也没任何意义。"顿了顿，妙水脸上却浮出了意味深长的微笑，"只是没料到你和妙风这两个无情之人，居然不约而同地拼死保她……可真让人惊奇啊！那个薛谷主，难道有什么魔力吗？"

"妙风？"瞳微微一惊。

那个人，为什么也要保薛紫夜？他不是教王的走狗吗？

"不过，还得谢谢你的薛谷主呢，"妙水娇笑起来，"托了她的福，沐春风心法被破了，最棘手的妙风已然不足为惧。妙空是个不管事的主，明力死了，妙火死了，你废了——剩下的事，真是轻松许多。"

瞳一惊抬头——沐春风心法被破了？

作为多年的同僚和竞争对手，他自然知道沐春风之术的厉害。而妙风之所以能修习这一心法，也是因为他有着极其简单纯净的心态，除了教王安危之外心无旁骛，一举一动都充满了无懈可击的气势。

然而，如今居然有人破除了这样无想无念的空明状态！

她……是怎样击破了那个心如止水的妙风？

昆仑绝顶上，最高处的天国乐园里繁花盛开，金碧辉煌。

这个乐园是大光明宫里最奢华销魂的所在，令所有去过的人都流连忘返。即便是修罗场里的顶尖杀手，也只有在立了大功后才能进来获取片刻的销魂。

那是一个琉璃宝石铸成的世界，超出世上绝大多数人的想象：黄金八宝树，翡翠碧玉泉，到处流淌着甘美的酒、醇香的奶、芬芳的蜜。林间有永不凋谢的宝石花朵，在泉水树林之间，无数珍奇鸟儿歌唱，见所未见的异兽徜徉。泉边、林间、迷楼里，来往的都是美丽的少女和俊秀的童子，向每一个来客微笑，温柔地满足他们每一个要求。

"薛谷主可住得习惯？"琼玉楼阁中，白衣男子悄无声息地降临，询问出神的贵客。

室内火炉熊熊，温暖和煦，令人完全感觉不到外面是冰天雪地。薛紫夜正有些蒙眬欲睡，听得声音，霍然睁开了眼睛——

"是你？"她看到了他，眼神闪烁了一下。

妙风无言躬身，迅速地在其中捕捉到了种种情绪，而其中一种是愤怒和鄙夷。看来，昨日以来他一连串的恶行，已然完全破坏了她心中对于自己的印象吧？

对医者而言，凶手是永远不受欢迎的。

"薛谷主好好休息，明日一早，属下将前来接谷主前去密室为教王诊病。"他微微躬身，也不打算久留。

"明玠呢？"薛紫夜反问，站了起来，"我要见他。"

"在教王病情好转之前，谷主不能见瞳。"妙风淡然回答，回身准备出门。抬足时忽然一个趔趄，身子一倾，幸亏及时伸手抓住了门框。

薛紫夜微微一怔，看到了门槛上滴落的连串殷红色血迹。

"妙风！你受伤了？"她脱口惊呼起来，一个箭步冲过去，扳住了他的肩头，"让我看看！"

他没有回头，只是微微笑了笑："没事，薛谷主不必费神。"

"胡说！"一搭脉搏，她不由得惊怒交集，"你旧伤还没好，怎么又受了新伤？怎么回事……快过来让我看看！"

妙风站着没有动，却也没有挣开她的手。

两人就这样僵持，一个在门外，一个在门里，仿佛都有各自的坚持。

雪在一片一片地飘落，落满他的肩头。肩上那只手却温暖而执着，从来都不肯放弃任何一条性命。他站在门口，仰望着昆仑绝顶上翩然而落的白雪，心里的寒意和肩头的暖意如冰火交煎。

如果……如果她知道铸下当年血案凶手的便是他，会不会松开这只手呢？

"咳咳，咳咳！"然而只是僵持了短短片刻，背后却传来薛紫夜剧烈的咳嗽声。

昆仑山顶的寒气侵入，站在门口只是片刻，她身体已然抵受不住。

"快回房里去！"他脱口惊呼，回身抓住了肩膀那只上发抖的手。

"好啊。"她却是狡黠地一笑，顺手抓住了他的手臂往里就拖，仿佛诡计得逞，"不过，你也得进来。"

那一瞬，他居然无法挣脱那双手，就这样被她拖了进屋。

室内药香馥郁，温暖和煦，薛紫夜的脸色却沉了下去。

"谁？"看着外袍下的伤，喃喃，"是谁下的手！这么狠！"

妙风的背上布满了瘀伤，色呈暗红，纵横交错，每一条都有一寸宽、一尺许长。虽然没有肿起，然而一摸便知道是极厉害的——虽然表皮不破损，可内腑却已然受伤。

她轻轻移动手指，妙风没有出声，肩背肌肉却止不住地颤动。

"这是金杖的伤！"她蓦然认了出来，"是教王那个混账打了你？"

妙风微微一震，没有说话。

"他凭什么打你！"薛紫夜气愤不已，一边找药，一边痛骂，"你那么听话，把他当成神来膜拜，他凭什么打你！简直是条疯狗——"

话音未落，一只手指忽然点在了她的咽喉上。

"即便是贵客，也不能对教王无礼。"妙风闪转过身，静静开口，手指停在薛紫夜喉头。

"你……"她愕然望着他，不可思议地喃喃，"居然还替他说话？"

顿了顿，女医者眼里忽然流露出绝望的神情："我是想救你啊……你怎么总是这样？"

他的手指停在那里，感觉到她肌肤的温度和声带微微的震动，心里忽然有一种隐秘的留恋，竟不舍得就此放手。停了片刻，他移开了手指，淡淡道："在下触怒教王，被教王惩罚乃是罪有应得——而在下亦甘心受刑。"

他也不等药涂完便站起了身："薛谷主，我说过了，不必为我这样的人费神。"

薛紫夜怔怔地看着他站起，扯过外袍覆上，径自走出门外。

"雅弥！"她踉跄着追到了门边，唤着他的名字，"雅弥！"

然而大光明宫的妙风使头也不回地离开了。仿佛，那并不是他的名字。

雪花如同精灵一样扑落到肩头，顽皮而轻巧，冰冷地吻着他的额头。妙风低头走着，压制着体内不停翻涌的血气，唇角忽然露出一丝苦涩的笑意——是的，也该结束了。等明日送她去见了教王，治好了教王的病，就该早早地送她下山离去，免得多生枝节。

他既不想让她知道过去的一切，也不想让她知道自己曾为保住她而忤逆了教王。他只求她能平安地离开，重新回到药师谷过平静的生活——

她这样的人，原本也和自己不属于同一世界。

"我想救你啊……"她的话语还在耳畔回响，如此悲哀而无奈，蕴含着他生命中从未遇到过的温暖。她对他伸出了手，试图将他从血池里拉上来，但他却永远无法接触到那只纯白的手了……

十二年前那一夜的血色，已然将他彻底淹没。

暮色笼罩了雪域绝顶，无数的玉树琼花都暗淡了下去，逐渐隐没。

薛紫夜独自一人坐在温暖馥郁的室内，垂头望着自己的手，怔怔地出神。

明日，便要去给那个教王看诊了……将要用这一双手，把那个恶魔的性命挽救回来。然后，他便可以再度称霸西域，将一个又一个少年培养为冷血杀手，将一个又一个敌手的头颅摘下。

自己……原来也是一个极自私懦弱的人吧？

为了保住唯一亲人,竟去救一个恶魔的性命,令其荼毒更多的无辜者!

她唇角露出一丝苦笑,望着自己的手心,据说那里蕴含了人一生的命运——她的掌纹非常奇怪,五指都是涡纹,掌心的纹路深而乱,三条线合拢在一起,狠狠地划过整个手掌。

她沉迷于那些象征命运的涡流中,看得出神,没有觉察门口一个人已然悄然出现。

"薛谷主。"蓝衫女子等待了片刻,终于盈盈开口,"想看手相吗?"

"妙水使?"薛紫夜一惊,看到门口抱剑而立的女子。

这个妙水,虽然只在桥上见过一面,却印象深刻。她身上有一种奇特的靡靡气息,散发着甜香,妖媚入骨——她一眼看去便心里明白,这个女人,多半是修习过媚术。

"我看薛谷主这手相,可是大为难解。"妙水径自走入,笑吟吟坐下,捉住了她的手仔细看,"你看,这是传说中的'断掌'——有这样手相的人虽然聪明绝伦,但脾气过于倔强,一生跌宕起伏,往往身不由己。"

薛紫夜望了她一眼,不知道这个女子想说什么,于是沉默。

她目光落到妙水怀里的剑上,猛地一震,这、分明是瞳以前的佩剑沥血!

"薛谷主,你的宿命线不错,虽然中途断裂,但旁有细支接上,可见曾死里逃生。"这个来自西域的女人仿佛忽然成了一个女巫,微笑着,吐出一句句预言,"智慧线也非常好,敏锐而坚强,凡事有主见。但是,即便是聪明绝伦,却难以成为贤妻良母呢。"

妙水细细端详她的手,唇角噙着笑意,轻声慢语:"可惜,姻缘线却不好。如此纠缠难解,必然要屡次面临艰难选择——薛谷主,你是有福之人,一生将遇到诸多不错的男子,只不过……"

她抬起头来,对着薛紫夜笑了一笑,轻声:"只不过横纹太多,险象环生,所求多半终究成空。"

薛紫夜蹙起了眉头,蓦然抽回了手。

"妙风使,何必交浅言深。"她站起了身,隐隐不悦,"时间不早,我要休息了。"

听得这样的逐客令，妙水却没有动，低了头，忽地一笑："薛谷主早早休息，是为了养足精神明日好为教王看诊吗？"

"不错。"薛紫夜冷冷道——这一下，这个女人该告退了吧？

"薛谷主医术绝伦，自然手到病除，只不过……"然而妙水却抬起头望着她，神秘莫测地一笑，吐出轻而冷的话，"救了教王，只怕对不起摩迦当年惨死的全村人吧？"

"什么！"薛紫夜霍然站起，失声。

这个女人，怎么会知道十二年前那一场血案？！

"嘘。"妙水却竖起手指，迅速向周围看了一眼，"我可是偷偷过来的。"

"你说什么？"薛紫夜脸色瞬间苍白，压低了声音，颤抖着问，"你刚才说什么？当年摩迦……摩迦一族的血案，难道竟是教王做的？！"

妙水点头："大光明宫做这种事，向来不算少。"

"为什么？"薛紫夜怔了怔，眼里燃起了愤怒的光，"为什么要杀一群平民百姓？"

"为了瞳。"妙水笑起来了，眼神冷利，"他是一个天才，可以继承教中失传已久的瞳术——教王得到他后，为了防止妖瞳血脉外传，干脆灭掉了整个村子。对他老人家来说，杀几个平民，还不跟随便拍死个苍蝇一样？"

薛紫夜只觉怒火燃烧了整个胸膛，一时间无法说出话来，急促地呼吸。

"当时参与屠杀的，还有妙风使。"妙水冷笑，看着薛紫夜脸色"唰"地苍白下去，一下子瘫坐在椅子上，心里竟有几分快意，"一夜之间，杀尽了全村上下一百三十七人——这是教王亲口对我说的。呵。"

妙风？那一场屠杀……妙风也有份吗？

她心中巨震，几乎无法呼吸，忽地想起了白日里他说过的话——

"你会后悔的。"他说，"不必为我这样的人费神。"

一瞬间，她明白了他为什么会有那样的眼神。

"畜生……"薛紫夜双手渐渐颤抖，咬牙一字一字，"畜生！"

"那么，"妙水斜睨着她，唇角勾起，"薛谷主，你还要去救一个畜生吗？"

薛紫夜急促地呼吸，脸色苍白，却始终不吐一词。

妙水面上虽还在微笑，心下却打了一个突，这个女人，还在犹豫什么？

"不救他，明玠怎么办？"薛紫夜仰起头看着她，手紧紧绞在一起，"他……他们会杀了明玠！"

"哈……原来是因为这个？"妙水霍然明白过来，忍不住失声大笑，"愚蠢！教王是什么样的人？你以为真的等你救了他，他就会放了瞳？你不知道瞳现在已经比死更惨了吗？"

什么？薛紫夜惊住，一时间竟说不出话来："他……他到底怎么了？"

"怎么？不相信？想去看看他吗？"妙水笑着起身，抓起了桌上的沥血剑，"那么，跟我来。你看到他就会明白了。"

薛紫夜看着她走出去，心下一阵迟疑。

这个大光明宫里的每一个人，似乎都深不可测，从瞳到妙风无不如此——这个五明子之一的妙水使如此拉拢自己，到底包藏了什么样的心思？

"你……为什么要告诉我这些？"她心下凛然，哑声询问。

妙水回眸嫣然一笑："你说呢？"

不等薛紫夜回答，她翩然走了出去，拉开了秘道的门："当然是因为——我也想让教王死。"

十二 七星海棠

黑暗的房间里，连外面的惨叫都已然消失，只有死一般的寂寞。

他被金索钉在巨大的铁笼里，和旁边獒犬锁在一起，一动不能动。黑暗如同裹尸布一样将他包围，他闭上了已然无法看清楚东西的双眼，静静等待死亡一步步逼近。

那样的感觉……似乎十几年前也曾经有过？

"你，想出去吗？"

记忆里，那个声音不停地问他，带着某种诱惑和魔力。

"那一群猪狗一样的俗人，不知道你是魔的使者，不知道你有多大的力量……只有我知道你的力量，也只有我能激发出你真正的力量。瞳，你想跟我走吗？"

"我要出去！我要出去！放我出去……"他在黑暗中大喊，感觉自己快要被逼疯。

"好，我带你出去。"那个声音微笑着，"但是，你要臣服于我，成为我的瞳，凌驾于武林之上，替我俯视这大千世界、芸芸众生。你答应吗？——还是，愿意被歧视，被幽禁，被挖出双眼一辈子活在黑暗里？"

"放我出去!"他用力地拍着墙壁,想起今日就是族长说的最后期限,心魂欲裂,不顾一切地大声呼喊,"我什么都愿意做!只要你放我出去!"

忽然间,黑暗裂开了,光线将他的视野四分五裂,一切都变成了空白。

空白中,有血色迸射开来,伴随着凄厉的惨叫。

被金索系在铁笼里的人悚然惊起,脸色苍白,因为痛苦而全身颤抖——"只要你放我出去"——那句昏迷中的话,还在脑海里回响,震得他脑海一片空白。

十二年前,只有十四岁的自己就是这样和魔鬼缔结了约定,出卖了自己的人生!

他终于无法承受,在黑暗里低下了头,双手微微发抖。

已经是第四日了……那种通过双目逐步侵蚀大脑的剧毒,已然悄然抹去了他大部分的记忆:比如修罗场里挣扎求生的岁月,比如成为大光明界第一杀手、纵横西域夺取诸侯首级的惊心动魄的往事……这一切辉煌血腥的过去,已然逐步淡去,再也无法记忆。

然而,偏偏有一些极久远的记忆反而存留下来了,甚至日复一日更清晰地浮现出来。

为什么……为什么还不能彻底忘记呢?

这样的记忆,存留一日便是一日折磨。如果彻底成为一个白痴,反而更好吧?

"若不能杀妙风,则务必取来那个女医者的首级。"

是的,这句格杀令,是他亲口下的。亲口!

他反手握紧了腕上的金索,在黑暗中咬紧了牙,忽地将头重重撞在了铁笼上——该死!他真是天下最无情最无耻的人!贪生怕死,忘恩负义,居然一而再再而三地,想置那位最爱自己的人于死地!

黑沉沉的牢狱里忽然透入了风。沉重的铁门无声无息打开,将外面的一丝雪光投射进来,旁边笼子里的獒犬忽然厉声狂叫起来。

有人走进来。

是妙水那个女人吗?他懒得抬头。

"明玞。"一个声音在黑暗里响起来了,轻而颤。

他触电般地一颤,抬起已然不能视物的眼睛,是幻觉吗?那样熟悉的声音……是……

"明珩。"直到一只温凉而柔软的手轻轻抚上了脸颊,他才从恍惚中惊醒过来。

黑暗里竟然真的有人走过来了,近在咫尺。她在离他三步远的地方顿住了脚,仿佛不知道该如何面对此刻被锁在铁笼里的他,只是不断地低唤着一个遥远的名字,仿佛为记忆中的那个少年招魂。

是……是小夜姐姐?

他狂喜地转过头来。是她?是她来了吗?!

然而下一个瞬间,感觉到有一只手轻轻触摸到了自己失明的双眼,他仿佛被烫着一样地转过头去,避开了那只手,黯淡无光的眼里转过激烈的表情。

"滚!"想也不想,一个字脱口而出,嘶哑而狠厉。

黑暗中潜行而来的女子蓦然一震,手指停顿,不可思议地看着他:"明珩?"

"妙水!你到底想干什么?"瞳咬紧了牙,恶狠狠地对藏在黑暗里某处的人发问,声音里带着杀气和愤怒,"为什么让她来这里?!我说过了不要带她过来!"

"嘻嘻……偶尔,我也会发善心。"牢门外传来轻轻娇笑,妙水一声呼啸,召出那一头不停咆哮龇牙的獒犬,留下一句,"瞳,沥血剑,我已经从藏兵阁里拿到了——先替你松一下的链子,你们好好话别吧,时间可不多了哦。"

他一惊,想问什么,她却是关上门径自走远了。

伸手不见五指的黑牢里,便又陷入了死一样的寂静。

瞳在黑暗中沉默,不知道该说什么,做什么,然而呼吸却无法控制地开始紊乱。他知道身边有着另一个人,熟悉的气息无处不在,心底的那些记忆仿佛洪水一样涌出来,在心底呼啸,然而他却恨不得自己就在这一瞬间消失。

不想见她……不想再见她!

或者,只是不想让她看见这样的自己——满身是血,手足被金索扣住,颈上还锁着獒犬用的颈环,面色苍白,双目无神,和一个废人没有两样!

十二年后，当所有命运的潮汐都退去，在荒凉沙滩上，怎么能以这样的情状和她重逢！

"滚。"他咬着牙，只是吐出一个字。

然而一双柔软的手反而落在了他的眼睑上，剧烈地颤抖着——这双曾经控制苍生的眼睛已然黯淡无光。薛紫夜的声音都开始发抖："明玠……你、你的眼睛，怎么变成了这个样子？是那个教王——"

他看不到她的表情，但能清楚地听出她声音里包含的痛惜和怜悯，那一瞬间他只觉得心里的刺痛再也无法承受，几乎是发疯一样推开她，脱口："不用你管！滚！你给我——"

在他说出第三个"滚"字之前，簌簌一声响，一滴泪水落在了他脸上，炽热而湿润。

那一瞬间，所有骄傲和自卑的面具都被烫穿。

"你——"瞳只觉得心里那些激烈的情绪再也无法控制，失声说了一个字，喉咙便再也发不出声音。

"明玠，你终于都想起来了吗？"薛紫夜的声音带着颤抖，"你知道我是谁了吗？"

他感觉到薛紫夜一直在黑暗中凝望着自己，叫着那个埋葬了十二年的名字。

这、这算是什么！为什么非要这样？！再也无法忍受这样的善意怜悯，他霍然抬起手，反扣住了那只充满了悲悯的手，狠狠将她一把按到了铁笼壁上！

薛紫夜猝不及防，脱口惊呼了一声，抬起头看到黑暗里那双狂暴的眼睛。

瞳用力抓住薛紫夜的双手，将她按在冰冷的铁笼上，却闭上了眼睛，急促地呼吸，仿佛心里有无数声音在呼啸，全身都在颤抖。短短的一瞬，无数洪流冲击而来，那种剧痛仿佛能让人死去又活过来。

"你……非要逼我至此吗？"最终，他还是说出话来了，低哑的语音里有无法控制的颤抖，"为什么还要来？"

然而一语未毕，泪水终于从紧闭的眼角长划而落。

"为什么还要来！"他失去控制地大喊，死死按着她的手，"你的明玠早就死了！"

·189·

薛紫夜惊住，那样骄傲的人，终于在眼前崩溃。

"你为什么还要来？"瞳松开了紧握的手，在她手臂上留下一圈青紫。仿佛心里的墙壁终于全部崩溃，他发出了野兽一般的呜咽，颤抖到几乎无法支持，松开了手，颓然撑着铁笼转过了脸去："为什么还要来……来看到那个明玠变成这副模样？"

薛紫夜默默伸出了手，将他紧紧环抱。

她在黑夜里拥抱着瞳，仿佛拥抱着多年前失去的那个少年，感觉他的肩背控制不住地颤抖。这个刚强如铁的绝顶杀手，情绪仿佛刹那间完全崩溃，在她怀里呜咽不成声。

"明玠……明玠。"她黑暗中触摸着他消瘦的颊，轻声，"没事了。教王答应我，只要治好了他的病，就放你走。"

是的。他一生的杀戮因她而起，那么，也应该因她而结束。

"没有用了……"过了许久许久，瞳逐渐控制住了情绪，轻轻推开了她的双手，低声说出一句话，"没有用了——我中的，是七星海棠的毒。"

"七星海棠！"薛紫夜惊呼起来，脸色在黑暗中"唰"地惨白。

作为药师谷主，她比所有人都知道这种毒意味着什么。《药师秘藏》上说：天下十大剧毒中，鹤顶红、孔雀胆、墨蛛汁、腐肉膏、彩虹菌、碧蚕卵、蝮蛇涎、番木鳖、白薯芽九种，都还不是最厉害的毒物，最可怕的是七星海棠。这毒物无色无臭，无影无踪，再精明细心的人也防备不了，直到死，脸上始终带着微笑，似乎十分平安喜乐[①]。

那是先摧毁人的心脑，再摧毁人身体的毒，而且至今完全没有解药！

她说不出话来，只觉得脑海里一片空白，手下意识地紧紧抓着，仿佛一松开眼前的人就会消失。

"你太天真了……教王一开始就没打算放过我。"瞳极力控制着自己，低声，"跟他谈条件，无异于与虎谋皮——你不要再管我了，赶快找机会离开这里。妙水答应过我，会带你平安离开。"

妙水？薛紫夜一怔，抬头看着瞳，嘴角浮现出一丝复杂的笑意。

那个女人，却也是个看不到底的。然而瞳和自己一样，居然也天真到

---

① 注：七星海棠之名及释义，出自金庸著作《飞狐外传》。

相信了这样的人的承诺——或者,为了救所爱的人,走投无路的他们都别无选择。

"小……小夜姐姐。不要管我了。"有些艰难地,他叫出了这个遗忘了十二年的名字,"你赶快设法下山……这里实在太危险了。我罪有应得,不值得你费力。"

是的,他此番行刺教王,并非为了给昔年摩迦村寨里的无辜者复仇,而纯粹是为了自己心里难遏的权欲!做他这一行的,非生既死,杀人不过头点地,向来如此。

这样的下场,他也早已有预料。

只是,千不该万不该,竟将她也拖了进来。

"胡说!只要我还有一口气在,就不会不管!"薛紫夜在黑暗里轻轻闭了一下眼睛,仿佛下了一个决心,"明玠,不要担心——我有法子。"

她点起了火折子,拿出随身携带的药囊,轻轻按着他的肩膀:"坐下,让我看看你的眼睛。"

他默然地坐下,任凭她开始检查他的双眼和身体上的各处伤口——他没有注意她在做什么,甚至没有察觉到自己身体的八处大穴已然被逐步封住,完全不能动弹。他只是极力睁大眼睛,想看清楚她的模样。

十二年不见了……今夜之后,或者就是至死不见。他是多么想看清楚如今她的模样——可偏偏,他的眼睛却再也看不见了。

薛紫夜默然细看半晌,站了起身:"我出去一下,稍等。"

瞳在黑暗中苦笑起来——还有什么办法呢?这种毒,连她的师祖都无法解开啊。

黑暗的牢狱外,是昆仑山阴处千年不化的皑皑白雪。

薛紫夜一打开铁门,雪光照入,就看到了牵着獒犬在不远处放风的蓝衣女子。

"怎么?薛谷主,那么快就出来了吗?"妙水有些诧异地回头,笑了起来,"我以为你们故人重逢,会多说一会儿呢。"

薛紫夜站在牢狱门口,望着妙水片刻,忽然摊开了手:"给我钥匙。"

"什么钥匙?"妙水一惊,按住了咆哮的獒犬。

"金索上的钥匙。"薛紫夜对着她伸出手去,面无表情,"给我。"

妙水吃惊地看着她，忽地笑了起来："薛谷主，你不觉得你的要求过分了一些吗？我凭什么给你？瞳是叛徒，我这么做可是背叛教王啊！"

"别绕圈子，"薛紫夜冷冷打断了她，直截了当，"我知道你想杀教王。"

仿佛一支利箭洞穿了身体，妙水的笑声陡然中断，默默凝视着紫衣女子，眼神肃杀。

"我无法解七星海棠的毒，但也不想让明玙像狗一样被锁着到死——你给我钥匙，我会替你去杀了那老东西。"薛紫夜却是面不改色，"就在明天。"

妙水凝视着她，眼神渐渐又活了起来，轻笑："够大胆啊。你有把握？"

"我出手，总比你出手有把握得多。"薛紫夜冷冷道，伸着手，"我一定要给明玙，给摩迦一族报仇！给我钥匙——我会配合你。"

妙水迟疑了片刻，手一扬，一串金色的钥匙落入了薛紫夜掌心："拿去。"

反正那个瞳也已经中了七星海棠之毒，形同废人，活不了几天，这个女人也不会武功，暂时对她做一点让步又算什么？最多等杀了教王，再回过头来对付他们两个。

"好。"薛紫夜捏住了钥匙，点了点头，"等我片刻，回头和你细细商量。"

在听到牢狱的铁门再度打开的刹那，铁笼里的人露出了狂喜的表情。
是小夜姐姐回来了！

她只不过离开了短短的刹那，然而对黑暗里的他而言却恍惚过去了百年。那样令人绝望的黑暗，几乎令人失去全部生存的勇气。

他想站起来去迎接她，却被死死锁住，咽喉里的金索勒得他无法呼吸。

"明玙，坐下来，"薛紫夜的声音平静，打开了他身上的锁链，轻轻按着他的肩膀，"我替你看伤。"

他默默坐了下去，温顺而听话。全身伤口都在痛，剧毒一分分地侵蚀，他却以惊人的毅力咬牙一声不吭，仿佛生怕发出一丝声音，便会打碎这一刻的宁静。这样相处的每一刻都是极其珍贵的——

他们曾经远隔天涯十几年，彼此擦肩亦不相识。

而多年后，九死一生，再相逢，却又立刻面临着生离死别。

他没有再说话，只是默默地坐着，体会着这短暂一刻里的宁静和美好，十几年来充斥心头的杀气和血腥都如雾一样消失——此刻他不曾想到杀人，也没想到报复，只是想这样坐着，什么话也不说，就这样在她身侧静静死去。

薛紫夜却没有片刻停歇，将火折子别在铁笼上，双手沾了药膏，迅速抹在他身上遍布的伤口上。所到之处，血流立缓。

应该是牢狱里太过寒冷，她断断续续地咳嗽起来，声音清浅而空洞。

"小夜姐姐。"他忍不住担心。

"我没事。你忍一下。"在身上的伤口都上好药后，薛紫夜的手移到了他的头部，一寸寸地按过眉弓和太阳穴，忽然间手腕一翻，指间雪亮的光一闪，四枚银针瞬间就从两侧深深刺入了颅脑！

太阳穴和天阴穴被封，银针刺入两寸深，瞳却在如此剧痛下一声不吭。

"睁开眼睛。"耳边听到轻柔的吩咐，他在黑暗中张开了眼睛。

依然是什么都看不到……被剧毒侵蚀过的眼睛，已经完全失明了。

然而，在睁开眼瞬间，忽然有什么温软湿润的东西轻轻探了进来，触着失明的眼睛。

"不！"瞳霍然一惊，下意识地想往后避开，然而身体已然被提前封住，一动也不能动——那一瞬，他明白过来她在做什么，骇极大喊："住手！"

薛紫夜扶住了他的肩膀，紧紧固定他的头，探身过来用舌尖舔舐着被毒瞎的双眼。

瞳竭力挣扎，想紧闭双眼，却发现连眼睛都已然无法闭合。

她……她一早就全布置好了？她想做什么？

大惊之下，瞳运起内息，想强行冲破穴道，然而重伤如此，又怎能奏效？瞳一遍又一遍地用内息冲击着穴道，却无法移动丝毫。而薛紫夜在黑暗里抱着他的头颅，轻柔而缓慢地舔舐着他眼里的毒。

他只觉她的气息吹拂在脸上，清凉柔和的触觉不断传来，颅脑中的剧痛也一分分减轻。然而，心却一分分地冷下去——她、她在做什么？她在做什么!

那是七星海棠,天下至毒!她怎么敢用舌尖去尝?

住手!住手!他几乎想发疯一样喊出来,但太剧烈的惊骇让他一瞬失声。

黑暗牢狱里,火折子渐渐熄灭,只有那样轻柔温暖的舌触无声继续着。瞳无法动弹,但心里清楚对方正在做什么,也知道那种可怖的剧毒正在从自己体内转移到对方体内。

不……不不不!从未有过的痛苦闪电般穿行在心底,击溃了他的意志。干涸了十几年的眼睛里有泪水无声地充盈,却被轻柔的舌尖一同舔去。咸而苦,毒药一样的味道——时间仿佛在这一刹那停滞,黑而冷的雪狱里,静得可以听到心迸裂成千片的声音。

不过片刻,薛紫夜已然将布满眼眸的毒素尽数舔净,吐在了地上,坐直身子喘了口气。

"好了。"她的声音里带着微弱的笑意,从药囊里取出一种药膏,轻轻抹在瞳的眼睛里,"毒已然拔去,用蛇胆明目散涂一下,不出三天,也就该完全复明了。"

瞳心里冰冷,直想大喊出来,身子却是一动不能动。

"你……"哑穴没有被封住,但是他却不知道该说什么,脸色惨白。

"看得见影子了吗?"她伸出手在他眼前晃了一晃,问。

他尚说不出话,眼珠却下意识地随着她的手转了一下。

"太好了……都说七星海棠无药可解,果然是错的。"薛紫夜欢喜地笑了起来,"二十年前,临夏师祖为此苦思一个月,呕心沥血而死——但,也终于找到了解法。"

"这种毒沾肤即死,传递极为迅速。但正因为如此,只要用银针把全身的毒逼到一处,再让懂得医理的人以身做引把毒吸出,便可以治好,甚至不需要任何药材。"她轻轻说着,声音里有一种征服绝症的快意,"临夏祖师死前留下的绝笔里提到,以前有一位姓程的女医者,也曾用这个法子解了七星海棠之毒[①]——"

[①] 注:此处指金庸著作《飞狐外传》中,女神医程灵素在胡斐身中七星海棠之毒后,以类似方法舍身为其解毒并御敌。

她平静地说着，声音却逐渐迟缓："所以说，七星海棠并不是无药可解……只是……只是世上的医生……大都不肯舍弃自己性命……"

然而那样可怖的剧毒一沾上舌尖，就迅速扩散开去，薛紫夜语速越来越慢，只觉一阵晕眩，身子晃了一下几乎跌倒。

"小夜姐姐！"他终于忍不住脱口而出，说出了第一句话。

"不妨事。"她连忙从怀里倒出一粒碧色药丸含在口里，平息着剧烈侵蚀的毒性。

片刻后，似乎药物起了作用，她重新睁开了眼睛，微笑了起来，眼神明亮而坚定，从怀里拿出一只小小的碧玉瓶："明玠，我不会让你死——我不会让你像雪怀、像全村人一样，在我面前眼睁睁地死去。"

她在明灭的灯光里，从瓶中慎重地倒出一粒朱红色的药丸，馥郁的香气登时充盈了整个室内。

"这是朱果玉露丹，你应该也听说过吧。"薛紫夜将药丸送入他口中——那颗药一入口便化成了甘露，只觉得四肢百骸说不出地舒服。

"你好好养伤，"擦去了嘴角渗出的一行血，薛紫夜松开了手，低声，"不要再担心教王。"

他霍然一惊——不要担心教王？难道、难道她要……

"明玠，你身上的穴道，在十二个时辰后自然会解开。"薛紫夜离开了他的身侧，轻轻嘱咐，"我现在替你解开锁链，你等双眼能看见东西时就自行离开——只要恢复武功，天下便没什么可以再困住你了。"

她顿了顿："可是，听我的话，以后不要再乱杀人了。"

"叮叮"几声响，手足上的金索全数脱落。

失去了支撑，他沉重地跌落，却在半途被薛紫夜扶住。

"这个东西，应该是你们教中至宝吧？"她扶着他坐倒在地，将一物放入他怀里，轻轻说着，神态从容，完全不似一个身中绝毒的人，"你拿好了。有了这个，日后你想要做什么都可以随心所欲，再也不用受制于人……"

瞳触摸着手心沉重冰冷的东西，全身一震，这、这是……教王的圣火令？

她这样的细心筹划，竟似在打点周全身后一切！

"我不要这个！"终于，他脱口大呼出来，声音绝望而凄厉，"我……

我只要你好好活着!"

薛紫夜一震,强忍许久的泪水终于应声落下——多年来冰火交煎的憔悴一起涌上心头,她忽然失去了控制自己情绪的力量,踉跄回身,凝望着瞳黯淡的眼睛,伸出手去将他的头揽到怀里,失声痛哭。

怎么会变成这样?怎么会变成这样呢?

他们两个,一个本该是帝都杏林名门的天之骄女,一个本该是遥远极北村落里的贫寒少年——他们的一生本该没有任何交集,本该各自无忧无虑地度过一生,又怎么会变成今日这样的局面!

是这个世间,一直逼得他们太苦。

"明玥,明玥,我也想让你好好地活着……"她的泪水扑簌簌地落在他脸上,哽咽,"你是我在这个世上唯一的亲人——我不能让你被他们这样生生毁掉。"

"不。小夜姐姐,你不知道我是什么样的人……"落在脸上的热泪仿佛熔岩一样灼穿了心脏,瞳喃喃道,"我并不值得你救。"

"傻话。我当然知道,"薛紫夜哽咽着,轻声笑了笑,"你是我的弟弟啊。"

牢外,忽然有人轻轻敲了敲门,惊破了两人的对话。

知道是妙水已然等得不耐,薛紫夜强行克制,站起身来:"我走了。"

"不要去!"瞳失声厉呼——这一去,便是生离死别了!

走到门口的人,忽地真的回过身来,迟疑。

"妙水的话,终究也不可相信。"薛紫夜喃喃,从怀里拿出一支香,点燃,绕着囚笼走了一圈,让烟气萦绕在瞳身周,最后将其插在瞳身前的地面,此刻香还有三寸左右长,发出奇特的淡紫色烟雾。

等一切都布置好,她才直起了身,另外拿出一颗药:"吃下去。"

明白她是在临走前布置一个屏障来保护自己,瞳忽地冷笑起来,重新露出锋锐桀骜的表情。

"别以为我愿意被你救。"他别开了头,冷冷,"我宁可死。"

"哈。"薛紫夜忍不住笑了一下——这样的明玥,还真像十二年前的少年呢。然而笑声未落,她毫不迟疑抬手,一支银针闪电般激射而出,准确地扎入了肋下的穴道!

"你……"瞳失声,感觉到神志在一瞬间溃散。

"听话,睡吧。一觉睡醒,什么事都不会有了。"薛紫夜封住了他的昏睡穴,喃喃说着,将一颗解药喂入了他嘴里,"什么事都不会有了……"

不!别去!别去!小夜姐姐!内心有声音撕心裂肺地呼喊着,然而眼睛却再也支撑不住地合起。凝聚了仅存的神志,他抬头看过去,极力想看她最后一眼——

然而,即便是在最后的一刻,眼前依然只得一个模糊的身影。

那个转身而去的影子,在这个毫不留情的诀别时刻,给他的整个余生烙上了一道不可泯灭的烙印。

薛紫夜走出去的时候,看到妙水正牵着獒犬,靠在雪狱的墙壁上等她。

这个西域女人身上散发出馥郁的香气,幽然神秘,即便是作为医者的她,都分辨不出那是由什么植物提炼而成——神秘如这个女人的本身。

"已经快三更了。"听到门响,妙水头也不回地说了一句,"你逗留得太久了。"

薛紫夜锁好牢门,开口:"现在,我们来制订明天的计划吧。"

"奇怪……"妙水看了看她的表情,有些难以理解地侧过头去,拍了拍獒犬的头,低语,"她真的不怕死,是不是?"

獒犬警惕地忘了薛紫夜一眼,低低"呜"了一声。

雪落得很密,鹅毛一样地飘着,将绝顶上两位女子的身影笼罩。

除了那头獒犬,没有谁听到她们交谈了一些什么。

一刻钟后,薛紫夜对着妙水微微点头,吐出一个字,转身离去。鹅毛大雪不停飘落,深宵寒气太重,她在离开时已然抵受不住,握着胸口的大氅微微咳嗽起来。

妙水望着那一袭隐没在秘道里的紫衣,眼里泛起了一丝笑意。

"她可真不赖……没想到,这一次找了一个绝佳的搭档呢!是不是?"她拍着獒犬毛茸茸的头,庞大的猛兽发出猫儿一样温驯的"呼呼"声,妙水站在大雪里,凝望着雪中连绵起伏的昆仑群山,眼神里猛然迸出一丝雪亮的杀气!

"好,既然交易完成了,现在——"她拍了拍獒犬,回身一指背后雪

· 197 ·

狱，冷笑，"你可以去把那家伙吃掉了！他已经没有用了！"

"呜——"得了指令，獒犬全身的毛一下子竖起，兴奋地呜了一声，猛扑进去。

妙水站在门口，侧头微笑，把玩着怀里的一支短笛，等待着听到牢狱里血肉骨头粉碎的咀嚼声。

然而，里面却毫无声息。

她脸色微微一变，一掠来到门口，朝里一看，不由得倒吸了一口冷气——黑暗里，只有一点红光隐约浮动。獒犬巨大的尸体横亘在台阶上，居然是刚扑入门中，便无声无息地死去！

"断肠草？"借着隐约的光看到了浮动的紫色烟雾，妙水失声惊呼，立刻点足掠回三尺，脸色苍白，不敢再踏入一步。

那个紫衣女人，原来早已布置好了一切！

十三 玉座绝杀

西出阳关，朔风割面，乱雪纷飞。

城门刚开，一行人马却如闪电一样从关内驰骋而出。人似虎，马如龙，铁蹄翻飞，卷起了一阵风，朝着西方直奔而去，割裂了雪原。

"昨日半夜才到阳关，天不亮就又出发了。"守城的老兵喃喃，"可真急啊。"

"是武林中人吧。"年轻一些的壮丁凝望着一行七人的背影，有些神往，"都带着剑哪！"

三日之间，他们从中原鼎剑阁日夜疾驰到了西北要塞，座下虽然都是千里挑一的名马，却也已然累得口吐白沫无法继续。霍展白不得不吩咐同僚们暂时休息，联络了西北武盟的人士，在阳关换了马。不等天亮便又动身出关，朝着昆仑急奔。

寒风呼啸着卷来，官道上空无一人，霍展白遥遥回望阳关，轻轻吐了一口气。

出了这个关，便是西域大光明宫的势力范围了。

这次鼎剑阁倾尽全力派出七剑，趁着魔宫内乱，试图里应外合，将其一举重创。作为新一代里武功最高强的人，他责无旁贷地肩负起了重任，带领其余六剑千里奔袭。

然而，一想到这一次前去可能面对的人，他心里就有隐秘的震动。

"七哥！有情况！"出神时，耳边忽然传来夏浅羽的低呼，一行人齐齐勒马。

"怎么？"他跳下地去，看到了前头探路的夏浅羽策马返回，手里提着一物。

"断金斩？！"七剑齐齐一惊，脱口。

那把巨大的斩马刀，是魔宫修罗场里铜爵的成名兵器，曾纵横西域屠戮无数，令其跻身魔宫顶尖杀手行列，成为"八骏"一员——如今，却在这个荒原上出现？

"前方有打斗迹象，"夏浅羽将断金斩扔到雪地上，喘了口气，"八骏全数覆灭于此！"

"什么？"所有人都勒马，震惊地交换了一下眼光，齐齐跳下马背。

八骏全灭，这不啻是震动天下武林的消息！

只不过走出三十余丈，他们便看到了积雪覆盖下的战场遗迹。

追电被斩断右臂，刺穿了胸口；铜爵死得干脆，咽喉只留一线血红；追风、白兔、蹑景、晨枭、胭脂死在方圆三丈之内，除了晨枭呈现中毒迹象，其余几人均被一剑断喉。

霍展白不出声地倒吸了一口气——看这些剑伤，居然都出自同一人之手！

"好生厉害，"旁边卫风行忍不住开口，喃喃，"居然以一人之力，就格杀了八骏！"

"说不定是伏击得手？"老三杨庭揣测。

"不，肯定不是。"霍展白从地上捡起了追风的佩剑，"你们看，追风、蹑景、晨枭、胭脂四个人倒下的方位，正符合魔宫的'天罗阵'之势——很明显，反而是八骏有备而来，在此地联手伏击了某人。"

什么？鼎剑阁几位名剑相顾失色——八骏联手伏击，却都送命于此，那人武功之高简直匪夷所思！

"他们伏击的又是谁？"霍展白喃喃，百思不得其解。

能一次全歼八骏，这样的人全天下屈指可数，除了几位成为武林神话的老前辈,剩下的不过寥寥。而中原武林里的那几位,近日应无人远赴塞外,更不会在这个荒僻的雪原里和魔宫杀手展开殊死搏杀——那么,又是谁有这样的力量?

"找到了!"沉吟间,却又听到卫风行在前头叫了一声。

他掠过去,只看到对方从雪下拖出了一柄断剑——那是一柄普通的青钢剑,已然居中折断,旁边的雪下伏着八骏剩下一个飞翩的尸体。

"看这个标记,"卫风行倒转剑柄,递过来,"对方应该是五明子之一。"

霍展白一眼看到剑柄上雕刻着的火焰形状,火分五焰,第一焰尤长——魔宫五明子分别为"风、火、水、空、力",其中首座便是妙风使。他默默点了点头。

不错,在西域能做到这个地步的,恐怕除了最近刚叛乱的瞳,也就只有五明子之中修为最高的妙风使了!那个人,号称教王的"护身符",长年不下雪山,更少在中原露面,是以谁都不知道他的深浅。

然而,魔宫为何要派出八骏对付妙风使?

"大家上马,继续赶路吧。"他霍然明白过来,一拍马鞍,翻身上马,厉叱,"大家赶快上路!片刻都不能等了!"

那一夜的昆仑绝顶上,下着多年来一直延绵的大雪。

雪下,不知有多少人夜不能寐。

风雪的呼啸声里,隐约有一丝若有若无的声音浮动于雪中,凄凉而神秘,渐渐如水般散开,化入冷寂如死的夜色。一直沉湎于思绪中的妙风霍然惊起,披衣来到窗前凝望——然而,空旷的大光明宫上空,漆黑的夜里,只有白雪不停落下。

那是楼兰的《折柳》,流传于西域甚广。那样熟悉的曲子……埋藏在记忆里快二十年了吧?

难道,这个大光明宫里也有同族吗?

"此夜曲中闻折柳,何人不起故园情?"①

山阴的积雪里,妙水放下了手中的短笛,然后拍了拍新垒坟头的积

---

① 李白·《春夜洛城闻笛》。

雪，叹息一声转过了身——她养大的最后一头獒犬，也终于是死了……

这些獒犬号称雪域之王，一生都是如此凶猛暴烈，任何陌生人近身都得死。但如果它认了你为主人，就完全地信任你，终生为你而活。

那样的一生，倒也是简单。

可是人呢？人又怎么能如此简单地活下去？

六道轮回，众生之中，唯人最苦。

第二日，云开雪霁，是昆仑绝顶上难得一见的晴天。

"真是大好天气啊！"

"是呀，难得天晴呢——终于可以去园子里走一走了。"

薛紫夜起来的时候，听到有侍女在外头欢喜地私语。她有些发怔，仿佛尚未睡醒，一恍惚就以为自己回到了药师谷，只是拥着狐裘在榻上坐着——该起身了。该起身了。心里有一个声音不停地催促着，冷醒而严厉。

然而她却有些不想起来，如赖床的孩子一样，留恋于温热的被褥之间。

今天之后，恐怕就再也感觉不到这种温暖了吧？

虽然用药压制，但身体里的毒素还是在一步步地侵蚀。不知道到了今天的夜里，她的尸体又将会躺在何处的冰冷雪里？

那一瞬间，她躲在榻上柔软的被褥里，抱着自己的双肩，感觉自己的身子微微发抖——原来，即便是在明玥和妙水面前这样镇定决绝，自己的心里，毕竟并不是完全不害怕的啊……

墙上金质的西洋自鸣钟敲了六下，有侍女准时捧着金盆入内，请她盥洗梳妆。

该起来了。无论接下去的事是何等险恶激烈，她都必须强迫自己坚强面对——因为，事到如今，早已无路可退。

她咬牙撑起身子，换上衣服，开始梳洗。侍女上前卷起了珠帘，雪光日色一起射入，照得人眼花。薛紫夜乍然一见，只觉那种光实在无法忍受，脱口低呼了一声，用手巾掩住眼睛。

"还不快拉下帘子！"门外有人低叱。

"妙风使！"侍女吃了一惊，连忙"唰"地拉下了帘子，室内的光线

重又柔和。

虽然时辰尚未到，白衣的妙风已然提前站在了门外等候，静静地看着她忙碌准备，不动声色地垂下了眼帘："教王吩咐属下前来接谷主前去大殿。"

"好，东西都已带齐了。"她平静地回答，"我们走吧。"

然而他却站着没动："属下斗胆，请薛谷主拿出所有药材器具，过目点数。"

薛紫夜看了他一眼，终于忍下了怒意："你们要检查我的药囊？"

"属下只是怕薛谷主身侧，还有暴雨梨花针这样的东西。"妙风也不隐晦，漠然地回答，仿佛完全忘了昨天夜里他曾在她面前那样失态，态度冷淡，"在谷主走到教王病榻之前，属下必须保证一切安全。"

"你是怕我趁机刺杀教王？"薛紫夜愤然而笑，冷嘲，"明玗还在你们手里，我怎么敢啊，妙风使！"

"只怕万一。"妙风依旧声色不动。

"如果我拒绝呢？"药师谷眼里有了怒意。

"那样，就不太好了。"妙风言辞平静，不见丝毫威胁意味，却字字见血，"瞳会死得很惨，教王病情会继续恶化——而谷主你，恐怕也下不了这座昆仑山。甚至，药师谷的子弟，也未必能见得平安。"

"你！"薛紫夜猛然站起。

妙风只是静默地看着她，并不避让，眼神平静，面上却无笑容。

片刻的僵持后，她冷冷地扯过药囊，愤愤地扔向他。妙风一抬手稳稳接过，对着她一颔首："冒犯。"

他迅速地解开了药囊，检视着里面的重重药物和器具，神态慎重，不时将一些药草放到鼻下嗅，不能确定的就转交给门外教中懂医药的弟子，令他们逐一品尝，鉴定是否有毒。

薛紫夜冷眼看着，冷笑："这也太拙劣了——如果我真的用毒，也定会用七星海棠那种级别的。"

七星海棠？妙风微微一惊，然而时间紧迫，他只是面无表情地检查了个底朝天，然后将确定安全的药物并拢起来，重新打包，交给门外的属下，吩咐他们保管。

"薛谷主，请上轿。"

他挽起了帘子，微微躬身，看着她坐了进去，眼角瞥过去，忽然注意到那双纤细的手竟有略微的颤抖，瞬间，默然的脸上也略微动容——原来，这般冷定坚强的女子面对着这样的事情，内心里终究也是紧张的。

妙风看了她一眼，轻轻放下轿帘，同时轻轻放下了一句话：

"放心。我要保证教王的安全。但是，也一定会保证你的平安。"

太阳从冰峰那一边升起的时候，软轿稳稳地停在了大光明殿下的玉阶下，殿前当值的一个弟子一眼看见，便飞速退了进去禀告。

"教王有请薛谷主。"片刻便有回话，一重重穿过殿中飘飞的经幔透出。

薛紫夜坐在轿中，身子微微一震，眼底掠过一丝光，手指绞紧。

那一刻，身体里被她用碧灵丹暂时压下去的毒性似乎霍然抬头，那种天下无比的剧毒让她浑身颤抖。

"薛谷主。"轿帘被从外挑起，妙风在轿前躬身，面容沉静。

她平复了情绪，缓缓起身出轿，踏上了玉阶。妙风缓步随行，旁边迅速有随从跟上，手里捧着她的药囊和诸多器具，浩浩荡荡，竟似要做一场盛大法事一般。

薛紫夜一步一步朝着那座庄严森然的大殿走去，眼神也逐渐变得凝定而从容。

是的，到如今，已然不能再退哪怕一步。

她本是一个医者，救死扶伤是她的天职。然而今日，她却要独闯龙潭虎穴，去做一件违背医者之道的事。那样森冷的大殿里，虎狼环伺，杀机四伏，任何人想要杀手无缚鸡之力的她，都不过是举手之劳。然而，她却要不惜任何代价，将那个高高玉座上的魔鬼拉下地狱去！

妙风跟在她后面，轻得听不到脚步。

她低头走进了大殿，从随从手里接过了药囊。

"薛谷主。"大殿最深处传来的低沉声音，摄回了她游离的魂魄，"你可算来了……"

抬起头，只看到大殿内无数鲜红的经幔飘飞，居中的玉座上，一席华丽的金色长袍如飞瀑一样垂落下来——白发苍苍的老者拥着娇媚红颜，靠着椅背对她伸出手来。青白色的五指微微颤抖，血脉在羊皮纸一样薄脆的

皮肤下不停扭动，宛如钻入了一条看不见的蛇。

薛紫夜刹那间便是一惊，那、那竟是教王？

只不过一夜不见，竟然衰弱到了如此地步！

"等下看诊之时，站在我身侧。"教王侧头，低声在妙风耳边叮嘱，声音已然衰弱到模糊不清，"我现在只相信你了，风。"

他在这样的话语之下震了一震，随即低声："是。"

"风。"教王抬起手，微微示意。妙风俯身扶住他的手臂，一步步走下玉阶——那一刹，感觉出那个睥睨天下的王者竟然这样衰弱，他眼里不由得闪过一丝惊骇。妙水没有过来，只是拢了袖子，远远站在大殿帷幕边上，似乎在把风。

薛紫夜将桌上的药枕推了过去："先诊脉。"

教王一言不发地将手腕放上。妙风站在身侧，眼神微微一闪——脉门为人全身上下最为紧要处之一。若是她有什么二心，那么……

然而不等他的手移向腰畔剑柄，薛紫夜已然松开了教王的腕脉。

"大人的病是走火入魔引起，至今已然一个月又十七天。"只是搭了一会儿脉，她便垂下眼睛，迅速书写着医案，神色从容地侃侃而谈，"气海内气息失控外泄，经脉混乱，三焦经已然瘫痪。全身穴道鼓胀，每到子夜时分便如万针齐刺，痛不欲生，是也不是？"

教王眼里露出了惊讶的表情，看着这个年轻的女医者，点了点头："完全正确。"

"呵……"薛紫夜抬头看了一眼教王的脸色，点头，"病发后，应该采取过多种治疗措施——可惜均不得法，反而越来越糟。"

教王眼神已然隐隐焦急，截口："那么，多久能好？"

薛紫夜停笔笑了起来："教王应该先问'能不能治好'吧？"

教王也笑，然而眼神逐步阴沉下去："这不用问吧？若连药师谷主也说不能治，那么本座真是命当该绝了……"

"是啊，"薛紫夜似完全没察觉教王累积的杀气，笑，"教王已然是陆地神仙级的人物，这世间的普通方法已然不能令你受伤——若不是此番走火入魔，似乎还真没有什么能奈何得了教王大人呢。"

她说得轻慢，漫不经心似的调弄着手边的银针，不顾病入膏肓的教王已然没有平日的克制力。

"别给我绕弯子！"教王手臂忽然间伸过去，一把攫住了薛紫夜的咽喉，手上青筋凸起，"说，到底能不能治好？治不好我要你陪葬！"

薛紫夜被扼住了咽喉，手一滑，银针刺破了手指，然而却连叫都无法叫出声来了。

妙风脸色瞬间苍白，下意识地跨出一步想去阻止，却又有些迟疑，仿佛有无形的束缚。

毕竟，从小到大的几十年来，他从来未曾公然反抗过教王。

"能……能治！"然而只是短短一瞬，薛紫夜终于挣出了两个字。

教王的手在瞬间松开，让医者回到了座位上，剧烈地喘息，然而脸上狰狞神色尽收，又恢复到了平日的慈爱安详："哦……我就知道。药师谷的医术冠绝天下，又怎会让本座失望呢？"

他重新把手放到了药枕上，声音带着可怕的压迫力："那么，有劳薛谷主了。"

薛紫夜捂着咽喉喘息，脸色苍白，她冷冷看了一眼教王，顺便瞥了一眼站在一侧的妙风，闪过一丝冷嘲。妙风的手一直颤抖地按在剑上，却始终不敢拔出，此刻看她冷冷一眼瞥过来，全身不由得剧烈地一震，竟是不敢对视。

妙水却一直只是在一旁看着，浑若无事。

薛紫夜放下手来，吐出一口气："好……紫夜将用《药师秘藏》上的金针渡穴之法，替教王打通全身经脉——但也希望教王言而有信，放明玠下山。"

"这个自然。"教王慈爱地微笑，"本座说话算话。"

薛紫夜点了点头，将随身药囊打开，摊开一列的药盒——里面红白交错，异香扑鼻。她选定了其中两种："这是补气益血的紫金生脉丹，教王可先服下，等一刻钟后药力发作便可施用金针。这一盒安息香，是凝神镇痛之药，请用香炉点起。"

"风。"教王没有直接回答，只是沉沉开口。

"是。"妙风一步上前，想也不想地拿起药丸放到鼻下闻了一闻，而后又沾了少许送入口中，竟是以身相试——薛紫夜抬起头看着他，眼神复杂。

"无妨。"试过后，他微微躬身回禀，"可以用。"

"那么，点起来吧。"教王伸出手，取过那一粒药丸吞下，示意妙风燃香。

馥郁的香气萦绕在森冷的大殿，没有一个人出声，静得连一根针掉地上都听得到声音。薛紫夜低下头去，将金针在灯上淬了片刻，然后抬头："请转身。"

她细细拈起了一根针，开口："开始渡穴，请放松全身经脉，务必停止内息。"

教王眼睛闪烁了一下，但最终还是转过了身去。在他转过身的同时，妙风往前走了一步，站到了他身后，替他看守着一切。教王转过身，缓缓拉下了外袍，第一次将自己背后的空门暴露在陌生人面前——华丽的金色长袍一除下，大殿里所有人脸色都为之一变！

那、那都是什么啊！薛紫夜强行压住了口边的惊呼，看着露出来的后背。

这简直已经不是人的身体——无数的伤痕纵横交错，织成可怖的画，甚至有一两处白骨隐约支离从皮肤下露出，竟似破裂过多次的人偶，又被拙劣地缝制到了一起。

"知道吗，"教王背对着她，低低笑了一声，"我也是修罗场出来的。"

薛紫夜眼里第一次有了震惊，手里的金针颤了一下。

"开始吧。"教王沉沉道。

妙水在玉座下远处冷冷观望，看着她拈起金针，扎入教王背部穴道，手下意识地在袖中握紧。

"嗯。"第一针刺入的是脊椎正中的神道穴，教王发出一声低吟，眉头微微蹙起——妙风脸色凝重，一时几乎忍不住要将手按上剑柄。然而薛紫夜出手快如闪电，第一针刺入后，陶道、灵台、至阳、中枢、悬枢五穴已然一痛，竟是五根金针瞬间一起刺入。

刺痛只是一瞬，然后气脉就为之一畅！

随着金针的刺落，本来僵化的经脉渐渐活了过来，一直在体内乱窜的内息也被逐一引导，回归穴位，持续了多日的全身刺痛慢慢消失。教王一直紧握的手松开了，合上了眼睛，发出了满意的叹息。

妙风也同时舒了一口气，用眼角看了看聚精会神下针的女子，带着敬佩。

最后脊椎一路的穴道打通，七十二根金针布好，薛紫夜轻轻捻着针尾，调整穴道中金针的深度和方位，额头已然有细密汗珠渗出。金针渡穴是极耗心力和眼力的，以她久虚的体质，要帮病人一次性打通奇经八脉已然极为吃力。

一条手巾轻轻敷上来，替她擦去额上汗水。

她抬头看了妙风一眼，眼神复杂，忽然笑了一笑，轻声："好了。"

那么快就好了？妙风有些惊讶，却听到教王全身一震，长长吐出一口气，发出了一声大笑："果然！内息完全通顺了！药师谷谷主果然名不虚传！"

那一瞬，妙风心里一松，心头有喜意。

然而接下来的一瞬，却看到薛紫夜再次笑了一下，说了一句："既然治好了，那么我答应你们的事，也就完成了。现在——"

说到这里，她陡然竖起手掌，平平在教王的背心一拍！

她不会武功，那一拍也没有半分力道，然而奇迹一般，随着那样轻轻一拍，七十二处穴道里插着的银针仿佛活了过来，在一瞬间齐齐钻入了教王的背部！

"啊——！"教王全身一震，陡然爆发出痛极的叫声。

"现在，是报仇的时候了！"她长身站起，眼里闪过雪亮的光，厉叱着将药囊抓起，狠狠击向那个魔鬼，不顾一切，"这一击，是为了八年前被你所杀的摩迦一族！受死吧！"

然而大光明宫的主人是何等的人？猝然受袭之时乾坤大挪移便在瞬间发动，全身的穴道在一瞬间及时移位，所有刺入的金针便偏开了半分。然而体内真气一瞬间重新紊乱，痛苦之剧比之前更甚。

这个女人……这个女人，是想杀了他！

教王脸色铁青，霍然转头，眼神已然犹如野兽，反手一掌就是向着薛紫夜拍去！

"教王！"妙风大惊之下立刻掠去，一掌斜斜引出，想一把将薛紫夜带开。

然而薛紫夜就静静地站在当地，嘴角噙着一丝笑意，眼睁睁地看着那雷霆一击袭来，居然不闪不避。仿佛完成了这一击，她也已然可以从容赴死。

教王的那一掌已然到了薛紫夜身前一尺,激烈浑厚的掌风逼得她全身衣衫猎猎飞舞。妙风来不及多想,急速在中途变招,一手将她一把拉开,抢身前去,硬生生和教王对了一掌!

轰然巨响中,他踉跄退了三步,只觉胸口血气翻腾。

然而就在那一掌之后,教王却往后退出了一丈之多,最终踉跄地跌入了玉座,喷出一口血来。

"风!"老人不敢相信地望着在最后一刻违抗了他的下属,"你……连你……"

"我……"正面相抗了这一击,妙风此刻却有些不知所措,低头看着自己的双手,身子微微发抖——他并未想过要背叛教王,只是那个刹那来不及多想,只知道绝对不能让这个女子死在自己眼前。

一念之下,便不顾一切,犯下了忤逆大罪。

他的手一松开,薛紫夜就跟跄着软倒在地,握住了胸口剧烈咳嗽,血从她的嘴里不停涌了出来——方才虽然被妙风在最后一刻拉开,她却依然被教王那骇人一击波及,内脏已然受到重伤。

她的血一口口吐在了地面上,染出大朵的红花。

妙风怔怔看着这一切,心乱如麻,忽然间对着玉座跪了下去:"求教王不要杀她!"

"那么,你宁愿她杀我吗?"教王冷冷笑了起来,剧烈地咳嗽。

妙风一惊:"不!"

那一瞬,他不知道自己该如何是好。

"错了。要杀你的,是我。"忽然间,有一个声音在大殿里森然响起。

是谁?那个声音是如此阴冷诡异,带着说不出的逼人杀气。妙风在听到的瞬间便觉得不祥,然而在他想拔剑掠去的刹那,忽然间觉得真气到了胸口便再也无法提上,手足一软,根本无法站立。

"你——!"不可思议地,他回头看着将手搭在他腰畔的薛紫夜。

是她?竟是她,乘机对自己下了手?!

"对不起。"薛紫夜伏在地上抬头看他,眼里涌出了说不出的表情。仿佛再也无法支持,她颓然倒地,手松开,一根金针在妙风的阳关穴上微微颤抖——

是的,那是她和妙水的约定!

就在妙风被制住的瞬间，"嚓"的一声，玉座被贯穿了！

血红色的剑从背后刺穿了座背，从教王胸口冒了出来，将他钉在高高的玉座上！

"妙水！"惊骇的呼声响彻了大殿，"是你！"

飘飞的帷幔中，蓝衣女子狐一样的眼里闪着快意的光，看着目眦欲裂的老人："是啊……是我！薛紫夜不过是引开你注意力的幌子而已。你这种妖怪一样的人，光用金针刺入，又怎么管用呢？除非拿着涂了龙血之毒的沥血剑，才能钉死你啊！"

她笑着松开染满血的手，声音妖媚："知道吗？来杀你的，是我。"

"你……为何……"教王努力想说出话，却连声音都无法延续。

"哈哈哈哈！你还问我为什么！"妙水大笑起来，一个巴掌扇在教王脸上，"你做了多少丧心病狂的事！二十一年前，楼兰一族在罗普附近一夕全灭的事，你难道忘记了？"

教王瞬间抬头，看着这个自己从乌孙赤谷城带回来的妖媚女人，失声："你……不是乌孙国人？"

"我是楼兰人。想不到吧？"妙水大笑起来，柔媚的声音里露出了从未有过的傲然杀气，仰首冷睨，"教王大人，是不是你这一辈子杀人杀得太多了，早已忘记？"

"啊！你、你是那个——"教王看着这个女人，渐渐恍然，"善蜜公主？"

"你终于想起来了，教王。"她冷冷笑了起来，重新握紧了沥血剑，"托你的福，我家人都死绝了，我却孤身逃了出来，流落到乌孙赤谷城。十五岁时，运气好，又遇到了你。"

这个妖娆的女子忽然间仿佛变了一个人，发出了恶鬼附身一样的大笑，恶狠狠地扭转着剑柄，搅动着穿胸而出的长剑，厉笑："为了这一天，我受了多少折磨！你这个老色魔！去死吧！"

她尽情地发泄着多年来的愤怒，完全没有看到玉阶下的妙风脸色已然是怎样的苍白。

善蜜！

那个熟悉而遥远的名字，似乎是雪亮的闪电，将黑暗僵冷的往事割裂。

故国的筚篥声又在记忆里响起来了，幽然神秘，回荡在荒凉的流亡路

上。回鹘人入侵了家园,父王带着族人连夜西奔,想迁徙往罗普重建家园。幼小的自己躲在马背上,将脸伏在姐姐的怀里,听着她用筚篥沿路吹响《折柳》,在流亡的途中追忆故园。

而流沙山那边,隐隐传来如雷的马蹄声——所有族人露出惊慌恐惧的表情。

是马贼!

死神降临了。血泼溅了满天,满耳是族人濒死的惨叫,他吓得六神无主,钻到姐姐怀里"哇"地大哭起来。

"雅弥,不要哭!"在最后一刻,她严厉地叱喝,"要像个男子汉!"

她扔掉了手里的筚篥,从怀里抽出了一把刀,毫不畏惧地对着马贼雪亮的长刀。

那些马贼齐齐一惊,勒马后退了一步,然后发出了轰然的笑声,那是楼兰女子随身携带的小刀,长不过一尺,繁复华丽,只不过作为日常装饰之用,毫无攻击力。

她把刀扔到弟弟面前,厉叱:"雅弥,拿起来!"

然而才五岁的他实在恐惧,不要说握刀,甚至连站都站不住了。

她看了他一眼,眼神肃杀:"楼兰王的儿子,就算死也要像个男子汉!"

他被吓得一直在哭,却还是不敢去拿那把刀。

"唉。也真是太难为你了啊。"她看着幼弟恐惧的模样,最终只是叹了口气,忽然单膝跪下,吻了吻他的额头,温柔地喃喃,"还是我来帮你一把吧……雅弥,闭上眼睛!不要怕,很快就不痛了。"

他诧异地抬起头,却看到一道雪亮的光急斩向自己的颈部!

那一瞬间,孩子所有的思维都化为一片空白。

王姊……王姊要杀他!

那些马贼发出了一声呼啸,其中一个长鞭一卷,在千钧一发之际将惊呆了的孩子卷了起来,远远抛到了一边——出手之迅捷,眼力之准确,竟完全不似西域普通马贼。

然而,就在那一刀落空的刹那,女子脸色一变,刀锋回转,毫不犹豫地刺向了自己的咽喉。

"哈……有趣的小妞。"黑衣马贼里,有个森冷的声音笑了笑,"抓住她！"

他被扔到了一边，疼得无法动弹。眼睁睁地看着那些马贼拥向了王姊，只是一鞭就击落了她的短刀，抓住了她的头发将她拖上了马背，扬长而去。

五岁的他不知哪里来的勇气，想撑起身追上去，然而背后有人劈头便是一鞭，登时让他痛得昏了过去。

醒来的时候，荒原上已然冷月高悬，狼嚎阵阵。

族人的尸体堆积如山，无数莹莹的碧绿光芒在黑夜里浮动——那是来饱餐的野狼。他吓得不敢呼吸，然而那些绿光却一点点地移动了过来。他一点点地往尸体堆里蹭去，手忽然触摸到了一件东西。

是姐姐平日吹曲子用的筚篥，上面还凝结着血迹。

那一瞬间，他只觉得无穷无尽的绝望。

所有人都死了，只留下他一个人被遗弃在荒原的狼群里！

"救命……救命！"远远地，在听到车轮碾过的声音，幼小的孩子脱口叫了起来。

金色的马车戛然而止，披着黑色斗篷的中年男人从马车上走下来，一路踏过尸体和鲜血，所到之处竟然连凶狠的野狼也纷纷退避，气度沉静如渊渟岳峙。

"是楼兰的皇族吗？"他俯下身看着遍地尸首里唯一活着的孩子，声音里有魔一样的力量，伸出手来，"可怜的孩子，愿意跟我走吗？如果你把一切都献给我的话，我也将给你一切。"

他瑟缩着，凝视了这个英俊的男人很久，注意到对方手指上戴着一枚巨大的宝石戒指。他忽然间隐约想起了这样的戒指在西域代表着什么，啜泣了片刻，终于小心翼翼地握住了那只伸过来的手，将唇印在那枚宝石上。

那个男子笑了，眼睛在暗黑里如狼一样的雪亮。

命运的轨迹在此转弯。

他从楼兰末代国王的儿子雅弥，变成了大光明宫教王座下五明子中的"妙风"——教王的护身符。没有了亲人，没有了朋友，甚至没有了祖国。从此只为一个人而活。

那之后，又是多少年呢？

那个害怕黑夜和血腥的孩子终于在血池的浸泡下长大了，如王姊最后的要求，他再也不曾流过一滴泪。无休止的杀戮和绝对的忠诚让他变得宁静而漠然，他总是微笑着，似乎温和而与世无争，却经常取人性命于反掌之间。

他甚至很少再回忆起以前的种种，静如止水的枯寂。

然而，那一支遗落在血池里的筚篥，一直隐秘地藏在他的怀里，从未示人，却也从未遗落。

二十多年后，蓝衣的妙水使在大殿的玉座上狂笑，手里的剑洞穿了教王的胸膛。

"王姊……王姊。"心里有一个声音在低声呼唤，越来越响，几乎要震破他的耳膜。然而他却僵硬在当地，心里一片空白，无法对着眼前这个疯了一样狂笑的女人说出一个字。

那是善蜜王姊？那个妖娆狠毒的女人，怎么会是善蜜王姊！

那个女人在冷笑，眼里含着可怕的狠毒，一字字说给被钉在玉座上的老人听："二十一年前，我父王败给了回鹘国，楼兰一族不得不弃城流亡。而你收了回鹘王的钱，派出杀手冒充马贼，沿路对我们一族赶尽杀绝！"

"一个男丁人头换一百两银子，妇孺老幼五十两，你忘记了吗？"

"可怎么也不该忘了我吧？王室成员每个一万两呢！"

沥血剑在教王身体内搅动，将内脏粉碎，龙血之毒足可以毒杀神魔。教王的须发在瞬间苍白，脸上的光泽也退去了，鸡皮鹤发形容枯槁，再也不复平日的仙风道骨——妙水在一通狂笑后，筋疲力尽地松开了手，退了一步，冷笑地看着耷拉着脑袋跌靠在玉座上的老人。

"哼。"她忽地冷哼了一声，一脚将死去的教王踢到了旁边的地上，"滚吧。"

纤细的腰身一扭，便坐上了那空出来的玉座，娇笑："如今，这里归我了！"

妙水在高高的玉座上睥睨着底下，忽地怔了一下——有一双眼睛一直注视着她的一举一动，含着说不出的复杂感情，深不见底，几乎可以将人溺毙其中。

是妙风？她心里暗自一惊，握紧了滴血的剑。

光顾着对付教王，居然把这个二号人物给冷落了！教王死后，这个人就是大光明宫里最棘手的厉害人物了，必须趁着他不能动弹及早处置，以免生变。

她握剑坐在玉座上，忽地抿嘴一笑："妙风使，你存在的意义，不就是保护教王吗？如今教王死了，你也没有存在的必要了吧。"

她的声音尖厉而刻毒，然而妙风还是没有说话，只是怔怔地看着那个坐在染血玉座上的美丽女子，眼里带着无法解释的表情。

"妙水！"倒在地上的薛紫夜忽然一震，努力抬起头来，厉声，"你答应过我不杀他们的！"

"哈哈哈……女医者，你的勇敢让我佩服，但你的愚蠢却让我发笑。"妙水大笑，声音在空旷的大殿里回荡，无比得意，"一个不会武功的人，凭什么和我缔约呢？约定是需要力量来维护的，否则就是空无的许诺。"

"你……"薛紫夜几度想站起来，然而重新跌倒回冰冷的地面上。

这个身体，自从出了药师谷以来就每况愈下，此刻中了剧毒，又受了教王那样一击，即便是她一直服用碧灵丹来维持气脉，也已然是无法继续支撑下去了。

"女医者，你真奇怪，"妙水笑了起来，看着她，将沥血剑指向被封住穴道的妙风，"何苦在意这个人的死活呢？你也知道他就是摩迦一族的灭族凶手了，为什么此刻还要救他？"

什么？一直沉默的妙风忽然一震，瞬间抬起了头，眼望向薛紫夜，不敢相信，怎么？她、她知道？她知道了自己是那一夜的凶手？！

即便是如此……她还是要救他？

"他……不过是被利用来杀人的剑。"薛紫夜在地上剧烈地喘息，声音却坚定，"我要的，只是……只是斩断那只握剑的手。"

那一瞬间，连妙水都停顿了笑声，俯视着玉座下垂死的女子。

"好吧，就算你不杀他，我却要他的命！"妙水站起身，重新提起了沥血剑，走下玉座来，杀气凛冽。

留着妙风这样的高手绝对是个隐患，今日不杀更待何时？

妙风看着她提剑走来，眼里却没有恐惧，唇边反而露出一丝多日不见

的笑容。他直直地看着玉座上的女子，看着她说话的样子，看着她笑的样子，看着她握剑的样子……眼神恍惚而遥远，不知道看到了哪个地方。

这不是善蜜……这个狂笑的女人，根本不是记忆中的善蜜王姊！

妙水离开了玉座，提着滴血的剑走下台阶，一脚踩在妙风肩膀上，倒转长剑抵住他后心，冷笑："妙风使，不是我赶尽杀绝——你是教王的心腹，我留你的命，便是绝了自己的路！"

"不！"薛紫夜脸上终于出现了恐惧的神情，"住手！"

然而妙风并无恐惧，只是抬着头，静静看着妙水，唇角带着一丝说不出的奇特笑意。

她要杀他吗？很好。很好……事到如今，如果能够这样一笔勾销，倒也是干脆。

短短的刹那，他却经历了如此多的颠倒和错乱：恩人变成了仇人、敌人变成了亲人……剧烈的喜怒哀乐怒潮一样一波波汹涌而来，将他死寂多时的心撞得片片粉碎。

忽然间他心灰如死。

"妙水，"他忽然笑了起来，望着站在他面前的同胞姐姐，在这生死关头却依然没有说出真相，只是平静地开口，请求，"我死后，可以放过这个不会武功的女医者吗？她对你没有任何威胁，以后说不定还用得上她。"

"哈，都到这个时候了，还为她说话？"妙水眼里闪着讽刺的光，言辞刻薄，"风，原来除了教王，你竟还可以爱第二人！"

妙风只是平静地抬起了眼睛："妙水，请放过她。我会感激你。"

妙水扑哧一笑，提起了剑对准了他的心口："这个啊，得看我高不高兴。"

一语未落，她急速提起剑，一挥而下！

"雅弥！"薛紫夜心胆欲碎，挣扎着伸出手去，失声，"雅弥！"

她用尽全力，指尖才堪堪触碰到他腰间的金针，然而却根本无力阻拦那夺命的一剑，眼看那一剑就要将他的头颅整个砍下——

然而那一句话仿佛是看不见的闪电，在一瞬间击中了提剑的女子！

剑尖霍然顿住，妙水闪电般转过头来，扔开了妙风，忽地弯下腰拉起了薛紫夜，恶狠狠地追问，面色几近疯狂："什么？你刚才说什么？

你——你叫他什么？！"

"雅弥。"薛紫夜不明所以，"他的本名，你不知道吗？"

妙水一瞬间僵住。

趁着妙水发怔的一瞬间，她指尖微微一动，悄然拔出了妙风腰间封穴的金针。

"雅、雅弥？！"妙水定定望着地上多年来的同僚，露出难以置信的表情，声音发抖，"妙风……难道你竟是……是……"

话没有问完便已止住。妙风破碎的衣襟里，有一支短笛露了出来——那是西域人常用的乐器筚篥，牛角琢成，装饰着银色的雕花，上面那明黄色的流苏已然色彩暗淡。

妙水握着沥血剑，双手渐渐发抖。

她俯下身捡起了那支筚篥，反复摩挲，眼里有泪水渐涌。她转过头，定定看着妙风，却发现那个蓝发的男子也在看着她——那一瞬间，她依稀看到了多年前那个躲在她怀里发抖的，至亲的小人儿。

"唰"！忽然间，沥血剑却重新指在了他的心口上！

"你……是骗我的吧？"妙水脸上涌出凌厉狠毒的表情，似乎一瞬间重新压抑住了内心的波动，冷笑着，"你根本不是雅弥！雅弥在五岁的时候就死了！他、他连刀都不敢握，又怎么会变成教王的心腹杀手？！"

妙风只是用一贯的宁静眼神注视着她，仿佛要把几十年后重逢的亲人模样刻在心里。

"是的。"他忽地微微笑了，"雅弥的确早就死了。我是骗你的。"

妙水如释重负地吐出一口气，嘴角紧抿，仿佛下定决心一样挥剑斩落，再无一丝犹豫。是的，她不过是要一个借口而已。事到如今，若要成大事，无论眼前这个人是什么身份，都是留不得了！

"雅弥！"薛紫夜脸色苍白，再度脱口惊呼，"躲啊！"

躲啊，为什么不躲？！方才，她已然用尽全力解开了他的金针封穴。他为什么不躲！

妙风却只是安然闭上了眼睛，不闪不避。

事到如今，何苦再相认？

他们早已不再是昔年亲密无间的姐弟。时间残酷地将他们分隔在咫尺的天涯，将他们同步地塑造成不同的人。二十多年后，他成了教王的护身符，没有感情也没有思想；而她却已然成了教王的情人，为了复仇和夺权不择手段——

他们之间，势如水火。

就算她肯相信，可事到如今，也绝不可能放过自己了。她费了那么多年心血才夺来的一切，又怎能因为一时的心软而落空？

所以，宁可还是不信吧……这样，对彼此，都好。

他闭上了眼睛。

剑却没有如预料一样斩入颈部，反而听到身后的薛紫夜失声惊叫。

怎么了？难道妙水临时改了主意，竟要向薛紫夜下手？！

"薛谷主！"他霍然一震，手掌一按地面，还没睁开眼睛整个人便掠了出去，一把将薛紫夜带离原地，落到了大殿的死角，反手将她护住。然而薛紫夜却直直盯着妙水身后，发出了恐惧的惊呼："小心！小心啊——"

妙风一惊，闪电般回过头去，然后同样失声惊呼。

教、教王？！

那个被当胸一剑对穿的教王居然无声无息站了起来，不知何时已然来到了妙水身后！

满身是血，连眼睛也是赤红色，仿佛从地狱里回归。他悄无声息地站起，狰狞地伸出手来，握着沉重的金杖，挥向叛逆者的后背！

妙风认得，那是天魔裂体大法，教中的禁忌之术。教王虽身受重伤，却还是想靠着最后一口气，将叛逆者一同拉下地狱去！

然而妙水的全副心神都用在对付妙风上，竟毫无觉察。

"小心！"来不及多想，他便冲了过去。

妙水一惊，堪堪回头，金杖便夹着雷霆之势敲向了她的天灵盖！

她惊呼一声，提起手中的沥血剑，急速上掠，试图挡住那万钧一击。然而这一刹，她才惊骇地发现教王的真正实力。只是一接触，巨大的力量涌来，"叮"的一声，那把剑居然被震得脱手飞出！她只觉得半边身子被震得发麻，想要点足后退，呼啸的劲风却把她逼在了原地。

手无寸铁的她，眼睁睁地看着金杖呼啸而落，要将她的天灵盖击得粉碎。

"王姊，小心！"耳边忽然听到了一声低呼，她被人猛拉了一把，脱

· 217 ·

离了那力量的笼罩范围。妙风在最后一刹及时掠到，一手将妙水拉开，侧身一转，将她护住，那一击立刻落到了他的背上！

"咔啦"一声，有骨骼碎裂的清晰声响，妙风踉跄了一步，大口的血从嘴里吐出。

然而同时教王眼里妖鬼般的神色也黯淡了下去，在用尽全力的一击后，也终于是油尽灯枯，颓然地倒入玉座。

"雅弥！"薛紫夜脱口惊呼，心胆欲裂向他踉跄奔去。

同时叫出这个名字的，还有妙水。

妙风的血溅在了她蓝色的衣襟上，楼兰女人全身发出了难以控制的战栗，望着那个用血肉之躯挡住教王必杀一击的同僚，眼里有再也无法掩饰的激动。

"雅弥！雅弥！"她扑到地上，将他的头抱在自己的怀里，呼唤着他的乳名。

他笑了起来，张了张口，仿佛想回答她。但是血从他咽喉里不断地涌出，将他的声音淹没。妙风凝望着失散多年的亲姐姐，眼神渐渐涣散。

那一刹那，妙水眼里的泪水如雨而落，再也无法控制地抱着失去知觉的人痛哭出来：那是雅弥！那是雅弥！她唯一的弟弟！也只有唯一的亲人，才会在这样的生死关头毫不犹豫地做出如此举动，不惜以自己的性命来交换她的性命。

那是她的雅弥啊……

他比五岁那年勇敢了那么多，可她却为了私欲不肯相认，反而想将他格杀于剑下！

"让我看看他！快！"薛紫夜挣扎着爬了过去，用力撑起了身子。

她的手衰弱无力，抖得厉害，试了几次才打开了那个羊脂玉瓶子，将里面剩下的五颗朱果玉露丹全部倒出——她曾用了五年的时间，练出一炉十二颗稀世灵药，如今还剩下一半。想也不想，她把所有的药丸都喂到了妙风口中，然后将那颗解寒毒的炽天也喂了进去。

她想用金针封住他的穴道，然而手剧烈地颤抖，已然连拿针都无法做到。

"哈……哈……"满面是血的老人笑了起来，踉跄着退到了玉座，靠着喘息，望着地上的三个人，"你们好、你们好！我那样养你教你，到了

最后，一个个……都想我死吧？"

仙风道骨的老人满面血污，眼神亮如妖鬼，忽然间疯狂地大笑起来。

那是寂寞而绝望的笑——他的一生铁血而跌宕，从修罗场的一名杀手一路血战，直到君临西域对抗中原武林，那是何等风光荣耀。

然而到了最后，却依旧得来这样众叛亲离的收梢。

"好！好！好！"他重重拍着玉座的扶手，仰天大笑起来，"那么，如你们所愿！"

手拍落的瞬间，"咔啦"一声响，仿佛有什么机关被打开了，整个大殿都震了一震！

"不好！"妙水脸色陡然一变，"他要毁了这个绝顶乐园！"

话音未落，整座巍峨的大殿就发出了可怕的"咔咔"声，梁柱以肉眼可见的速度倾斜，巨大的屋架挤压着碎裂开来，轰然落下！

"和我一起死吧！我的孩子们！我们一起去往彼岸乐土——"教王将手放在机簧上，大笑起来，笑到一半声音便戛然而止。

白发苍苍的头颅垂落下来，以一种诡异的姿态凝固。

"快走！"妙水俯下身，一把将妙风扶起，同时伸出手来拉薛紫夜。

这个乐园建于昆仑最高处，底下便是万古不化的冰层，然而在建立之初便设下了机关，一旦发动，火药便会在瞬间将整个基座粉碎，让一切都四分五裂！

"不用了，"薛紫夜却微笑起来，推开她的手，"我中了七星海棠的毒。"

妙水一惊，凝望了她一眼，眼里不知是什么样的情绪。

这个女子……便是雅弥不惜一切也要维护的人吗？她改变了那个心如止水没有感情的妙风，将过去的雅弥从他内心里一点点地唤醒。

"你们快走，把这个带去。"薛紫夜挣扎着从怀里拿出药囊，递到她手里，"拿里面赤色的药给他服下……立刻请医生来，咳咳，他的内脏，可能、可能全部……"

妙水默不作声地低下头，拿走了那个药囊，转身扶起妙风。

雪山绝顶上，一场前所未有的覆灭即将到来，冰封的大地在隆隆发抖，大殿剧烈地震动，巨大的屋架和柱子即将坍塌。雪山下的弟子们在惊呼，看着山巅上的乐园摇摇欲坠。

"快走啊！"薛紫夜惊呼起来，用尽全力推着妙水姐弟。

妙水沉默着，转身。

"咔啦"，主梁终于断裂了，重重地砸落下来，直击向地上的女医者。

那一瞬，妙水霍然转身，手腕一转抓住了薛紫夜："一起走！"

十四 参商永隔

那一天的景象,大光明宫所有弟子都永生难忘。

最高峰上发生了猝然的地震,万年不化的冰层陡然裂开,整个山头四分五裂,暴雪笼罩了半座昆仑,而山顶那个秘密的奢华乐园,就在这一瞬间覆灭。

在连接乐园和大光明宫的白玉长桥开始断裂时,却有一道蓝色的影子从山顶闪电般掠下。她手里还一左一右扶着两个人,身形显得有些滞重,所以没能赶得及过桥。

长桥在剧烈的震动中碎裂成数截,掉落在万仞深的冰川里。那个蓝衣女子被阻隔在桥的另一段,中间隔着十丈远的深沟。她停下来喘息,凝望着那一道深渊。

以她的修为,孤身在十丈的距离尚自有把握飞渡,然而如果带上身边的两个人的话……

"不用管我。"薛紫夜感觉脚下冰川不停地剧烈震动,再度焦急开口,"你带不了两个人的!"

妙水沉吟了片刻,果然不再管她了,断然转过身去,扶起了昏迷的弟弟。深深吸了一口气，足下加力，朝着断桥的另一侧加速掠去，在快到尽端时足尖一点，借力跃起——接着急奔之势，她如虹一样掠出，终于稳稳落到了桥的对面。

然而碎裂的断桥再也经不起受力，在她最后借力的一踏后，桥面再度"咔啦啦"坍塌下去一丈！

薛紫夜靠在白玉栏杆上看着她带着妙风平安落地，一颗心终于也落了地，身子一软，再也无法支撑地跌落。她抬起头，望着无数雪花在空气中飞舞，唇角露出一丝解脱般的笑意。

好了……好了……一切终于都要结束了。

无论是对于霍展白，明玠，还是雅弥，她都已然尽到了全力。如今大仇已报，所在意的人都平安离开险境，她还有什么牵挂的呢？

脚下又在震动，身后传来剧烈的声响，是乐园里的玉楼金阙、玉树琼花在一片片地坍塌——这个秘密的销金窟本是历代教王的秘密乐园，此刻也将毁于一旦了。

多少荣华锦绣，终归尘土。

她在雪中静静地闭上了眼睛，等待风雪将她埋葬。

"起来！"耳边竟然又听到了一声低喝，来不及睁开眼睛，整个人就被拉了起来！

"妙水！"她失声惊呼——那个蓝衣女子，居然去而复返了！

"别管我！"她急切地想挣脱对方的手，"我中了毒，已经是必死之人了。"

"跟我走！"妙水的脸色有些苍白，显然方才带走妙风已然极大地消耗了她的体力，却还是一把拉起薛紫夜就往前奔出。脚下的桥面忽然碎裂，大块的石头掉落在万仞的冰川下。

妙水及时站住了脚，气息平甫，凝望着距离更远的断桥那端——上一跃的距离，已然到达了她能力的极限，然而现在断桥的豁口再度加大，如今带着薛紫夜，可能再也无法跃过这一道生死之门。

"抓紧我，"她紧紧地抓住了薛紫夜的肩，制止对方的反抗，声音冷定，"你听着，我一定要把你带过去！"

除此之外，她这个姐姐，也不知还能为雅弥做点什么了。

她咬紧了牙，足尖霍然加力，带着薛紫夜从坍塌的断桥上掠起，用尽全力掠向对岸，宛如一道陡然划出的虹。然而那一道掠过雪峰的虹渐渐衰竭，终究未能再落到桥对面。

"啊——"在飞速下坠的瞬间，薛紫夜脱口惊呼，忽然身子却是一轻！

有一只手伸过来，在腰间用力一托，她的身体瞬间重新向上升起，却惊呼着探出手去试图去抓住往相反方向掉落的人。在最后的视线里，她只看到那一袭蓝衣宛如折翅的蝴蝶，朝着万仞的冰川加速下落——那一瞬间，那一夜的情景再度闪电般地浮现，有人在她的眼前永远地坠入了时空的另一边。

"妙水！"她对着那个坠落深渊的女子伸出手来，撕心裂肺地大呼，"妙水！"

呼啸的风从她指缝掠过，却什么也无法抓住。

她重重跌落在桥对面的玉石地上，剧痛让眼前一片空白。碧灵丹的药效终于完全过去了，七星海棠的毒再也无法压制，在体内剧烈地发作起来，薛紫夜吐出了一口血。

那血，遇到了雪，竟然化成了碧色。

山顶又发出震耳欲聋的声响，雪雾腾了半天高——山崩地裂，所有人纷纷走避。此刻的昆仑绝顶，宛如成了一个墓地。

难道，这就是传说中的"末世"？

不知过了多久，她从雪里清醒过来，只觉得身体里每一处都在疼痛。那种痛几乎是无可言表的，一寸一寸地钻入骨髓，让她几乎忍不住要呼号出声。

她知道，那是七星海棠的毒，已然开始侵蚀她的全身。

然而一睁开眼，就看到了妙风。

他站在断裂的白玉川旁，低头静静凝望着深不见底的冰川，蓝色的长发在寒风里猎猎飞舞。

"王姊。"忽然间，他喃喃说了一句，向着冰川迈出了一步，积雪簌簌落入万仞深渊。

"雅弥！"她大吃一惊，"站住！"

急怒交加之下，她不知从哪里来的力气，一下子从雪地上站起，踉跄着冲了过去,一把将他从背后拦腰抱住,然而全身已然不能使力,瞬间又瘫软在地。

妙风微微一惊,顿住了脚步,旋即回手,一把将她从雪地上抱起。

"别做傻事……"她却依然惊惧地抓着他的手臂,急切地道,"妙水使是死了……但你不能做傻事啊。"

妙风低下了眼睛:"我只是想下去替王姊收殓遗骨。"

"啊?"薛紫夜长长松了一口气,终于松开了抓着他手臂的手,仿佛想说什么,然而才开口,眼前便是一黑,顿时重重地瘫倒在他的怀里。

妙风大吃一惊,教王濒死的最后一击,一定是将她打成了重伤吧。

"放心。我要保证教王的安全,但是,也一定会保证你的平安。"

在送她上绝顶时,他曾那样许诺——然而到了最后,他却任何一个都无法保护!

强烈的痛苦急速撕扯而来,几乎要把人的心化成齑粉。他伸出手,却发现气脉已然无法运行自如。眼看着薛紫夜脸色越来越苍白,他却束手无策地站在一旁,只觉再也无法忍受,一拳砸在雪地上,低哑地呼叫着,将头埋入雪中——如果所有人都一个接着一个地离他而去,那么,他独自活在这个世上又有什么意义!

多年未有的苦痛在心底蔓延,将枯死已久的心狠狠撕裂。

然而在那样的痛苦之中,一种久违的和煦真气却忽然间涌了出来,充满了四肢百骸!

手掌边缘的积雪在迅速地融化,当手浸入了一摊温水时,妙风才惊觉。惊讶地抬起自己的手,感觉到那种力量在指尖重新凝聚——尝试着一挥,掌缘带起了炽热的烈风,竟然将冰冷的白玉长桥"咔啦啦"地切掉了一截!

沐春风?他已然能重新使用沐春风之术!

一个多月前遇到薛紫夜,死寂多年的他被她打动,心神已乱的他便无法再使用沐春风之术。然而在此刻,在无数绝望和苦痛压顶而来的瞬间,仿佛体内有什么忽然间被释放了——枯寂的心神忽然重新复苏,不再犹豫,也不再彷徨,仿佛重新回复到了身为教王"护身符"时的漠然平静。

原来,极痛之后,同样也是极度的死寂。

两者之间,只是殊途同归而已。

沐春风的内力在他体内重新凝聚起来，他顾不得多想，只是焦急抱起了昏迷的女子，向着山下急奔，同时将手抵在薛紫夜背上，源源不断地送入内息，将她身体里的寒气化去——得赶快想办法！如果不尽快给她找到最好的医生，恐怕就会……

他不能让她也这样死了……绝对不能！

冲下西天门的时候，妙风看到门口静静地伫立着一个熟悉的人影。

他微微一惊，是妙空？

宫里已然天翻地覆，而这个平日就神出鬼没的五明子，此刻却竟然在这里置身事外。

"妙空！"他站住了脚，简短交代，"教中大乱，你赶快回去主持大局！"

如今的五明子几乎全灭，也只能托付妙空来收拾场面了。然而听到这个惊人的消息，妙空只是袖着手，面具覆盖下的脸看不出丝毫表情："是吗？那么，妙风使，你要去哪里？"

"我有急事必须离开，这里你先多担待。"妙风隐隐觉得有哪里不对，然而心急如焚的他顾不上多说，只是对着妙空交代完毕，便急速从万丈冰川上一路掠下——必须争分夺秒赶回药师谷！她这样的伤势，如果不尽快得到好的治疗，只怕会回天乏术。

"走了也好。"望着他消失的背影，妙空却微微笑了起来，声音低诡，"免得你我都麻烦。"

有血从冰上蜿蜒爬来，然而流到一半便冻结。

妙空侧过头，顺着血流的方向走去，将那些倒在暗影里的尸体踢开——那些都是守着西天门的大光明宫弟子，重重叠叠地倒在门楼的背面，个个脸上还带着惊骇的表情，仿佛不敢相信多年来的上司、五明子之一的妙空会忽然对下属痛下杀手。

真是愚蠢啊……这些家伙，怎么可以信任一个戴着面具的人呢？

"都处理完了……"妙空望向了东南方，喃喃，"怎么还不来呢？"

薛紫夜醒来的时候，发现自己在奔驰的马背上。

居然……还活着吗？

风雪在耳畔呼啸,然而身体却并不觉得寒冷——她蜷缩在一个人的怀里,温暖的狐裘簇拥着她,一双手紧紧地托着她的后心,不间断地将和煦的内息送入。

有蓝色的长发垂落在她脸上。

是妙风?

她醒转,露出了一个惨淡的笑,张了张口,想劝说那个人不要白费力,然而毒性侵蚀得她连开口的力气都没有了。仿佛觉察到怀里的人醒转,马背上的男子霍然低下头望着她,急切:"薛谷主?你好一些了吗?"

她微微动了动唇角,扯出一个微笑,然而青碧色的血却也同时从唇边沁出。

"不要担心,我立刻送你回药师谷。"妙风看到那种诡异的颜色,心里也隐隐觉得不祥,"已经快到乌里雅苏台了——你撑住,马上就可以回药师谷了!"

回药师谷有什么用呢?连她自己都治不好这种毒啊……

然而她却没有力气开口。

妙风策马在风雪中急奔,凌厉的风吹得他们的长发猎猎飞舞。她安静地伏在他胸口,听到他胸腔里激烈而有力的心跳,神志再度远离,脸上却渐渐露出了安心的微笑。

啊……终于,再也没有她的事了。

他们都安全了。

她渐渐感觉到无法呼吸,七星海棠的毒猛烈地侵蚀着她的神志,渐渐地,脑海变成了一片空白。那一刻,从不畏惧的她眼里也露出了恐惧——她知道这种毒,会让人在七天内逐步失去意识,最终变成一个白痴。

无数的往事如同眼前纷飞的乱雪一样,一片一片地浮现。

雪怀、明玠、雅弥姐弟、青染师父、余嬷嬷和谷里姐妹们……还有那个欠了自己六十万的家伙。那些爱过她也被她所爱的人。怎么可以?怎么可以忘记呢?

她用尽全力挣扎着想去摸怀里的金针——那些纤细锋利的医器,本来是用来救人的。她在继承药师谷的时候就知道自己的天职所在。然而,她却用它夺去了一个病人的生命。

她犯了医者最不能犯的一种罪。

按门规,她应该自裁以谢此大罪。

然而用尽全力,手指只是轻微地动了动——她连支配自己身体的力量都没有了。

西去的鼎剑阁七剑,在乌里雅苏台遇见了急速往东北方向奔来的人。

妙风使!大雪里,远远望见那一头诡异的蓝发,所有人相顾一眼,立刻分别向七个方位跃出,布好了剑阵严阵以待——妙风是大光明宫中和瞳并称的高手,虽然从不行走于江湖,但从刚才雪原上八骏的尸体来看,他们已然知道这个对手是如何可怕!

霍展白占住了璇玑位,墨魂剑下垂指地,静静地看着那一匹越来越近的奔马。

"唏律律——"仿佛也惊觉了此处的杀气,妙风在三丈外忽然勒马。

"让开。"马上的人冷冷望着鼎剑阁的七剑,"今天我不想杀人。"

他坐在马上,穿着极其宽大暖和的大氅,内里衬着厚厚的狐裘,双手拢在怀里。霍展白默然做了一个手势,示意同伴们警惕,妙风控缰的手藏在大氅内,谁都不能料到他什么时候会猝然出手。

"呵,妙风使好大的口气。"夏浅羽不忿,冷笑起来,"我们可不是八骏那种饭桶!"

"让不让?"妙风居然有些沉不住气,微怒,"不要逼我!"

"有本事,杀出一条血路过去!"夏浅羽大笑起来,剑尖指向璇玑位的霍展白,足下一顿,其余六剑齐齐出鞘,身形交错而出,各奔其位,剑光交织成网,剑阵顿时发动!

妙风的手臂在大氅里动了一下,右手的剑从中忽然刺出。

一道雷霆落到了剑网里,在瞬间就交换了十几招,长剑相击,发出了连绵不绝的"叮叮"之声。妙风辗转于剑光里,以一人之力对抗中原七位剑术精英,却没有丝毫的畏惧。他的剑只是普通的青钢剑,但剑上注满了纯厚和煦的内力,凌厉得足以和任何名剑对抗。

"啊!"七剑里有人发出了惊呼——双剑乍一交击,手里的剑便瞬间仿佛浸入沸水一样火热起来。那种热沿着剑柄透入,烫得人几乎无法握住。

·227·

"小心，沐春风心法！"霍展白看到了妙风剑上隐隐的红光，失声提醒。

仿佛孤注一掷地想速战速决，这个大光明宫里的神秘高手一上来就用了极凌厉的剑法，几乎是招招夺命，不顾一切，只想从剑阵中闯过。

一轮交击过后，被那样汹涌狂烈的内息所逼，鼎剑阁的剑客齐齐向外退了一步。

唯独白衣的霍展白站在璇玑位，手中墨魂剑指向地面，却是分毫不动。无论其他人如何，他只是死守在璇玑位，全身的感知都张开了，捕捉着对手的一举一动。

显然是急于脱身，妙风出招太快，连接之间略有破绽。只是细小的一瞬机会，却立刻被抓到——墨魂剑就如一缕黑色的风，从妙风的剑光里急速透了进来！

中了！

霍展白一剑得手，心念电转之间，却看到对方居然在一瞬间弃剑！在这电光石火的一瞬，他居然硬生生用手臂挡向了那一剑。

"嚓"，轻轻一声响，纯黑的剑从妙风掌心投入，刺穿了整个手掌将他的手钉住！

得手了！其余六剑一瞬发出了低低的呼声，立刻掠来，趁着对手被钉住的刹那齐齐出剑，六把剑交织成了一道光网，只要一个眨眼就能把人绞成碎片！

在那一瞬间，妙风霍然抽剑转身！

"唰"，他根本不去管刺向他身周的剑，只是不顾一切地出手，手里长剑瞬间点在了七剑中年纪最小、武功也最弱的周行之咽喉上。

所有的剑，都在刺破他衣衫时顿住。

"八弟，你——"卫风行大吃一惊，和所有人一起猝不及防地倒退出三步。

谁都没有想到，这个人居然铤而走险，用出了玉石俱焚的招式！

"不要管我！"周行之脸色惨白，嘶声厉呼。

妙风单手执剑，显然刚才一番激战也让他体力透支，他气息平匀，眼神却冰冷："我收回方才的话，你们七人联手，的确可以拦下我。但，至少要留下一半以上人的性命。"

他声音疲惫而嘶哑:"大路朝天,各走一边。"

七剑沉默下来,齐齐望向站在璇玑位上的霍展白。

霍展白也望着妙风,沉吟不决。

这一次他们的任务只在于剿灭魔宫,如果半途和妙风硬碰硬地交手,只怕尚未到昆仑就损失惨重——不如干脆让他离开,也免得多一个阻碍。

沉吟之间,卫风行忽然惊呼出声:"大家小心!"

鼎剑阁的七剑齐齐一惊,瞬间以为自己看花了眼——妙风的大氅内忽然间伸出了第三只手,苍白而瘦弱。

他们忽然间明白了,露出不可思议的表情,妙风使身边,居然还带着一个人?!他竟然如此托大,就这样带着人和他们交手!而那个人居然如此重要,即便是牺牲他自己的一只手去挡,也在所不惜?

那只手急急地伸出,手指在空气里张开,大氅里有个人不停地喘息,却似无法发出声音来。

妙风脸色变了,手里长剑往前一送,割破了周行之的咽喉:"你们让不让路?"

周行之也是硬气,居然毫无惧色:"不要让!别管我!"

"放开八弟,"终于,霍展白开口了,"你走。"

他往后微微退开一步,离开了璇玑位,布置严密的剑阵顿时洞开。

妙风松了一口气,瞬间收剑,策马扬鞭飞速驰骋而去。

霍展白站在大雪里,望着东北方一骑绝尘而去,隐隐之间忽然有某种不祥的预感。

他不知道是为了什么,只是感觉自己可能是永远地错过了什么。

他就这样站在雪里,紧紧握着墨魂剑,任大雪落满了一身。一直到旁边的卫风行拍了拍他的肩膀,他才惊觉过来。翻身上马时,他还是忍不住回头看了一下妙风消失的方向。

然而,那一骑,早已消失在漫天的大雪里。如冰风呼啸,一去不回头。

有什么……有什么东西,已然无声无息地从身边经过了吗?

一直到很久以后,他才知道,原来这一场千里的跋涉,最终不过是来做最后一次甚至无法相见的告别。

妙风怀抱着薛紫夜，在漫天大雪中催马狂奔。

整个天和地中，只有风雪呼啸。

冰冷的雪，冰冷的风，冰冷的呼吸——他只觉得身体里的血液都快要冻结。

"噗"，筋疲力尽的马被雪坎绊了一跤，前膝一屈，将两人从马背上狠狠甩了下来。妙风急切间伸手在马鞍上一按，想要掠起，然而身体居然沉重如铁，根本没有了平日的灵活。

他只来得及在半空中侧转身子，让自己的脊背承受了两个人的重量，摔落雪地。

一口血从他嘴里喷出，在雪上溅出星星点点的红。

和教王一战后，他的身体一直未曾恢复，而方才和鼎剑阁七剑一轮交手，更是恶化了伤势。此刻他的身体，也已然快要到了极限。

虽然他们两个人都拥有凌驾于常人的力量，但此刻在这片看不到头的雪原上，这一场跋涉是那样无助而绝望。这样相依踉跄而行的两人，在上苍的眼睛里渺小如蝼蚁，随时可能被苍茫浩大的风雪彻底淹没。

他忽然感觉手臂被用力握紧，然而风雪里只有细微急促的呼吸声，仿佛想说什么却终究没能说出来。

"薛谷主！"妙风连忙解开大氅，将狐裘里的女子抱了出来，双手抵住她的后心。

那一张苍白的脸出现在狐裘里，已经变为可怖的青色。她一只手用力抓着他的肩膀，另一只手探了出来，一直保持着张开的姿势，微微在空气里痉挛，似乎想要用尽全力抓住什么，口唇微微翕动，却说不出话来。

刚才……刚才是幻觉吗？她居然听到了霍展白的声音！

那一瞬间，濒死的她感到莫名的喜悦，以惊人的力气抬起了手，想去触摸那个声音的来源——然而因为剧毒的侵蚀，衰弱的她甚至无法发出一个字来。

她无声而急促地呼吸，眼前渐渐空白，忽然浮现出一个温暖的笑靥——

"等回来再和你比酒！"

梅花如雪而落，梅树下，那个人对她笑着举起手，比了一个猜拳的手势。

"霍、霍……"她的嘴唇微微动了动，终于吐出了一个字。

"薛谷主！"轻微的声音却让身边的人发出了狂喜低呼，停下来看她，"你终于醒了？"

是、是谁的声音？

她睁开眼睛，映入眼帘的，却是蓝色的发和白色的雪。

"雅弥……"她的神志稍微回复，吐出了轻微的叹息——原来，是这个人一直不放弃地想挽回她的性命吗？是这个人，一直伴随到她生命的最后一刻吗？

那，也是一种深厚的宿缘吧。

他想说什么，她却忽然竖起了手指："嘘……你看。"

纤细苍白的手指颤巍巍地伸出，指向飘满了雪的天空，失去血色的唇微微开合，发出欢喜的叹息，吐出一个字："光。"

妙风下意识地抬起头，然而头顶灰白色的天幕冷凝如铁，只有无数的雪花纷纷扬扬迎头而落，荒凉如死。

他忽然间有一种入骨的恐惧，霍地低头："薛谷主！"

就在引开他视线的一瞬间，她的手终于顺利地抓住了那一根最长的金针，紧紧地握在了手心。

"光。"她躺在柔软的狐裘里，仰望着天空，唇角带着一丝不可捉摸的微笑。

在她逐渐模糊的视线里，渐渐有无数细小的光点在浮动，带着各种美丽的颜色，如同精灵一样成群结队地飞舞，嬉笑着追逐。最后凝成了七色的光带，在半空不停辗转变幻，将她笼罩。

她对着天空伸出手来，极力想去触摸那美丽绝伦的虚幻之光。

和所爱的人一起去那极北之地，在浮动的巨大冰川上，看天空里不停变幻的七色光……那是她少女时候的梦想。

然而，她的梦想，在十四岁那年就永远地冻结在了漆黑的冰河里。

劫后余生的她独居幽谷，平静地生活，心如止水，将自己的一生如落雪一样无声埋葬。

然而，曾经一度，她也曾动了止水之心，开始希望拥有新的生活。

希望有一个人能走入她的生活，能让她肆无忌惮地笑，无所顾忌地哭，希望穿过所有往事筑起的屏障直抵彼此的内心。希望，可以和普通女子一样蒙着喜帕出阁，在红烛下静静地幸福微笑；可以在柳丝初长的时候坐在绣楼上，等良人的归来；可以在每一个欲雪的夜晚，用红泥小炉温热新醅酒，用正经或者不正经的谈笑将昔年所有冰冷的噩梦驱散。

曾经一度，她也并不是没有过对幸福的微小渴求。

然而，一切，终究还是这样擦身而过。

雪不停地下。她睁开眼睛凝望着灰白色的天空，那些雪一片一片精灵般地飞舞，慢慢变大、变大……掉落到她的睫毛上，冰冷而俏皮。

已经是第几天了？

七星海棠的毒在慢慢侵蚀着她的脑部，很快，她就要什么都忘记了吧？

她茫然地睁开眼睛，拼命想去抓住脑海里潮汐一样消退的幻影，另一只藏在狐裘里的手紧紧握住了那根长长的金针。

鼎剑阁的七剑来到南天门时，如意料之中一样，一路上基本没有遇到什么成形的抵抗。

魔宫显然刚经历过一场大规模的内斗，此刻从昆仑山麓到天门之间，一片凌乱，原本设有的驿站和望风楼上只有几个低级弟子看守，而那些负责的头领早已不见了踪影。

霍展白在冰川上一个点足，落到了天门中间的玉阶上。

高高的南天门上，赫然已有一个戴着青铜面具的人在静静等待着。

妙空？

"你们终于来了。"看到七剑从冰川上一跃而下，那个人从面具后吐出了一声叹息，虽然戴着面具，但也能听得出他声音里的如释重负，"我等了你们八年。"

他对着霍展白伸出手来。

袖子上织着象征着五明子身份的火焰纹章，然而那只苍白的手上却明显有着一条可怖的伤痕，一直从虎口延展到衣袖里——那是一道剑伤，挑断了虎口经脉，从此后这只右手便算是残废，再也无法握剑。

霍展白和其余六剑一眼看到那一道伤痕，齐齐一震，躬身致意。八人在大光明宫南天门前一起做了同一个动作——倒转剑柄、抵住眉心。然后，相视而笑。

"六哥。"他走上前去握住那只伸过来的手，眼里带着说不出的表情，"辛苦你了。"

"霍七，"妙空微笑起来，"八年来，你也辛苦了。"

他抬起手，从脸上摘下了一直戴着的青铜面具，露出一张风霜清奇的脸，对一行人扬眉一笑——那张脸，是中原武林里早已宣告死亡的脸，也是鼎剑阁七剑生死不能忘的脸。

八剑中排行第六的，汝南徐家大公子——徐重华！

八年前，为了打入昆仑卧底，遏制野心勃勃试图吞并中原武林的魔宫，这个昔年和霍展白一时瑜亮的青年才俊，曾经承受了那么多的压力和误解——

为了脱离中原武林，他装作与霍展白争夺新任阁主之位，失败后一怒杀伤多名长老远走西域。为了取信教王，他与追来的霍展白于星宿海旁展开了一场生死搏杀，最后被霍展白一剑废掉右手，又洞穿了胸口。

重伤垂死中挣扎着奔上南天门，终于被教王收为麾下。

从此，昆仑大光明宫里，多了一名位列五明子的神秘高手。而在中原武林里，他便是一个已经"死去"的背叛者了。连他新婚不久的妻子，都不知道背负着恶名的丈夫还活在天下的某一处。

八年后，摘下了"妙空"的面具，重见天日的徐重华对着同伴们展露笑意，眼角却有深深的刻痕，双鬓斑白——那么多年的忍辱负重，已然让这个刚过而立之年的男子过早地衰老了。

霍展白握着他的手，想起多年来两人之间纠缠难解的恩怨情仇，一时间悲欣交集。

他是他多年的同僚，争锋的对手，可以托付生死的兄弟，然而，却也是夺去了秋水的情敌——在两人一起接受了老阁主那一道极机密的命令时，他赞叹对方的勇气和耐力，却也为他抛妻弃子的决绝而愤怒。

在星宿海的那一场搏杀，假戏真做的他，几乎真的要把这个人格杀于剑下。

他无法忘记在一剑废去对方右手时，徐重华看着他的眼神。

那一瞬间，为了极其机密的任务而舍命合作的两人，心里是真的想置对方于死地的吧。

八年了，这么多的荣辱悲欢转眼掠过，此刻昆仑山上再度双手交握的两人眼里涌出无数复杂的情绪，执手相望，却终无言。

"快，抓紧时间，"然而一贯冷静内敛的徐重华首先抽出了手，催促赶来的同伴，"跟我来！此刻宫里混乱空虚，正是一举拔起的大好时机！"

"好！"同伴们齐声响应。

鼎剑阁八剑，在八年后终于重新聚首，直捣魔宫最深处！

霍展白带着众人，跟随着徐重华飞掠。然而一路上，他却忍不住看了一眼徐重华——他已然换为左手握剑，斑白的鬓发在眼前飞舞。八年后，那个意气风发的少年已然苍老，然而心性，还是和八年前一样吗？

一样的雄心勃勃，执着于建立功名和声望，不甘于俯首在任何人之下，想成为中原武林的霸主，为此不惜付出任何代价。

就算在重聚之时，他甚至都没有问起过半句有关妻子的话。

霍展白忽然间有些愤怒，虽然也知道在这样的生死关头，这种愤怒来得不是时候。

"秋水她……"他忍不住开口，想告诉他多年来他妻子和孩子的遭遇。

这个八年前就离开中原的人，甚至还不知道再也无法见到自己的儿子了吧？

然而徐重华眉梢一蹙，却阻止了他继续说下去："这些，日后再谈。"

霍展白心底一冷，然而不等他再说话，眼前已然出现了大群魔宫的子弟，那些群龙无首的人正在星圣女娑罗的带领下寻找着教王或者五明子的踪迹，然而整个大光明宫空荡荡一片，连一个首脑人物都不见了。

他们正准备往修罗场方向找去，却看到了山下来的这一批闯入者。

"妙空使！"星圣女娑罗惊呼起来，掩住了嘴。

五明子里仅剩的妙空使，居然勾结中原武林，把人马引入了大光明宫！

这个回鹘的公主养尊处优，还从来没有见过这样混乱而危险的局面。

八柄剑在惊呼中散开来，如雷霆一样击入了人群！

那几乎是中原武林新一代的力量凝聚。八剑一旦聚首，所释放的力量，又岂是群龙无首的大光明宫子弟可以抵挡？

那一场厮杀，转眼便成了屠戮。

"她逃了！"夏浅羽忽然回头大呼——视线外，星圣女娑罗正踉跄地飞奔而去，消失在玉楼金阙之间。

"追！"徐重华一声低叱，带头飞掠了出去，几个起落消失。

其余几剑对视一眼，几柄长剑扫荡风云后往回一收，重新聚首，立刻也追随而去。

只有霍展白微微犹豫了一下。

"风行。"他对身侧的同僚低唤，"你有没有发现，一路上我们都没有遇到修罗场的人？"

卫风行一惊："是啊。"

顿了顿，他回答："或许，因为瞳的叛变，修罗场已然被教王彻底清扫？"

星圣女娑罗在狂奔，脸上写满了恐惧和不甘。

姐姐死了……教王死了……五明子也死了……一切压在她头上的人，终于都死了。这个大光明宫，眼看就是她的天下了——可在这个时候，中原武林的人却来了吗？

他们要覆灭这里的一切！

她踉跄地朝着居所奔跑，听到背后有追上来的脚步声。

一侧头，明亮的利剑便刺入了眼帘。

那是妙空使，冷笑着堵住了前方的路。

"不！"她惊呼了一声，知道已经来不及逃回住所，便扭头奔入了另一侧的小路——慌不择路的她，没有认出那是通往修罗场的路。

她狂奔而去，却发现那是一条死路。

背后的八剑紧追来，心胆俱裂的她顾不得别的，直接推开了那一扇铁门冲了进去——一股阴冷的气息迎面而来，森冷的雪狱里一片黑暗，只有火把零星点缀，让她的视觉忽然一片暗淡，什么也看不见了。

"呵……"暗黑里，忽然听到了一声冷笑，"终于，都来了吗？"

她在一瞬间被人拎了起来，狠狠地甩到了冰冷的地面上，痛得全身颤抖。

"是，瞳公子。"她听到有人回答，声音带着轻笑，"这个女人把那些人都引过来了。"

这个声音……是紧随自己而来的妙空使？！

他在说什么？瞳公子？

她忽然全身一震，不可思议地抬起头来："瞳？！"

黑夜里，她看到了一双妖诡的眼睛，淡淡的蓝和纯正的黑，闪烁如星。

"瞳！你……你没死？！"她惊骇地大叫出来，看着这个多日之前便已经被教王关入了雪狱的人——叛乱失败后，又中了七星海棠之毒，他怎么可能还能这样平安无事地活着！而监禁这样顶级叛乱者的雪狱，为什么会是洞开的？

难道，教王失踪不到一天，这个修罗场却已落入了瞳的控制？

"是的，我还活着。"黑夜里那双眼睛微笑起来了，即便没有用上瞳术也令人目眩，在黑暗里俯下身，捏住了回鹘公主的下颌，"你很意外？"

那样漆黑的雪狱里，隐约有无数的人影，影影绰绰附身于其间，形如鬼魅。

星圣女娑罗只觉得心惊，瞳执掌修罗场多年，培养了一批心腹，此刻修罗场的杀手精英们，居然都无声无息地集结在了此处？

这短短一天之间天翻地覆，瞳和妙空之间，又达成了什么样的秘密协议？！

"瞳，我帮你把修罗场的人集合起来，也把那些人引过来了——"鼎剑阁七剑即将追随而来，在这短短的空当里，徐重华重新戴上了青铜面具，唇角露出转瞬即逝的冷酷笑意，轻声，"接下来，就看你的了。"

"知道。"黑夜里，那双妖诡的眼里霍然焕发出光来，"各取所需，早点完事！"

脚步声已经到了门外一丈之内，黑暗里的人忽然竖起了手掌，仿佛接到了无声的命令，那些影影绰绰的人影在一瞬间消失了，融入了雪狱无边无际的黑夜。

妙空的身影，也在门口一掠而过。

"六哥！"当先奔来的是周行之，一眼看到，失声冲入。

"唰！"一步踏入，暗夜里仿佛忽然有无形的光笼罩下来，他情不自禁地转头看过去，立刻便看见了黑暗深处那一双光芒四射的眼睛——那是妖异得几乎让人窒息的双瞳，足以将任何人溺毙其中。

那一瞬间，他再也无法移开分毫。

在他被瞳术定住的瞬间，黑夜里一缕光无声无息地穿出，勒住了他的咽喉。

周行之连一声惊呼都来不及发出，身体就从地上被飞速拉起，吊向了雪狱高高的顶上。他拼命挣扎，长剑松手落下，双手抓向咽喉勒着的那条银索，喉咙咳咳有声。

"干得好。"徐重华轻笑一声，飞身掠出，只是一探手，便接住了同僚手里掉落的长剑。然后，想都不想地倒转剑柄挥出，"嚓"的一声，挑断了周行之握剑右手拇指的筋络。

"第一柄，莫问。"他长声冷笑，将破浪剑掷向屋顶，"嚓"的一声钉在了横梁上。

鼎剑阁七剑里的第一柄剑。

转身过来时，第二、第三人又已结伴抵达，双剑乍一看到周行之被吊在屋顶后，不由得惊骇地冲入解救，却在黑暗中同样猝不及防地被瞳术迎面击中，动弹不得，随后，被黑暗中的修罗场杀手精英们一起伏击。

夺命的银索无声无息飞出，将那些被定住身形的人吊向高高的屋顶。

"第二，流光。第三，转魄。"

接二连三地将坠落的佩剑投向横梁，徐重华唇角带着冷笑。

"重……华？你……你……"吊在屋顶的同僚终于认出了那青铜面具，挣扎着发出低哑的呼声，因为苦痛而扭曲的脸上露出不敢相信的表情。

这个最机密的卧底、鼎剑阁昔年八剑之一的人，居然背叛了中原武林？！

他，是一名双面间谍？！

"呵。"徐重华却只是冷笑。

重新戴上青铜面具，便又恢复到了妙空使的身份。

愚蠢！难道他们以为他忍辱负重那么多年，不惜抛妻弃子，只是为了替中原武林灭亡魔宫？笑话！什么正邪不两立，什么除魔卫道，他要的，只不过是这个中原武林的霸权，只不过是鼎剑阁主的位置！

为了这个，他不惜文身吞炭，不择手段——包括和瞳这样的杀手结盟。

他把魔宫教王的玉座留给瞳,而瞳则帮他登上鼎剑阁主的位置。而所有的同僚,特别是鼎剑阁的其余七剑,自然都是这条路上迟早要除去的绊脚石。如今机会难得,干脆趁机一举扫除!

他接二连三地削断了同僚们手筋,举止利落毫不犹豫——立下了这样的大功,又没了可以和他一争长短的强劲对手,这个鼎剑阁、这个中原武林,才算是落入了囊中。

"夺夺夺",接连不断的声响,又有三柄剑被钉上横梁。

然而,最后一个进入的夏浅羽毕竟武艺高出前面几位一筹,也机灵得多,虽然被瞳术迎面击中,四肢无法移动,却在千钧一发之际转头避开了套喉银索,发出了一声惊呼:"小心!瞳术!"

瞬间,黑暗里有四条银索从四面八方飞来,同时勒住了他的脖子,将他吊上了高空!

"糟了。"妙空低呼一声,埋伏被识破,而最难对付的两人还尚未入瓮!

果然,那一声惊呼是关键性的提醒,让随后赶到的霍展白和卫风行及时停住了脚步。两人站在门外,警惕地往声音传来处看去,齐齐失声惊呼!

黑暗里有灯火逐一点亮,明灭映出六具被悬挂在高空的躯体,不停地扭曲,痛苦至极。

"别看他眼睛!"一眼看到居中的黑衣人,不等视线相接,霍展白失声惊呼,一把拉开了卫风行,"是瞳术!只看他的身体和脚步的移动,再来判断他的出手方位。"

"呵,"灯火下,那双眼睛的主人笑起来了,"不愧是霍七公子。"

那个坐在黑暗深处的青年男子满身伤痕,四肢和咽喉都有铁镣磨过的血痕,似是受了不可想象的折磨,苍白而消瘦,然而他却抬起了头扬眉一笑。那一笑之下,整个人仿佛焕发出了夺目的光。那种由内而外的光不仅仅通过双瞳发出,甚至连没有盯着他看的人,都感觉室内的光芒为之一亮!

"瞳,药师谷一别,好久不见。"霍展白沉住了气,缓缓开口。

瞳却是不自禁地一震,眼里妖诡般的光亮微微一敛,杀气减弱,药师谷……药师谷。这三个字和某个人紧密相连,只是一念及,便在一瞬间击中了他心里最软弱的地方。

在这样生死一发的关键时刻,他却不自禁地走了神。

"快!"霍展白瞬间觉察到了这个细微的破绽,对身边卫风行断喝一声,"救人!"

两人足尖加力,闪电般扑向六位被吊在半空的同僚,双剑如同闪电般掠出,割向那些套喉的银索。只听"铮"的一声响,有断裂的声音。一个被吊着的人重重下坠。

"六弟!"卫风行认出了那是徐重华,连忙冲过去接住。

然而,他忽然间全身一震。

"嗤",轻轻一声响,对方的手指无声无息地点中了他胸口的大穴,将他在一瞬间定住。另外一只手同时利落地探出,在他身体僵硬的刹那夺去了他手里的长剑,反手一弹,牢牢钉在了横梁上。

"六弟!"卫风行不可思议地惊呼,看着那个忽然间反噬的同僚。

"六弟?"那个戴着青铜面具的人冷笑起来,望着霍展白,"谁是你兄弟?"

霍展白停在那里,死死望着他,眼里有火在燃烧:"徐重华!你、真的叛离了?你到底站在哪一边?!"

"我从不站在哪一边。"徐重华冷笑,"我只忠于自己。"

"你背叛鼎剑阁也罢了,可是你连秋水母子都不顾了吗?"霍展白握紧了剑,身子微微发抖,试图说服这个叛逃者,"她八年来受了多少苦——你连问都不问!"

"别和我提那个贱女人,"徐重华不屑地笑,憎恶,"她就是死了,我也不会皱一下眉头。"

霍展白的身子一瞬间僵硬。

他说什么?他说秋水是什么?

"她嫁给我只不过赌气,就如我娶她也只不过是为了打击你一样。"徐重华冷漠地回答,"八年来,难道你还没明白这一点?"

霍展白怔怔望着这个同僚和情敌,这些年,他千百次地揣测当初秋水为何忽然下嫁汝南徐家,以为她遭到胁迫,或者是变了心,却独独未想到那个理由竟然只是如此简单。

"就为那女人,我也有杀你的理由。"徐重华戴着青铜面具冷笑,提起了剑。

"可你的孩子呢?"霍展白眼里有愤怒的光,"沫儿病了八年!你知道吗?他刚刚死了!你知道吗?"

戴着面具的人猛然一震,冷笑从唇边收敛了。

"我的儿子?我有儿子?"他看着手里的剑,喃喃。他受命前来昆仑卧底时,那个孩子还在母亲的腹中。直到夭折,他竟是没能看上一眼!

"死了也好!"然而,只是微一沉默,他复又冷笑起来,"鬼知道是谁的孽种?"

"闭嘴!"愤怒的火终于从心底完全燃透,直冒出来,霍展白再也不去多话,飞身扑过去,"徐重华,你无药可治!"

"扔掉墨魂剑!"徐重华却根本不去格挡那愤怒的一剑,手指扣住了地上卫风行的咽喉,眼里露出杀气,"别再和我说什么大道理!信不信我立刻杀了卫五?"

剑势到了中途陡然一弱,停在了半空。

徐重华看到他果然停步,纵声大笑,恶狠狠地捏紧卫风行咽喉:"立刻弃剑!我现在数六声,一声杀一个——"

"一!"

"唰",声音未落,墨魂如同一道游龙飞出,深深刺入了横梁上方。

"哈。"抬起头看着七柄剑齐齐地钉在那里,徐重华在面具后发出了再也难以掩饰的得意笑声。他封住了卫风行的穴道,缓步向手无寸铁的霍展白走过来,手里的利剑闪着雪亮的光。

"霍七,你还真是重情义。"徐重华讽刺地笑,眼神复杂,"对秋水音如此,对兄弟也是如此——这样活着,不觉得累吗?"不等对方反驳,他举起了手里的剑,"手里没了剑,一身武艺也废了大半吧?今天,也是我报昔年星宿海边一剑之仇的时候了!"

说到这里,他侧头,对着黑暗深处那个人微微颔首:"瞳,配合我。"

瞳一直没有说话,似乎陷入了某种深思,此刻才惊觉过来,没有多话,只是微微拍了拍手,瞬间,黑夜里蛰伏的暗影动了,雪狱狭长的入口甬道便被杀手们完全控制。

另外,有六柄匕首,贴在了鼎剑阁六剑的咽喉上。

"你尽管动手。"瞳击掌,面无表情地发话,眼神低垂,凝视着手里一个羊脂玉小瓶——那,还是那个女子临去时,给他留下的最后的东西。

"好!"徐重华大笑起来,"联手灭掉七剑,从此中原西域,便是你我之天下!"

他再也不容情,对着手无寸铁的同僚刺出了必杀的一剑——那是一种从心底涌出的憎恨和恶毒,恨不能将眼前人千刀万剐、分尸裂体。那么多年了,无论在哪一方面,眼前这个人时刻都压制着他,让他如何不恨?

霍展白在黑暗里躲避着闪电般的剑光,却不敢还手。

因为,只要他一还手,那些匕首就会割断同僚们的咽喉!

徐重华有些愕然——剑气!虽然手中无剑,可霍展白每一出手,就有无形剑气破空而来,将他的佩剑白虹格开!这个人的剑术,在八年后居然精进到了这样的化境?

眼神因为憎恶越发炽热,他并不急着一次杀死这个宿敌,而只是缓缓地、一步步地逼近,长剑几次在霍展白手足上掠过,留下数道深浅不一的伤口。

"嚓",那一剑刺向眉心,霍展白闪避不及,只能抬手硬生生去接。

那一剑从左手手腕上掠过,切出长长的伤口。

"哈哈哈哈……"血腥味弥漫,刺激得徐重华狂笑起来,"霍七,当年你废我一臂,今日我要断了你双手双脚!就是药师谷的神医也救不了你!"

药师谷……在这样生死一线的情况下,他却忽然微微一怔。

"等我回来,再和你划拳比酒!"

难道,是再也回不去了吗?

此念一生,一股求生的力量忽然注满了他全身。霍展白脚下步法一变,身形转守为攻,指尖上剑气吞吐凌厉,徐重华始料不及,一时间乱了攻击的节奏。

奇怪的是,修罗场的杀手们却并未立刻上来相助,只是在首领的默许下旁观。

霍展白手中虽然无剑,可剑由心生、吞吐纵横,竟是比持有墨魂之时更为凌厉。转眼过了百招,他觑了一个空当,右手电光一样点出,居然直接弹在了白虹剑上。

"铮"的一声，名剑白虹竟然应声而断！

"瞳！"眼看对方手指随即疾刺自己咽喉，徐重华心知无法抵挡，脱口，"帮我！"

"好。"黑夜里，那双眼睛霍然睁开了，断然说了一个字。

没有人看到瞳是怎样起身的，只是短短一瞬，他仿佛就凭空消失了。而在下一个刹那，他出现在两人之间。一切都戛然而止——暗红色的剑，从徐重华的胸口露出，刺穿了他的心脏。

沥血剑！

"瞳！"刹那间，两人同时惊呼。

霍展白看到剑尖从徐重华身体里透出，失惊，迅疾地倒退一步。

"为什么……"青铜面具从脸上铮然落下，露出痛苦而扭曲的脸，徐重华不可思议地低头看着胸口露出的剑尖，喃喃，"瞳，我们说好了……说好了……"

他无论如何想不出，以瞳这样的性格，有什么可以让他忽然变卦！

"我只说过你尽管动手，可没说过我不会杀你。"无声无息掠到背后将盟友一剑洞穿，瞳把穿过心脏的利剑缓缓拔出，面无表情。

"你……"徐重华厉声道，面色狰狞如鬼。

习惯性地将剑在心脏里一绞，粉碎了对方最后的话。瞳拔出滴血的剑，在死人身上轻轻来回擦拭，妖诡的眼神里有亮光一闪，仿佛是喃喃自语："你想知道原因？很简单，即便是我这样的人，有时候也会有洁癖。"

"我实在不想有你这种同盟者。"

青铜面具跌落在一旁，不瞑的双目圆睁着，终于再也没有了气息。

事情兔起鹘落，瞬忽激变，霍展白只来得及趁着这一空当掠到卫风行身边，解开他的穴道，然后两人提剑背向而立，随时随地准备着最后的一搏。

黑暗里，那些修罗场暗界的杀手依然静静站在那里，带着说不出的压迫力。

"好了，事情差不多都了结了。"瞳抬头看着霍展白，唇角露出冷笑，"你们以为安排了内应，趁着教中大乱，五明子全灭，我又中毒下狱，此次便是手到擒来？"

他说得很慢，说一句，在尸体上擦一回剑，直到沥血剑光芒如新。

"可惜人算不如天算，谁知道我中了七星海棠之毒还能生还？谁知道妙空也有背叛鼎剑阁之心？"瞳淡淡开口，说到这里忽然冷笑起来，"这一回，恐怕七剑都是有来无回！"

霍展白没有回答，只是冷冷地望着他，他知道这个人说的全都是实话。他只是默不作声地捏起了剑诀，随时随地准备和这个魔宫的第一杀手血战。

"想救你这些朋友吗？"擦干净了剑，瞳回转剑锋逼住了周行之的咽喉，对着霍展白冷笑，"答应我一个条件，我可以放了他们。"

"别理他！"周行之还是一样的暴烈脾气，脱口怒斥，"我们武功已废，救回去也是——"

一击重重落到他后脑上，将他打晕。

"失败者没有选择命运的权力。"瞳冷笑着回过身，凝视着霍展白，"霍七，我们来谈判吧。我知道你尚有余力一战，起码可以杀伤我手下过半人马。但同时，你们所有人也得把命留在昆仑。"

霍展白沉默。沉默就是默认。

"鱼死网破，这又是何必？"他一字一字开口，"我们不妨来订一个盟约。条件很简单，我让你带着他们回去，但五年内，鼎剑阁人马不过阳关，中原和西域井水不犯河水！"

听得此语，霍展白和地上的其余鼎剑阁同僚都是微微一惊。

的确是简单的条件。但以瞳那种赶尽杀绝的脾气，在占上风的情况下，忽然提出和解，却不由得让人费解。

"这样做的原因，是我现在还不想杀你。"仿佛猜出了对方心里的疑虑，瞳大笑起来，将沥血剑一扔，坐回了榻上，"不要问我为什么，那个原因是你猜不到的。我只问你，肯不肯订约？"

霍展白沉吟片刻，目光和地下其余几位同僚微一接触，也便有了答案。事情到了如今这种情况，也只有姑且答应了。

"可以。"他伸出手来和瞳相击，立约，"五年内，井水不犯河水！"

瞳的手掌和他交击，却笑："有诚意的话，立约的时候应该看着对方的眼睛吧？"

看着他的眼睛？鼎剑阁诸人心里都是齐齐一惊——小心瞳术！

然而霍展白却是坦然，无所畏惧地直视那双妖异的眸子。视线对接，那双浅蓝色的妖异双瞳中神光闪烁，深而诡，看不到底，却没有丝毫异样。

"好！"看了霍展白片刻，瞳猛然大笑起来，拂袖回到了黑暗深处，"你们可以走了！"

他伸手轻轻拍击墙壁，雪狱居然一瞬间发生了撼动，梁上钉着的几柄剑刹那全部反跳而出，"叮"的一声落地，整整齐齐排列在七剑面前。

"告辞。"霍展白解开了同伴的穴，持剑告退。

瞳在黑暗里坐下，和黑暗融为一体。

他没有再去看，仿佛生怕自己一回头，便会动摇。

纵虎归山……他清楚地知道自己做了一件本不该做的事，错过了一举将中原武林有生力量全部击溃的良机。

然而……他的确不想杀他。

不仅仅因为他心里厌恶妙空，也不仅仅因为连续对六位一流高手使用瞳术，透支了他的精神力，已然没有足够的胜算。最后，也最隐秘的原因，他是"那个人"的朋友。

在药师谷那一段短短时间里，他看到过他和她之间有着怎样深挚的交情。如果今天在这里杀了霍展白，她……一定会用责怪的眼神看他吧？

他是无法承受那样的眼光的。

即便是为了报答姐姐的救命之恩，他也要放走霍展白一次！

她最后的话还留在耳边，她温热的呼吸仿佛还在眼睑上。然而，她却已经再也不能回来了……在身体麻痹解除、双目复明的时候，他疯狂地冲出去寻觅她的踪迹。然而得到的消息却是她昨日去了山顶乐园给教王看病，然后，不知道发生了什么，整座大殿就在瞬间坍塌了。

他在断裂的白玉川上怔怔凝望山顶，却知道那个金碧辉煌的天国乐园已然成为往日一梦。

一切灰飞烟灭。

在鼎剑阁七剑离去后，瞳闭上了眼睛。挥了挥手，黑暗里的那些影子便齐齐鞠躬，拖着妙空的尸体散去了。只留下他一个人坐在最深处，缓缓抚摸着自己复明的双眸。

雪狱寂静如死。

如果没有迷路,如今应该已经到了乌里雅苏台。

妙风抱着垂死的女子,在雪原上疯了一样地狂奔。

向北、向北、向北……狂风不断卷来,眼前的天地一片空白,一望无际——那样苍白而荒凉,仿佛他二十多年来的人生。

他找不到通往乌里雅苏台的路,几度跌倒又踉跄站起。尽管如此,他却始终不敢移开抵在她后心上的手,不敢让输入的内息有片刻的中断。

猛烈的风雪几乎让他麻木。

妙风在乌里雅苏台的雪野上踉跄奔跑,风从耳畔呼啸而过,感觉有泪在眼角渐渐结冰。他想起了二十多年前的那一夜,那个时候,他也曾这样不顾一切地奔跑。

转眼间,已经是半生。

"呀——呀——"忽然间,半空里传来鸟类的叫声。

他下意识地抬起头,看到了一只雪白的鹞鹰。在空中盘旋,向着他靠过来,不停地鸣叫,悲哀而焦急。

奇怪……这样的冰原上,怎么还会有雪鹞?他脑中微微一怔,忽然明白过来,这是人养的鹞鹰,既然它出现在雪原上,它的主人只怕也就不远了!

明白它是在召唤自己跟随前来,妙风终于站起身,踉跄地随着那只鸟儿狂奔。

那一段路,仿佛是个梦——

漫天漫地的白,时空都仿佛在一瞬间凝结了。他抱着垂死的人在雪原上狂奔,跌倒又爬起,不知道多少次,多少路,风雪模糊了过去和未来……只有半空中传来白鸟凄厉的叫声,指引他前行的方向。

如果说,这世上真的有所谓的"时间静止",那么,就是在那一刻。

在那短暂的一路上,他一生所能承载的感情都已然全部燃烧殆尽。

在以后无数个雪落的夜里,他经常会梦见一模一样的场景,那种刻骨铭心的绝望令他一次又一次从梦中惊醒,然后在半夜里披衣坐起,久久不寐。

窗外大雪无声。

乌里雅苏台。

入夜时分，驿站里的差吏正在安排旅客就餐，却听到窗外一声响，扑簌簌地飞进来一只白鸟。他惊得差点把手里的东西掉落。那只白鸟从窗口穿入，盘旋了一下便落到了一名旅客的肩头，抖抖羽毛，松开满身的雪，发出长短不一的凄厉叫声。

"雪儿，怎么了？"那个旅客略微吃惊，低声问，"你飞哪儿去啦？"

那人的声音柔和清丽，竟是女子的声音，让差吏不由得微微一惊。

然而不等他看清楚那个旅客是男是女，厚厚的棉质门帘被猛然掀开，一阵寒风卷入，一个人踉跄地冲入城门口的驿站内。

那是一个年轻男子，满面风尘，仿佛是长途跋涉而来，全身沾满了雪花。隐约可以看到他的怀里抱着一个人，那个人深陷在厚厚的狐裘里，看不清面目，只有一只苍白的手无力垂落在外面。

"有医生吗？"他喘息着停下来，用着一种可怕的神色大声问，"这里有医生吗？"

在他抬头的瞬间，所有人都吓了一跳。

蓝色的……蓝色的头发？驿站差吏忽然觉得有点眼熟，这个人，不是在半个月前刚刚从乌里雅苏台路过，向西去了吗？

"这位客官，你是……"差吏迟疑着走了过去，开口招呼。

"医生！"然而不等他把话说完，领口便被狠狠勒住，"快说，这里的医生呢？！"

对方只是伸出了一只手，就轻松地把差吏凌空提了起来，恶狠狠地逼问。那个可怜的差吏拼命当空舞动手足，却哪里说得出话来。

旁边的旅客看到来人眼里的凶光，个个同样被吓住，噤若寒蝉。

"放开他，"忽然间，有一个声音静静地响起来了，"我是医生。"

雪鹞仿佛应合似的叫了一声，扑簌簌飞起。那个旅客从人群里起身走了出来——

那是一个三十许的素衣女子，头上用紫玉簪绾了一个南方妇人常见的流云髻，容色秀丽，气质高华。身边带了两位侍女，一行人满面风尘，显然也是长途跋涉刚到乌里雅苏台。在外出头露面的女人向来少见，一般多半也是江湖人士，奇怪的是这个人身上，却丝毫看不出会武功的痕迹。

她排开众人走过来，示意他松开那个可怜的差吏："让我看看。"

"你？"他转头看着她，迟疑，"你是医生？"

"当然是。"那个女子眼里有傲然之气，摊开手给他看一面玉佩，以不容反驳的口吻道，"我是最好的医生，你有病人要求诊？"

妙风微微一怔，那个玉佩上兰草和祥云纹样的花纹，似乎有些眼熟。

最好的医生？内心的狂喜席卷而来，那么，她终是有救了？！

"快！替她看看！"他来不及多想，急急转身过来，"替她看看！"

那个女子无声地点头，走过来。

长长的银狐裘上尚有未曾融化的雪，她看不到陷在毛裘里的病人的脸。然而那只苍白的手暴露在外面的大风大雪里，却还是出人意料地温暖。她的眼神忽然一变，那只手的指甲，居然是诡异的碧绿色！

这种症状……这种症状……

她急急伸出手去，手指只是一搭，脸色便已然苍白。

"这……"她倒吸了一口气，眼神慢慢变了。

"医生，替她看看！"妙风看得她眼神变化，心知不祥，"求你！"

看着对方狂乱的眼神，她蓦然觉得惊怕，下意识地倒退了一步，喃喃："我救不了她。"

"什么？"妙风一震，霍然抬头。只是一瞬，恳求的眼神便变转为狂烈的怒意，咬牙，一字一字吐出，"你，你说什么？你竟敢见死不救？！"

没有人看到他是怎么拔剑的，在满室的惊呼中，那柄青锋已指到她的咽喉上。

"见死不救？"那个女子看着他，毫不畏惧，满眼只是怜悯，"是的……她已经死了。所以我不救。"

仿佛被人抽了一鞭子，狂怒的人忽然间安静下来，似是听不懂她的话，怔怔望向她。

"她中了七星海棠的毒，已经死了至少两个时辰了。"女医者俯下身将那只垂落在外的手放回了狐裘里——那只苍白的手犹自温暖柔软，"你一定是一路上不断地给她输入真气，所以尸身尚温软如生。其实……"

她没有忍心再说下去。

其实，在你抱着她在雪原上狂奔的时候，她已然死去。

长剑从手里蓦然坠落，直插入地，发出铁石摩擦的刺耳声响，驿站里所有人都为之一颤，却无人敢在此刻开口说上一句话。鸦雀无声。

妙风想去看怀里的女子,然而不知为何只觉得胆怯,竟是不敢低头。

"胡说!"他忽然狂怒起来,"就算是七星海棠,也不会那么快致命!你胡说!"

"致死的原因不是七星海棠。"女医者眼里流露出无限的悲哀,叹了口气,"你看看她咽喉上的廉泉穴吧。"

妙风怔了许久,眼神从狂怒转为恍惚,最终仿佛下了什么决心,终于将怀里的人放到了地上,用颤抖的手解开围在她身上的狐裘。雪鹞一直用黑豆一样的眼睛盯着她被掩住的脸,不停在周围盘旋,发出"咕咕"的声音,爪子不安地抓刨。

狐裘解下,那个女子的脸终于露了出来,苍白而安详,仿佛只是睡去了。

然而,却赫然有一支金色的针,直直插在了咽喉正中!

那一瞬间雪鹞蓦然振翅飞起,发出一声尖厉的呼啸。他再也无法支持,双膝一软,缓缓跪倒在冰冷的地面上,以手掩面,再也难以克制地发出了一声啜泣。

"哎呀!"周围的旅客发出了一声惊呼,齐齐退开一步。

望着那一点红,他全身一下子冰冷。

"为……为什么?"抬起了手,仿佛想去确定眼前一幕的真实,双手却颤抖得不受控制,"为什么?"

在他不顾一切想挽回她生命的时候,她为什么要结束自己的性命?为什么!

"她中了七星海棠的毒,七日后便会丧失神志,我想她是不愿意自己有这样一个收梢。"女医者发出了一声叹息,走过来俯身查看着伤口,"她一定是一个极骄傲的女子。不过你也别难过——这一针直刺廉泉,极准又极深,她走的时候必然没吃太多的苦。"

女医者看过了咽喉里的伤,继续安慰。然而在将视线从咽喉伤口移开的刹那,她的声音停顿了,忽然拨开了散落在病人脸上的长发,仔细辨认着。

"天啊……"妙风忽然听到了一声低呼,震惊而恐惧,"小夜?!"

他下意识地抬起头,就看到那个女医生捂着嘴,直直地盯着他怀里的那个病人,脸上露出极其惊惧的神色。他想开口问她,然而她一句话也说不出来，直直看着薛紫夜，就这样忽然倒在了地上。

她手里的玉佩滚落到他脚边，上面刻着一个"廖"字。

那一瞬间，妙风想起来了，这种花纹，不正是回天令上雕刻的徽章？

这个姓廖的女子，竟是药师谷前任谷主廖青染！

天亮的时候，一行四人从驿站里离开，马车上带着一具薄薄的柳木灵柩。

绿洲乌里雅苏台，柳色青青，风也是那样和煦，完全没有雪原的酷烈。

妙风穿行在那青碧色的垂柳中，无数旅客惊讶地望着这个扶柩的白衣男子，不仅因为他有着奇特的蓝色长发，更因为有极其美妙的曲声从他手里的短笛中飞出。

那曲子散入葱茏的翠色中，幽深而悲伤。

廖青染从马车里悠悠醒来的时候，就听到了这一首《葛生》，不自禁地痴了。

冬之夜，夏之日。百岁之后，归于其室。

她转过头，看到了车厢里静静躺在狐裘中沉睡的弟子。小夜，小夜……如今不用再等百年，你就可以回到冰雪之下和那个人再度相聚。

你可欢喜？

笛声如泣，然而吹的人却是没有丝毫的哀戚，低眉横笛，神色宁静地穿过无数的垂柳，仿佛只是一个在春光中出行的游子，而天涯，便是他的所往。没有人认出，这个人就是昨夜抱着死去女子在驿站里痛哭的人。从来没有看过一个男子这样痛哭，驿站里的所有人都无法说出话来。

然而，昨夜那一场痛哭，仿佛已经到达了他这一生里感情的极限，只是一夜过去，他的神色便已然平静。那是经过了怎样冰火交煎，才将一个人心里刚萌发出来的种种感情全部燃为灰烬、冰封殆尽？

痴痴地听着曲子，那个瞬间，廖青染觉得自己是真正地开始老了。

听了许久，她示意侍女撩开马车的帘子，问那个赶车的青年男子："阁下是谁？"

妙风没有回答，只是自顾自地吹着。

"小徒是如何中毒？又为何和阁下在一起？"她撑着身子，虚弱地问。她离开药师谷已经八年，从未再见过这个唯一的徒弟。没有料到再次相见，却已是阴阳相隔。

"请阁下务必告诉我，"廖青染手慢慢握紧，执意地追问，"杀我徒儿者，究竟何人？"

笛声终于停止了，妙风静静问："前辈是想报仇吗？"

"是不是大光明宫的人？"廖青染咬牙，拿出了霜红传信的那方手帕，"她死前去过西域大光明宫，是不是？！"

手帕上墨迹斑驳，是无可辩驳的答案。

妙风转过了身，在青青柳色中笑了一笑，一身白衣在明媚的光线下恍如一梦。

"是的，薛谷主因为行刺教王而被杀。"他轻轻开口，声音因为掺杂了太多复杂的感情反而显得平静，"不过，她最终也已经得手——是以廖前辈不必再有复仇一念。种种恩怨，已然在前辈到来之前全部了断。"

"而我……而我非常抱歉，没能保住薛谷主的性命。"

他的语声骤然起了波澜，有无法克制的苦痛涌现。

廖青染喃喃叹息："不必自责……你已尽力。"

她永远不会忘记这个人抱着一具尸体在雪原里狂奔的模样——她不明白事情的前因后果，但清楚地知道，眼前这个人绝不会是凶手。

廖青染转过身，看了一眼车厢内用狐裘裹起的女子，在笛声里将脸深深埋入了手掌，隐藏了无法掩饰的哀伤，她……真是一个极度自私而又无能的师父啊！

七星海棠的毒，真的是无药可解的吗？

不！作为前任药师谷主，她清楚地知道这个世间还有唯一的解毒方法。

然而，即使是她及时遇到了他们两人，即使当时小夜还有一口气，她……真的会义无反顾地用这个一命换一命的方法，去挽救爱徒的性命吗？

不……不，她做不到！

因为她还不想死。

她还有一个襁褓中的儿子，还有深爱的丈夫。她想看着孩子长大，想和夫君白头偕老——她是绝不想就这样死去的。所以，她应该感谢上苍让

她在小夜死后才遇到他们两人，并没有逼着她去做出这样残酷的决定。

狐裘上的雪已经慢慢融化了，那些冰冷的水一滴一滴地从白毫尖上落下，沾湿了沉睡人苍白的脸。廖青染怔怔望着徒儿的脸，慢慢伸出手，擦去了她脸上沾染的雪水——那样冰冷，那样安静，宛如多年前她把那个孩子从冰河里抱起之时。

她忽然间只觉万箭穿心。

车内有人失声痛哭，然而车外妙风却只是横笛而吹，眼神里再也没有了大喜或者大悲，平静如一泓春水。他缓缓策马归去，穿过了乌里雅苏台的万千垂柳，踏上克孜勒荒原。

那里，不久前曾经有过一场舍生忘死的搏杀。

那里，她曾经与他并肩血战，在寒冷的雪原里相互依偎着取暖。

那是他这一生里从未有过，也不会再有的温暖。

在那个黑暗的雪原上，他猝不及防得到了毕生未有的温暖，却又永远地失去。就如闪电划过亘古的黑暗，虽只短短一瞬，却让他第一次睁开眼看见了全新的天与地。

那一眼之后，被封闭的心智霍然苏醒过来。她唤醒了在他心底里沉睡的那个少年雅弥，让他不再只是一柄冰冷的利剑。

然而，这一切，终归都结束了……

无法遗忘，只待风雪将所有埋葬。

那一天，乌里雅苏台东驿站的差吏看到了这辆马车缓缓出了城，从沿路的垂柳中穿过，消失在克孜勒雪原上。赶车的青年男子手里横着一支样式奇怪的短笛，静静地反复吹着同样的曲调，一头奇异的蓝色长发在风雪里飞扬。

他的面容宁静而光芒四射，仿佛有什么东西已然从他身体里抽离，远远地超越这个尘世。

那也是他留给人世的最后影子。

谁也没有想到，乌里雅苏台雪原上与鼎剑阁七剑的那一战，就是他一生的终结篇章——昆仑大光明宫五明子里的妙风使，就在这一日，从武林里永远消失了踪迹。

如同他一直无声地存在，他也如同一片雪花那样无声无息地消失。

十五 今夕何夕

春暖花开的时候，霍展白带领鼎剑阁七剑从昆仑千里返回。

虽然经过惨烈的搏杀，七剑中多人负伤，折损大半，但终归也带回了魔教教王伏诛、五明子全灭的消息。一时间，整个中原武林都为之震动，各大门派纷纷奔走相告。

受伤的五名剑客被送往药师谷，而卫风行未曾受重伤，便急不可待地奔回了扬州老家。

霍展白作为这一次行动的首领，却不能如此轻易脱身——两个月来，他陪着鼎剑阁的南宫老阁主频繁地奔走于各门各派之间。在江湖格局再度变动之时，试图重新协调各门各派之间的微妙关系，达成新的平衡。

而天山派首徒霍七公子的声望，在江湖中也同时达到了顶峰。

三个月后，当诸般杂事都交割得差不多后，他终于回到了临安九曜山庄，将秋水音从夏府里接了回来，尽心为她调理身体。

然而，让他惊讶的是南宫老阁主竟然很快就随之而来，屈尊拜访。更令他惊讶的是，这位老人居然再一次开口，恳请他出任下一任的鼎剑阁阁主——

那，也是他八年来第三次提出类似的提议。

而不同的是，这一次，已然是接近于恳求。

"小霍，接了这个担子吧。"南宫老阁主对着那个年轻人叹息，"趁着还能走动，我得赶紧去药师谷治我的心疾了，不然，恐怕活不过下一个冬天啊。"

一直推托着的他大吃一惊："什么？"

南宫老阁主叱咤江湖几十年，内外修为都臻于化境，五十许的人看上去依然精神矍铄如壮年，不见丝毫老态——却不料，居然已经被恶疾暗中缠身了多年。

"年轻时拼得太狠，老来就有苦头吃了……没办法啊。"南宫老阁主摇头叹息，"如今魔宫气焰暂熄，拜月教也不再挑衅，我也算是挑了个好时候退出……可这鼎剑阁一日无主，我一日死了都不能安息啊。"

霍展白垂头沉默，久久不语。

南宫老阁主是他的恩人，多年来一直照顾提携有加，作为一个具有相应能力的后辈，他实在是不应该也不忍心拒绝一个老人这样的请求。然而……

他下意识地，侧头望了望里面。

屏风后，秋水音刚吃了药，还在沉沉睡眠。廖谷主的方子很是有效，如今她的病已然减轻很多，虽然神志还是不清楚，有些痴痴呆呆，但已然不再像刚开始那样大哭大闹，把每一个接近的人都当作害死自己儿子的凶手。

"我知道你的心事，你是怕当了阁主后再照顾秋夫人，会被江湖议论吧？"似乎明白他的顾虑，南宫老阁主开口，"其实你们的事我早已知道，但当年的情况……唉。如今徐重华也算是伏诛了，不如我来做个大媒，把这段多年情债了结吧！"

"不！"霍展白一惊，下意识地脱口。

"不用顾虑，"南宫老阁主还以为他有意推托，板起了脸，"有我出面，谁还敢说闲话？"

"不，不用了。"他依然只是摇头，然而语气却渐渐松了下去，只透出一种疲惫。

世人都道他痴狂成性，十几年来对秋水音一往情深，虽伊人别嫁却始终无怨无悔。然而,有谁知道他半途里早已疲惫,暗自转移了心思?时光如水一样褪去了少年时的痴狂,他依然尽心尽力照料着昔年的恋人,却已不再怀有昔时的狂热爱恋。

"你为此枉担了多少年虚名,难道不盼早日修成正果?平日那般洒脱,怎么今日事到临头却扭捏起来?"旁边南宫老阁主不知底细,还在自以为好心地絮絮劝说。有些诧异对方的冷淡,他的表情霍然转为严厉:"莫非……你是嫌弃她了?你觉得她嫁过人生过孩子,现在又得了这种病,配不上你这个中原武林盟主了?"

"当然不是!唉……"霍展白百口莫辩,只好苦笑摆手,"继任之事我答应就是,但是做媒一事,还是先不要提了。等秋水病好了再说吧。"

南宫老阁主松了一口气,拿起茶盏:"如此,我也可以早点去药师谷看病了。"

提到药师谷,霍展白眼里就忍不住有了笑意,道:"是,薛谷主医术绝顶,定能手到病除。"

只不过,那个女人可野蛮得很,不知道老阁主会不会吃得消?谷中白梅快凋谢了吧?只希望秋水的病早日好起来,他也可以脱身去药师谷赴约。

没有看到对方迅速温暖起来的表情,南宫老阁主只是低头开合茶盏,啜了一口,道:"听人说薛谷主近日去世了,如今当家的又是前任的廖谷主。也不知道那么些年她都在哪里藏着,徒儿一死,忽然间又回来了,据说还带回一个新收的徒……"

他一边说一边抬头,忽然吃了一惊:"小霍!你怎么了?"

霍展白仿佛中了邪,脸色转瞬苍白到可怕,直直地看着他,眼睛却亮得如同妖鬼:"你……你刚才说什么?你说什么?!薛谷主她……她怎么了?!"

最后的一句话已然是嘶喊,他面色苍白地冲过来,仿佛想一把扼住老人的咽喉。南宫老阁主一惊,闪电般点后掠,同时将茶盏往前一掷,划出一道曲线,正正撞到了对方的曲池穴。

那样的刺痛,终于让势如疯狂的人略略清醒了一下。

"她……她……"霍展白僵在那里,喃喃开口,却没有勇气问出那句话。

"是的，薛谷主在三个月前去世。"看到这种情状，南宫老阁主心里多少明白了一些，发出一声叹息，"你不知道吗？大约就在你们赶到昆仑前一两天，她动手刺杀了教王……了不起啊，拼上了一条命，居然真的让她成功了！"

"这可是多年来我们倾尽全武林的力量，也未曾做到的事！"

霍展白踉跄倒退，颓然坐倒，全身冰冷。

原来如此……原来如此！

难怪他们杀上大光明宫时没有看到教王，他还以为是瞳的叛乱让教王重伤不能出战的缘故，原来，却是她刺杀了教王！

就在他赶到昆仑山的前一天，她抢先动了手？

她为什么不等他？……为什么不多等一天呢？

他一直知道她是强悍而决断的，但不曾想到，这个手无缚鸡之力的病弱女子竟然就这样孤身一人、以命换命地去挑战那个天地间最强的魔头！

那是整个中原武林，都不曾有人敢去做的事情啊……

他无力地低下了头，用冰冷的手支撑着火热的额头，感觉到胸口几乎窒息的痛楚。

那么，在刺杀之后，她又去了哪里？第二日他们没在大光明宫里看到她的踪迹，她又是怎样离开大光明宫的？

忽然间，霍展白记起了那一日在乌里雅苏台雪原上和妙风的狭路相逢，想起了妙风怀里抱着的那个人，那个看不到脸的人，将一只苍白的手探出了狐裘，仿佛想在空气中努力地抓住什么。

他的脸色忽然苍白，原来……那就是她？那就是她吗？！

他们当时只隔一线，却就这样咫尺天涯地擦身而过，永不相逢。

永不相逢！

那一瞬间，排山倒海而来的苦痛和悲哀将他彻底湮没。霍展白将头埋在双手里，双肩激烈地发抖，极力压抑着自己的情绪，却终于忍不住爆发出了低低的痛哭。

南宫老阁主站在一旁，惊愕地看着。

这，还是他十几年来第一次看到这个年轻人如此失态地痛哭。

"咦……"屏风后的病人被惊醒了，懵懂地出来，看着那个埋首痛哭的男子，眼里充满了惊奇。秋水音屏声静气地看了他片刻，仿佛看着一个哭泣的孩子，忽然间温柔地笑了起来，一反平时的暴躁，走上去伸出手，将那个哭泣的人揽入了怀里。

她轻轻拍着他的后背，喃喃："乖啦……沫儿不哭，沫儿不哭。娘在这里，谁都不敢欺负你……不要哭了……"

她拿着手绢，轻柔地去擦拭他眼角滑落的泪痕，就像一个母亲溺爱自己的孩子。

那种悲恸只爆发了一瞬，便已然成为永久的沉默。霍展白怔怔地抬起头，有些惊讶地看着多年来第一次对自己如此亲近的女子，眼里露出了一种苦涩的笑意。

"秋水。"他喃喃叹息，伸出手触及她的面颊。

她温柔地对着他笑。

原来，真的是命中注定？他和她，谁都不能放过谁。

就这样生生纠缠一世。

三个月后，鼎剑阁正式派出六剑作为使者，前来迎接霍展白前往秣陵鼎剑阁。

在六剑于山庄门口齐齐翻身下马时，长久紧闭的门忽然打开，所有下人都惊讶地看到霍公子已经站在门后。他穿着一件如雪的白衣，那种白色仿佛漫无边际的雪原。他紧握着手里纯黑色的墨魂剑，脸上尚有连日纵酒后的疲惫，但眼神已然恢复了平日的清醒冷锐。

"走吧。"没有半句客套，他淡然转身，仿佛已知道这是自己无法逃避的责任。

"沫儿！沫儿！"前堂的秋夫人听到了这边的动静，飞奔了过来，"你要去哪里？"

"别……别去！"她的眼神惊惶如小鹿，紧紧拉住了他的手，"别出去！那些人要害你，你出去了就回不来了！"

卫风行和夏浅羽对视了一眼，略略尴尬。

霍展白的眼里却满含着悲伤的温柔，低下头去轻轻拍着她："别怕，不会有事。"然后，他温和却坚决地拉开了她的手，抬起眼示意，旋即便有两位一直照顾秋水音的老嬷嬷上前来，将她扶开。

他在六剑的簇拥下疾步走出山庄，翻身上马，直奔秣陵鼎剑阁而去。

"展白!"在一行人策马离去时,隐隐听到了门内传来一声尖厉的呼喊。秋水音推开了两位老嬷嬷跟跄地冲到了门口,对着他离去的背影,清晰地叫出了他的名字:"展白,别走!"

霍展白握着缰绳的手微微一颤,却终究没有回头。

"青染对我说,她的癫狂症只是一时受刺激,如今应该早已痊愈。"卫风行显然已经对一切了然,和他并肩急驰,低声,"她一直装作痴呆,大约只是想留住你,你不要怪她。"

"我知道。"他只是点头,"我没有怪她。"

卫风行顿了顿,问:"你会娶她吧?"

霍展白沉默,许久许久,终于开口:"我会一辈子照顾她。"

卫风行眼神一动,心知这个坚决的承诺同时也表示了坚决的拒绝,不由得长长叹了口气。

两人又是默然并骑良久,卫风行低眉:"七弟,你要振作。"

"是。"霍展白忽然笑了起来,点头,"我会当一个好阁主,你就放心地去当你的好好先生吧!"

在远征昆仑回来后的第六个月上,霍展白和六剑陪伴下来到秣陵,在天下武林面前,从老阁主南宫言其手里接了象征着中原武林盟主的黄金九鼎,携着墨魂剑坐上了阁中的宝座。全场欢声雷动。

然而,那个新任的武林盟主却只是淡淡地笑,殊无半分喜悦。

卫五,是的,我答应过要当好这个阁主。

虽然,我更想做一个你那样,伴着娇妻幼子终老的普通人。

南宫老阁主前去药师谷就医的时候,新任盟主尽管事务繁忙,到底还是陪了去。

白石阵依然还在风雪里缓缓变换,然而来谷口迎接他们的人里,却不见了那一袭紫衣。在廖青染带着侍女们打开白石阵的时候,霍展白看到她们鬓边佩戴的白花,只觉得心里一阵刺痛,几乎要当场落下泪来。

廖青染看着他,眼里满含着叹息,却终是无言,只是引着南宫老阁主往夏之馆去了。

"霍公子,请去冬之园安歇。"耳边忽然听到了熟悉的语声,侧过头看,却是霜红。

不过几个月不见，那个伶俐大方的丫头忽然间就沉默了许多，眼睛一直是微微红肿着的，仿佛这些天来哭了太多场。

他咬紧牙点了点头，也不等她领路，就径自走了过去。

那一条路，他八年来曾经走过无数遍。

而这样的一条路，于今重走一遍，每一步都是万箭穿心。

到了庭前阶下，他的勇气终于消耗殆尽，就这样怔怔凝望着那棵已然凋零的白梅，再也无法往前走一步。那只雪白的鸟儿正停在树上，静静地凝视着他，眼里充满了悲伤。

"等回来再一起喝酒！"当初离开时，他对她挥手，大笑，"一定赢你！"

然而，如今却已然是参商永离。

"霍公子……"霜红忽地递过来一物，却是一方手巾，"你的东西。"

霍展白低眼，瞥见了手巾上的斑斑墨痕，忽然间心底便被狠狠扎了一下——

晚来天欲雪，能饮一杯无？

那是他在扬州托雪鹇传给她的书信，然而，她却是永远无法来赶赴这个约会了。

霜红低了头，轻轻开口："小姐离开药师谷的时候，特意和我说，如果有一日霍公子真的回来了，要我告诉你，酒已替你埋在梅树下了。"

"梅树下？"他有些茫然地顺着她的手指看过去，忽然想起来了——

那个寂静的夜晚，他和那个紫衣女子猜拳赌酒后在梅树下酣睡。雪花飘落的时候，在夜空下醒来的瞬间，他忽然感到了生命里真正的宁静和充盈。就在那个瞬间，他陡然有了和昔年种种往事告别的勇气，因为自己的生命已然注入了新的活力。

那一夜雪中的明月，落下的梅花，怀里沉睡的人，都仿佛近在眼前，然而，却永远无法再次触及了。

他看到白梅下微微隆起一个土垒，俯身拍开封土，果然看到了一瓮酒。

霜红压着声音，只细声道："小姐还说，如果她不能回来，这酒就还是先埋着吧。独饮容易伤身，等你有了对饮之人，再来——"

霍展白听得最后一句,颓然地将酒放下,失神地抬头凝望着凋零的白梅。

那一瞬间,心中涌起再也难以克制的巨大苦痛,排山倒海而来。他只想大声呼啸,却一个字也吐不出,最终反手一剑击在栏杆上,大片的玉石栏杆应声"咔啦啦"碎裂。

霜红没有阻拦,只是看着他疯狂地一剑剑砍落,压抑许久的泪水也汹涌而出,终于掩面失声,如果小姐不死……那么,如今的他们,应该是在梅树下再度聚首,把盏笑谈了吧?八年来,每次只有霍七公子来谷里养病的时候,小姐才会那么欢喜。

所有侍女都期待着她能够忘记那个冰下沉睡的少年,开始新的美满的生活。

然而,一切都粉碎了。

心中如沸,却无可倾吐。霍展白疯狂地出剑,将所遇到的一切劈碎。墨魂剑下碎玉如雪,散落一地。然而,半空里再度劈落的剑,却被一股无形和煦的力量挡住了。

"逝者已矣,"那个人无声无息地走来,格挡了他的剑,微笑,"七公子,你总不能把薛谷主的故居给拆了吧。"

霍展白抬起头,看到了对方,失声:"妙风?"

"不,妙风已经死了,"那个人只是宁静地淡笑,"我叫雅弥。"

夏之园里,绿荫依旧葱茏。

热泉边的亭子里坐着两个人,却是极其沉默凝滞。

雅弥说完了大光明宫里发生的一切,就开始长久的沉默。霍展白没有说话,拍开了那一瓮藏酒,坐在水边的亭子自斟自饮,直至酩酊。

雪鹇嘀嘀咕咕地飞落在桌上,和他喝着同一杯子里的酒。这只鸟儿似乎喝得比他还凶,很快就开始站不稳,扑扇着翅膀一头栽倒在桌面上。

"她说过,独饮伤身。"雅弥看着他,脸上的表情依旧只是淡淡的。

"那么……你来陪我喝吧!"霍展白微笑着举杯,向这个只有一面之缘的陌生人发出邀请——他没有问这个人和紫夜究竟有什么样的过往。乌里雅苏台的雪原上,这个人曾那样不顾一切地只身单挑七剑,只为及时将她送去求医。

然而，她却终究还是死在了他怀里。

前任魔宫绝顶杀手的脸上一直带着温和的笑意，然而越是如此，他越不能想象这个人心里究竟为那一刻埋藏了多深的哀痛。

"不，还是等别人来陪你吧。"雅弥依然静静地笑，翻阅着一卷医书，双手上犹自带着药材的香气，"师父说酒会误事，我作为她的关门弟子，绝不可像薛谷主那样贪杯。"

霍展白有些意外："你居然拜了师？"

雅弥点了点头，微笑："这世上的事，谁能想得到呢？"

人的一生，如浮云瞬息万变。无法知道将遇到什么样的人，发生什么样的事，也永远不知道自己的命运将会在哪一个点上忽然转折——他曾经是一个锦衣玉食的王族公子，却遭遇了国破家亡的剧变。他遇到了教王，成了一柄没有感情的杀人利剑。然后，他又遇到了那个将他唤醒的人，重新获得了自我。

然而，她却很快逝去了。

他一路陪同廖青染东归，将薛紫夜的遗体千里送回，然后长跪于白石阵外的深雪里，三日不起，恳求廖谷主将他收入门下。

为什么要学医呢？廖谷主问他："你以前只是一个杀人者。"

是的。他只不过是一个杀人者。然而，即便是杀人者，也曾有过生不如死的时刻。

他只不过是再也不想有那种感觉——天地无情，狂奔无路，只能眼睁睁地看着所爱的人在身侧受尽痛苦，一分分地死去，恨不能以身相代。

他也不想更多的人再有这样的苦楚。

廖谷主沉默了许久，终于缓缓点头："你知道吗，药师谷的开山师祖，也曾是个杀人者。"

于是，他便隐姓埋名地留了下来，成为廖谷主的关门弟子。冰蚕之毒去除后，一头蓝发渐渐消失无踪。他改头换面，将对武学的狂热转移到了医学上，每日都把自己关在春之园的藏书阁里，潜心研读那满壁的典籍：《标幽》《玉龙》《肘后方》《外台秘要》《金兰循经》《千金翼方》《千金方》《存真图》《灵枢》《素问难经》……

那个荒原雪夜过后，他便已然脱胎换骨。

他望着不停自斟自饮的霍展白，忽然间低低叹息——你，可曾恨我？

如果不是我,她不会冒险出谷;如果不是我没保护周全,她也不会在昆仑绝顶重伤垂死;如果不是我将她带走,你们也不会在最后的一刻还咫尺天涯……

然而,这些问题,他终究没有再问出口来。

如今再问,又有何用?

霍展白手指一紧,白瓷酒杯发出了细微的碎裂声音,仿佛鼓起了极大的勇气,他终于低声开口:"她……走得很安宁?"

"脸上尚有笑容。"

"那就好。"

简短的对话后,两人又是沉默。

雅弥转过了脸,不想看对方的眼睛,拿着筚篥的手在不受控制地颤抖——

她的死,其实是极其惨烈而决绝的,令他永生不忘。

他将永远记得她在毒发时候压抑着的战栗,记得她的手指是怎样用力地握紧他的肩臂,记得她在弥留之际仰望着冷灰色的大雪苍穹,用一种孩童一样的欣悦欢呼——那种记忆宛如一把刀,每回忆一次就在心上割出一道血淋淋的伤口。

他一个人承受这种记忆已然足够,何苦再多一个人受折磨?

"她……葬在何处?"终于,霍展白还是忍不住问。

"在摩迦村寨的墓地。"雅弥静静道。

最终,还是回到那个人身侧去了吗?

霍展白望着空无一物的水面,那个冰下沉睡的少年早已不见。

忽然间,他的心里一片平静,那些煎熬着他的痛苦火焰都熄灭了。他不再嫉恨那个最后一刻守护在她身边的人,也不再为自己的生生错过而痛苦。因为到了最后,她只属于那一片冰冷的大地。

冬之夜,夏之日。百岁之后,归于其室。

"听说你成了鼎剑阁阁主。"雅弥转开了话题,依然带着淡笑,"恭喜。"

"没有别的选择。如果可以选择,我宁可像你一样终老于药师谷——"霍展白长长吐出胸中的气息,殊无半点喜悦,"但除非像你这样彻底地死过一次,才能重新随心所欲地继续生活吧?"

"这样的话,实在不像一个即将成为中原霸主的人说的啊……"雅弥依然只是笑,声音却一转,淡淡,"瞳,也在近日登上了大光明宫教王的玉座。从此后,你们两个就又要重新站到巅峰上对决了啊。"

"什么?"霍展白一惊抬头,"瞳成了教王?你怎么知道?"

"我自然知道,"雅弥摇了摇头,"我原本就来自那里。"

他的眼睛里却闪过了某种哀伤的表情,转头看着霍展白:"你是她最好的朋友,瞳是她的弟弟,如今你们却成了势不两立的敌人。她若泉下有知,不知多难过。"

霍展白低下头去,用手撑着额头,感觉手心冰冷,额头却滚烫。

"那你要我们怎么办?"他喃喃苦笑,"自古正邪不两立。"

"我只是要你们一起坐下来喝一杯。"雅弥静静地笑,眼睛却看向了霍展白身后。

谁在后面?!霍展白的酒登时醒了大半,一惊回首,手下意识地搭上了剑柄,眼角却瞥见了一袭垂落到地上的黑色斗篷。斗篷里的人有着一双冰蓝色的璀璨眼睛。不知道在一旁听了多久,此刻只是静静地从树林里走到了亭中。

"瞳?"霍展白惊讶地望着这个忽然现身药师谷的新任教王,手不离剑。

这个人刚从血腥暴乱中夺取了大光明宫的至高权力,此刻不好好坐镇西域,却来这里做什么?难道是得知南宫老阁主病重,想前来打乱中原武林的局面?

然而在这样的时候,雅弥却悄然退去,只留下两人独自相对。

那个年轻的教王没有说一句话,更没有任何的杀气,只是默不作声地在他面前坐下,自顾自地抬手拿起酒壶,注满了自己面前的酒杯。然后,拿起杯,对着他略微一颔首,仰头便一饮而尽。

霍展白怔怔地看着他一连喝了三杯,看着酒从他苍白的脖子上流入衣领。

他喝得太急,呛住了喉咙,松开了酒杯撑着桌子拼命咳嗽,苍白的脸上浮起了病态的红晕。然而新教王根本不顾这些,只是一杯接着一杯地倒酒,不停地咳嗽着,那双冰蓝色的眼睛里渐渐涌出了泪光。那一刻的他,根本不像是一个控制西域的魔宫新教王,而仿佛只是一个不知所措的孩子。

霍展白定定看着他，忽然有一股热流冲上了心头，那一瞬间什么正邪、什么武林，都统统抛到了脑后。他将墨魂剑扔到了地上，劈手夺过酒壶注满了自己面前的酒杯，扬起头来——

"来！"

他在大笑中喝下酒去，醇厚的烈酒在咽喉里燃起了一路的火，似要烧穿他的心肺。

是，她说过，独饮伤身。原来，这坛醇酒，竟是用来浇两人之愁的。

于是，就这样静默对饮着，你一觞，我一盏，没有言语，没有计较，甚至没有交换过一个眼神。鼎剑阁新任的阁主和大光明宫的年轻教王就这样对坐着，默然地将那一坛她留给他们的最后纪念，一分分地饮尽。

渐渐地，他们终于都彻底地醉了。

大醉里，依稀听到窗外有遥远的笛声，合着笛声，酒醉的人拍案大笑起来，对着虚空举起了杯，喃喃："绿蚁新醅酒，红泥小火炉。晚来天欲雪，能饮一杯无？"

然后，那最后一杯酒被浇在了地面上，随即渗入了泥土，泯灭无痕。

瞳醉眼蒙眬地看着那人在对面且歌且笑，模糊地明白了对方是在赴一个永远无法实现的约——醉笑陪君三万场，猛悟今夕何夕。

他忽然笑了起来，今夕何夕？

大醉和大笑之后，他却清楚地知道今夕已是曲终人散。

"我看得出，姐姐她其实是很喜欢你的。"瞳凝望着他，忽然开口。

霍展白顿住酒杯，看向年轻的教王，忽然发现他此刻的眼睛是幽深的蓝。

"所以那一次，你才会在大光明宫放我们走？"他忽然明白过来。

"如果不是为了救我，她一定还会在这里和你喝酒吧？"瞳低头看着杯里的酒，杯子里荡漾着一双眼睛，淡淡的诡异的冰蓝，忧郁如深海，"如果不是我，你们两个现在的人生，肯定会大不一样。"

他低低地笑了起来，苦涩："为了我这样的人……怎么值得？"

霍展白沉默了片刻，道："只要她认为你值得就好。"

"这几天，我经常用镜子对自己使用瞳术。"瞳注视着酒杯，忽然笑起来了，"那样，就能逆转时光，在幻境里看到姐姐了。"

在他最初和她重逢的时候，就被她用镜子将瞳术反击回了自身——没想到在以后的无数日子里,他只能用她教给他的这个方法,一次又一次地将她记起。

霍展白不知道说什么才好。

——这个冷酷缜密的杀手、在腥风血雨中登上玉座的新教王,此刻忽然间脆弱得如同一个青涩的少年。

然而不等他再说什么,瞳将酒杯掷到他面前:"不说这些。喝酒!"

他们喝得非常尽兴,将一整坛陈年烈酒全部喝完。后面的记忆已经模糊,他只隐约记得两人絮絮说了很多很多的话,关于武林,关于天下,关于武学——

"明年元宵,我将迎娶月圣女娑罗。"瞳在大醉之后,说出了那样一句话。

他微微一惊,抬头看那个黑衣的年轻教王。

"我会替她杀掉现任回鹘王,帮她的家族夺回王位。"瞳冷冷地说着。

"哦?"霍展白有些失神,喃喃,"要坐稳那个玉座……很辛苦吧?"

"呵……"瞳握着酒杯,醉醺醺地笑了,"是啊,一定很辛苦。看看前一任教王就知道了,不过……"他忽然斜了一眼霍展白,那一瞬妖瞳里闪过冷酷的光,"你也好不了多少。中原人,心机更多更深……你、你看看妙空就知道了。"

霍展白一惊,露出了苦笑。

多么可笑的事情……新任的鼎剑阁主居然和魔宫的新教王在药师谷把盏密谈,倾心吐胆犹如生死之交!

在酒坛空了之后,他们就这样在长亭里沉沉睡去。

睡去之前,瞳忽然抬起头看着他,喃喃:"霍七,我不愿意和你为敌。"

霍展白仿佛明白了他的意思:"你……是来求和的吗?"

瞳醉醺醺地伏倒在桌面上,却将一物放推到了他面前:"拿去!"

虽然是在酒醉中,霍展白却依然一惊,圣火令?大光明宫教王的信物!

"我希望那个休战之约不仅仅只有五年,而是……在你我各自都还处于这个位置的时候,都不再刀兵相见。不打了……真的不打了……你死我活……又何必？只是白白浪费了她一番心血啊……"

他不能确信那一刻瞳是不是真的醉了，因为在将那个珍贵的信物推到面前时，那双脆弱的眼睛坚定冷酷，那是深深的紫，危险而深不见底。

年轻的教王立起手掌："你，答应吗？"

第二日醒来，已然是在暖阁内。

霍展白在日光里醒转，只觉得头痛欲裂。耳畔有乐声细细传来，幽雅而神秘，带着说不出的哀伤。他撑起了身子："妙……不，是雅弥吗？" 窗外的梅树下，那个人停住了箪篌，转头微笑："霍七公子醒了？"

霍展白皱了皱眉，向四周看了一下："瞳呢？"

"天没亮就走了。"雅弥只是微笑，"大约是怕被鼎剑阁的人看到，给彼此带来麻烦。"

霍展白吐了一口气，身子往后一靠，闭上了眼睛，仔细回忆昨夜和那个人的一场酣饮，然而后背忽然压到了什么坚硬冰冷的东西。抬手抽出一看，却是一枚玄铁铸造的令牌，上面圣火升腾。

圣火令？那一瞬间，他只觉得头脑一清。

昨夜那番对话，忽然间就历历浮现在脑海。

雅弥微笑："瞳拿走了你给他作为信物的墨魂剑，说，他会遵守与你的约定。"

"什么？墨魂剑？！"他一下子清醒了，伸手摸去，果然佩剑已经不在身边。霍展白变了脸色，用力摇了摇头，艰难地去追忆自己最后和那个人击掌立下了什么誓言。

"尽各自之力，在有生之年令中原西域不再开战。"雅弥却是认真地看着他，将那个约定一字一字重复。

"呵……是的，我想起来了。"霍展白终于点了点头，眼睛深处掠过一丝冷光。

"你不会想翻悔吧？"雅弥蹙眉。

霍展白苦笑："翻悔？你也是修罗场里出来的，你觉得可以相信瞳那样的人吗？"

雅弥沉默，许久才微笑着摇了摇头。

"他当日放七剑下山,应该是考虑到徐重华深知魔宫底细,已然留不得。与其和这种人结盟,还不如另选一个可靠些的。而此刻他提出休战,或许也只是因为需要时间来重振大光明宫。"霍展白支撑着自己的额头,喃喃,"你看着吧,等他控制了回鹘那边的形势,再度培养起一批精英杀手,就会卷土重来和中原武林开战了。"

雅弥的眼睛闪烁了一下,微笑:"这种可能,的确是有的。"

没有人比他更了解那个修罗场的杀手之王。瞳是极其危险的人,昔年教王要他日夜不离左右的护卫,其实主要就是为了防范这个人。

"妙风使,你又是站在哪一边呢?"霍展白微微而笑,似不经意地问。

然而,对方脸上一直保持着和煦的笑意,听得那般尖锐的问题也是面不改色:"妙风已死。医者父母心,雅弥自然一视同仁。"

霍展白饶有深意地看着他,却是沉默。

"夏浅羽他们的伤,何时能恢复?"沉默中,他忽然问了一个不相干的问题。

雅弥迟疑了一下:"五位剑客的拇指筋络已断,就算易筋成功,也至少需三年才能完全恢复。要等一身武学复原如初,还需要若干年。"

"三年啊……"霍展白喃喃自语,"看来这几年,不休战也不行呢。"

中原和西域的局势,不是一个人的力量可以完全控制的。多少年积累下来的门派之见、正邪之分,已然让彼此势如水火。就怕他们两人彼此心里还没有动武的念头,而门下之人早已忍耐不住。而更可怕的是,或许他们心里的敌意和戒心从未有片刻消弭,所有的表面文章,其实只是为了积蓄更多毁灭性的力量,重开一战!

"如若将来真的避不了一战,"沉默了许久,雅弥却是微微地笑了,略微躬身,递上了一面回天令,"那么,你们尽管来药师谷好了——"

"我将像薛谷主一样,竭尽全力,保住你们两位的性命。"

十六 余光

一个动荡不安的时代终于过去。

继三年前天山剑派首徒、八剑之一的霍展白继任鼎剑阁主后,武林进入了难得的安宁时期。远在昆仑的大光明宫在一战后近乎销声匿迹,修罗场的杀手也不再纵横于西域。甚至,滇南的拜月教也在天籁教主继任后偃旗息鼓,不再对南方武盟咄咄逼人。

那一战七剑里折损大半人手,各门派实力削弱,武林中激烈的纷争也暂时缓和了下来。

仿如激流冲过最崎岖艰险的一段,终于渐渐平缓宁静。

药师谷的回天令还是不间歇地发出,一批批的病人不远千里前去求医。谷里一切依旧,只是那个紫衣的薛谷主已然不见踪影。

前任谷主廖青染重返药师谷执掌一切,然而却极少露面,凡事都由一名新收的弟子打点。

所有人都惊讶一贯只有女弟子的药师谷竟收了一个男子,然而很快他们也就觉得理所应当了。那个叫雅弥的弟子面容俊美,态度温和,不但天资聪颖勤奋好学，更难得的是脾气极好，让受够了上一任谷主暴躁脾气的病人们都赞不绝口。

而且无论多凶狠的病人，一到了他手上也安分听话起来。曾经有一次，江洋大盗孟鹄被诊断出绝症，失控在谷里疯狂杀人，他脸上笑容未敛，只一抬手，便将其直接毙于掌下。

他很快成了江湖里新的传奇，让所有人揣测不已。

他对谁都温和有礼，应对得体，然而却隐隐保持着一种无法靠近的距离。有人追问他的往昔，他只是笑笑，说自己曾是一名膏肓的病人，却被前任谷主薛紫夜救回了性命，于是便投入药师谷门下，希望能够报此大恩。

没人知道这一番话的真假，就如没人能看穿他微笑背后的眼神。

没有人知道这个妙手仁心温文尔雅的年轻医者，曾是个毫无感情的杀人者。更没人知道，他是如何活过来的。

那"活"过来的过程，甚至比"死"更痛苦。

在他活过来的时候，那个救活了他的人，却已经永远地死去了。

他也曾托瞳派人下到万丈冰川，去寻找王姊的遗体，却一无所获。他终于知道，自己和这个世界的最后一根线也被斩断。

而他依旧只是淡淡地微笑。

很多个深夜，谷里的人都看到他站在冰火湖上沉思。冰面下那个封冻了十几年的少年已然随薛谷主一起安葬了，然而他依然望着空荡荡的冰面出神，仿佛透过深不见底的湖水看到了另一个时空。

没有人知道他在等待着什么——

他在等待另一个风起云涌的时代到来，等待着中原和西域正邪两位高手再度巅峰对决的时刻。

到了那个时候，他必然如那个女医者一样，竭尽全力、不退半步。

每年江南冬季到来的时候，鼎剑阁的新阁主，都会孤身来到药师谷。

并不为看病，只是去梅树下静静坐一坐，独饮几杯，然后离去。陪伴他的，除了那只通人性的雪鹞，就只有药师谷那个神秘的谷主新弟子雅弥。

除此之外，他也是一个勤于事务的阁主。每日都要处理大批的案卷，调停各个门派的纷争,遴选英才,去除败类。鼎剑阁顶楼的灯火,经常深宵不熄。

而每个月的十五,他都会从秣陵鼎剑阁赶往临安去看望秋水音。

她出嫁已然有十载,昔日那个鲜衣怒马的少年也已过了而立之年,成了中原武林的霸主,无数江湖儿女憧憬仰慕的对象。然而,他对她的关切却从未减少半分——

每个月,他都会来到九曜山庄,白衣长剑,隔着屏风长身而坐,倾身向前,客气地询问她身体的近况,生活上还有什么需要。那个女子端坐在屏风后,同样客气地回答着,保持着一贯的矜持和骄傲。

丧子之痛渐渐平复,她的癫狂症也已然痊愈,然而眼里的光却在一点点地黯淡下去。

每一次他来,她的话都非常少。只是死死望着屏风对面那个模糊的影子,神情恍惚——仿佛也已经知道这个男子将终其一生停驻在屏风的那一边,再也不会走近半步。

她一直是骄傲的,而他一直只是追随她的。

她习惯了被追逐,习惯了被照顾,却不懂如何去低首俯就。所以,既然他如今成了中原武林的领袖,既然他保持着这样疏离的态度,那么,她的骄傲也不容许她首先低头。

他们之间荡气回肠的佳话一直在江湖中口耳相传。人人都说霍阁主是个英才,更是个情种,都在叹息他的忠贞不渝,指责她的无情。她却只是冷笑——

只有她自己知道,她早已在不知何时失去了他。

快十年了,她一直看到他为她奔走天下,出生入死,无论她怎样对待他都无怨无悔。她本以为他将是她永远的囚徒——然而,他却早在她没有觉察的时候,就挣脱了命运给他套上的枷锁。

他的心,如今归于何处?

那一日,在他照旧客气地起身告辞时,她终于无法忍受,忽然不顾一切地推倒了那座横亘于他们之间的屏风,直面他,强行克制的声音微微颤抖:"为什么?为什么!"

在轰然巨响中,离去的人略微怔了一怔,看住了她。

"对不起。"他没有辩解半句,只是吐出了三个字。

是的，在鲜衣怒马的少年时，他曾经立下过一生不渝的誓言，也曾经为她跋涉万里，虽九死而不悔。如果可以，他也希望这一份感情能够维持到永远，永远鲜明如新。然而，在岁月的洪流和宿命的变迁里，他却最终无法坚持到最后。

他看着她，眼里有哀伤和歉意。然后，就这样转过身，不曾再回头。

门外是灰冷的天空，依稀有小雪飘落，沾在他衣襟上。

每次下雪的时候，他都会无可抑制地想起那个紫衣的女子。八年来，他们相聚的时日并不多。他清晰地记得最后在药师谷的那一段日子里，一共有七个夜晚是下着雪的。他永远无法忘记在雪夜的山谷里醒来的那一刹那，天地希声，雪梅飘落，炉火映照着怀里沉睡女子的侧脸，宁静而温暖——他想要的生活不过如此。

然而，在那个下着雪的夜晚，他猝不及防地得到梦想的一切，却又很快地失去。只留下记忆中依稀的暖意，温暖着漫长寂寞的余生。

如今，又是一年江南雪。

不知道漠河边的药师谷里，那株白梅是否又悄然盛开？树下埋着的那坛酒已经空了，飘着雪的夜空下，大约只有那个新来的医者，还在寂寞地吹着那一首《葛生》吧？

冬之夜，夏之日。百岁之后，归于其室。

然而，百年之后，他又能归向何处？

遥远的北方，冰封的漠河上，寒风割裂人的肌肤，呼啸如鬼哭。

废弃的村落，积雪的墓地，长久跪在墓前的人。

冻得苍白的手指抬起，缓缓触摸冰冷的墓碑。那只手的食指上戴着一枚巨大的戒指，上面镶嵌着红色的宝石，在雪地中熠熠生辉。

"姐姐……雪怀。"穿着黑色长袍的英俊年轻人仰起头来，用一种罕见的热切望着那落满了雪的墓碑。他的瞳仁漆黑如夜，眼白部位却呈现诡异的淡淡蓝色，轻声低语，"我来看你们了。"

只有呼啸的风回答他。

"小夜姐姐，我是来请你原谅的……"黑衣的教王用手一寸一寸地拂去碑上积雪，喃喃，"一个月之后，'破阵'计划启动，我便要与鼎剑阁全面开战！"

"你会原谅我吗？"

依然只有漠河寒冷的风回答他，呼啸掠过耳际，宛如哭泣。

"教王。"身侧有下属远远鞠躬，恭声提醒，"天象有异。听说最近将有一场百年难遇的雪暴降临在漠河，还请教王及早启程离开。"

黑衣的教王终于起身，默然从残碑前转身，穿过了破败的村寨走向大道。

耳畔忽然有金铁交击的轻响。他微微一惊，侧头看向一间空荡荡的房子。瞬间，他认出来了，那里，是他童年时的梦魇之地。

他曾在这间房子里，被囚禁了七年。

十几年后，白桦皮铺成的屋顶被雪压塌了，风肆无忌惮地穿入，两条从墙壁上垂落的铁镣相互交击，发出刺耳的声音。

他忽然一个踉跄，露出了痛苦的表情。

那一瞬间，他想起了遥远得近乎不真实的童年，那无穷无尽的黑夜和黑夜里那双明亮的眼睛……她叫他弟弟，拉着他的手在冰河上嬉戏追逐，那样快乐而自在——要付出什么样的代价，才能让那种短暂的欢乐在生命里再重现一次？

他是多么想永远留在那个记忆里，然而，谁都回不去了。

冬之夜，夏之日。百岁之后，归于其室。

那些给过他温暖的人，都已经永远地回归于冰冷的大地。而他，也已经经过漫长的跋涉，站到了权力的巅峰上。如此孤独而又如此骄傲。

权势是一头恶虎，一旦骑了上去就再也难以轻易下来。所以，他只有驱使着这头恶虎不断去吞噬更多的人，寻找更多的血来将它喂饱，才能保证自己不被反噬。

他都已经能从前代教王身上，看到自己这一生的终点所在。

瞳的眼睛里转过无数种色泽，在雪中沉默，不让那种锥心刺骨的痛从喉中冲出。

村庄旁，巨大的冷杉树林立着，如同一座座黑灰色的墓碑指向灰冷的雪空。只有荒原里的雪还在无穷无尽地落下，冷漠而无声，似乎要将所有都埋葬。

"看啊！"忽然间，他听到远处有惊喜的呼声，下属们纷纷抬首望着天空，"光！"

他也不自觉地抬起头来。

刹那间，他的呼吸为之一窒——

灰白色的苍穹下，忽然间掠过了一道无边无际的光。那道光从极远的北方漫射过来，笼罩在漠河上空，在飞舞的雪上轻灵地变换着，颜色一道一道地依次更换：赤、橙、黄、绿、青、蓝、紫……落到了荒凉的墓园上，仿佛一场猝然降临的梦。

"光。"

在造化神奇的力量之下，年轻的教王跪倒在大雪的苍穹中，喃喃对着天空伸出了双手。

【全文完】

2006.2.20—2006.5.26

于杭州

跋

跋涉千里来向你道别
在最初和最后的雪夜①
冰冷寂静的荒原上
并肩走过的我们
所有的话语都冻结在唇边
一起抬头仰望，你可曾看见：
七夜的雪花盛放了又枯萎
宛如短暂的相聚和永久的离别
请原谅于此刻转身离去的我——
为那荒芜的岁月
为我的最终无法坚持
为生命中最深的爱恋
却终究抵不过时间

---

① 注：化用自席慕蓉《最后的水笔仔》。

后记 《关于》

第一夜 关于故事

从小我就喜欢故事。

然而,更多的时候,我只是喜欢倾听故事,而并不愿意讲述它们。因为闭口时我觉得自己充盈,而一开口,当那些语言随风而散,自己就会如昙花一般地枯萎。

一直到2001年,我触摸到了键盘——在敲下第一个字时,那个叫"沧月"的女子在指尖诞生。她代替了我,用一个个汉字将心里的那些故事描绘出来,通过虚拟的网络,穿越千山万水,传达给另一端的人们。

从此,我终于可以沉默着讲述一切。

第二夜 关于写作

我并不是一个天才,也从未接受过任何正规的写作训练。一直以来,驱使我不停地书写的唯一动力,只是心底那种倾诉的欲望。

就如一个女童站在人海里，茫茫然地开口唱出了第一句，并未想过要赢得多少的掌声，但渐渐地，身边便会有一些人驻留倾听。她感到欢喜，也有惶惑，只想尽力唱得更好一些。

但是却渐渐觉得，只凭着最初的热爱和天赋，所能触及的终究有限。

在"沧月"诞生后的五年里，也曾遇到过诸多引导者。在最初那段孤独而茫然的日子里，那些亦师亦友的人曾和我结伴而行，从不同的角度善意地指引我，使我能看得更宽广，到达更远的地方。

他们在我心里埋下了一颗颗种子，在几年后渐渐生发蓬勃。

写作一途道长而歧，五年朝市皆异，如今行到水穷处时，身畔能同看云起时的人已日渐寥落。然而，那份感谢却一直不曾忘记。

在多年后的一个雪夜，在电脑前敲下这个题目的时候，脑海里浮现出席慕容的诗——

我知道

满树的花朵

只源于冰雪中的一粒种子。

第三夜 关于雪

我曾在很多篇文章里提及江南的雨，然而却很少写到雪。

对出生在浙东古城、十八岁后又移居杭州的我来说，二十多年来对于雪的记忆实在是稀薄。或许是因为江南下雪的日子无多，而雨季常绵延不绝；或许只是由于身体虚弱，所以对寒冷一直心怀畏惧。

小时候，我经常期盼着一个无雪的暖冬。可惜，还是经常会因为寒冷而半夜冻醒，觉得膝盖以下一片冰冷，辗转难眠。

第二天开门出去，一片白茫茫大地真干净。

雪，应该是某种终结的象征吧？

少年时的我，在心底这样隐秘地想着。

第四夜 关于夜

2004年的冬天，我在学校附近的一间出租房里准备着硕士论文，同时也进入了写作的高产时期。

　　那间建于20世纪80年代的房子位于顶楼，没有暖气，狭小局促，不足四平方米的小厅里摆了两台电脑，厨房位于阳台上。我们三个女生挤在那里，度过了一年多的时间。

　　每当半夜，在室友睡了之后，我便会泡一杯果珍，戴上耳机，孤身进入笔下的世界，让身外一切悄然退去。寂静的深夜里，我一动不动地坐在电脑前，几乎是保持着同一个姿势，无休止地敲打着键盘。直到晨曦微露才回到卧室，拉上窗帘，筋疲力尽地倒头睡去。

　　而睁开眼睛时，外面夕阳已然落山，室内空无一人。

　　没有购物，没有聚会，没有派对，甚至和一起居住的室友都甚少有说话的机会。

　　生活之于我，仿佛是存在于镜子另一面的东西——镜子里映照着种种喧嚣热闹车水马龙的景象，而我置身于外地看着，偶尔伸出手触摸，摸到的也只是冰冷的镜面。

　　这样枯寂而平静的日子过了很久，我也已然习惯。

　　写作本就是一件寂寞的事情。就如荆棘鸟必须以血来换取歌喉，不能惯于寂寞的人，只怕也难以触及自己心里埋藏着的那个世界吧？

　　至少，我是这样想的。

第五夜　关于雪夜

　　然而2004年的冬天出乎意料地寒冷，一连几场多年未见的大雪骤然降落。

　　最大一场雪是半夜落下的，无声无息。外面气温骤降，而迟钝的我却毫无知觉，依旧穿着牛仔裤和单衣坐在电脑前急速敲字，一动不动地一直坐到了天亮。清晨，在站起身时猛然失去平衡，重重跌倒。然后，惊骇地发现冻僵的膝盖已然无法屈伸。

　　那一次的雪令我记忆尤深。

　　冻伤之处溃烂见骨，右膝上从此留下了两处疤痕，圆圆如同两只小眼睛，在每次气温骤变的时候都会隐隐作痛。在春秋两季，都不得不先在膝盖上铺上厚厚的毯子，才能开始安然码字。

那是雪所给予我的烙印。

第六夜 关于生活

那之后我想，我应该重新走入周围的世界中去，像所有同龄人那样活着。

否则，这种日夜颠倒、离群索居的生活会将我摧毁。

随之而来的就是毕业，是一份新的工作，是朝九晚五的生活，是逐步规律的作息——我开始了作为一名执业建筑师的生涯，渐渐不在深宵写字。在闲暇的时候我会出去，在西湖边一个小店一个小店地逛，一家餐馆一家餐馆地品尝，在柳荫下看着湖上的烟霞发呆，在有雪的夜晚早早地躲在温暖的被窝里，懒散地翻书听曲……

生活变成了一只滴滴答答走着的钟表，有序、准确，却机械。

一切，似乎都如了我的意。

而心中却涌动着一种不甘。不！我应该是一个织梦者，我的人生不应该仅仅是这样——如果说以前那种生活将会摧毁我的健康，那么，如今这种生活会让我枯萎。

于是，我放任心里那种倾诉欲望重新翻涌而来，兜头将我淹没。

第七夜 关于七夜雪

开始构思这个故事的时候，是2006年的春节。

那时候我从工作中暂时解脱，回到老家休假，有了大段的闲暇。我并不喜爱热闹，也不爱走亲访友串门子，于是就像少年时那样端一把椅子，在家里的花园中独自出神。

冬日的暖阳晒得我醺醺欲睡，但那些故事的碎片却渐渐从薄薄的日光里浮出来了，飘忽不定，仿佛等待着我伸手去捉住它们。

那一瞬间，我决定写一个与雪有关的故事。

年少时写下的文章往往锋芒毕露，充满了尖锐入骨的刺痛，宁为玉碎不为瓦全，从来没有"妥协"两个字。所有的人物都是如此骄傲，如此决绝,不能完全地得到,便是彻底地毁灭,两者之间绝无转圜的余地——比如《听雪楼》,又比如《幻世》。

然而,七夜雪的主题,却是妥协和放弃。

在这个故事里面,没有撕心裂肺的激烈冲突,有的只是钝而深的痛感和解脱后的无力。每一个人都从往日的河流里涉水而来,背负着不同的记忆。他们的命运纠缠难解,但到了最终却可以相互放弃,彼此解脱——薛紫夜放弃了雪怀,霍展白放弃了秋水音,雅弥放弃了教王……

他们都蹚过了时间之河,向彼岸走去。

——只留下这个孤独的叙述者还站那里,怔怔地看着这些人的背影消失在时空的雾气里。如同看着自己的身外之身。

曾上高峰窥皓月,偶开天眼觑红尘。

可怜身是眼中人①。

---

① 王国维·《浣溪沙》

终曲

　　以文为镜，可以知自身——原来这五年来自己的心境也已悄然改变。
　　我并不以年少时的青涩锋芒为羞，也不以如今的敛藏隐忍为憾。因为我知道再过五年回顾如今，也一定会发觉出种种的不尽如人意。
　　人，总是要经历过这样反复回环的锤炼，才能慢慢地成长和上升。
　　那么，陪伴了我五年的读者们，你们是否也在同样地成长？
　　当我在深宵独自坐在电脑前倾诉时，感谢你们一直在聆听；当我因为生活的种种困顿而拖稿时，感谢你们耐心地等待、一直不曾离开。而我，也将一直一直地陪伴你们，直到你们毕业、工作、结婚、生子、老去……
　　直到你们将我忘记。

2006.8.24
于杭州

MEMORY
HOUSE